KB012391

거미입니다만, 문제라도?

저자 **바바 오키나**
일러스트 **키류 츠카사**

10

contents

서장 그렇게 여신이 됐다

먼 옛날의 이야기.

세계는 제법 발전했었다.

가득한 기계가 사람들의 생활을 풍요롭게 가꿀 만큼은…….

그러나 사람들은 과오를 저질렀다.

범접해서는 안 되는 금단의 에너지, MA에너지에 손을 뻗치고 말았다.

어느 여성이 극구 위험성을 주장하며 자제를 촉구한들 사람들은 귀를 기울이지 않았다.

MA에너지를 사용하면 지금보다 훨씬 더 풍요로운 생활을 누릴 수 있었기에…….

그렇게 손에 쥐게 된 것은 파멸로 치닫는 편도 티켓.

사람들이 스스로의 과오를 깨닫고 뉘우쳤을 때는 이미 전부가 늦어버렸다.

다가드는 종말의 때.

비탄에 잠긴 사람들은 하나의 광명을 찾아냈다.

한 명의 여성을 희생하여 세계를 구원한다는 방법.

그 여성이란 다른 누구도 아닌 MA에너지의 위험을 역설했던 당사자였다.

그럼에도 그녀는 손바닥을 뒤집고 구원을 바라는 사람들의 목소리에 부응했다.

그렇게 그녀는 세계를 지탱하는 희생양이 되었다.
사람들은 그녀를 여신이라 부르고 신앙했다.

1 목표를 갖자

방 안에 품위 있는 차향과 단 과자의 냄새, 그리고 본래 장식해 놓은 꽃내음이 서로 뒤섞여 떠다닌다.

저마다 방향성이 다른 냄새인데도 절묘하게 조화되는 덕분에 불쾌감이 들지 않았다.

아마 배합까지 다 계산한 결과라고 짐작된다.

공작가의 고용인분들, 진짜 우수함.

우리는 지금, 일과로 자리 잡은 다과회를 열고 있었다.

참가자는 나, 흡혈 양, 사엘, 리엘, 피엘 인형 거미 자매.

그에 더하여 거북한 기색으로 앉아 있는 오니 군.

이상 여섯 명.

공작가의 고용인 여러분들은 평소처럼 준비만 끝낸 뒤 쏜살같이 나가버렸다.

뭐, 우리가 기본적으로 고용인분들에게는 다가오지 마시오 오라를 뿌리고 있으니까 어쩔 수 없겠지만⋯⋯.

그게 아니더라도 이 껄끄러운 분위기 속에 같이 있자면 고통스러울 거야.

응. 분위기를 나쁘게 만드는 주된 원인은 오니 군을 노려보고 있는 흡혈 양이다.

흡혈 양은 말없이 오니 군을 줄곧 노려보고 오니 군은 어떻게 반응해야 할까 난처해할 뿐.

저 두 사람의 나쁜 상성은 정말이지 별수 없다는 말밖에 못 하겠다.

뭐라 설명할 것도 없이 두 번이나 죽기 살기로 싸웠던 사이잖아.

분노, 사기 스킬 중 특히 강력한 녀석. 다만 페널티도 몹시 흉악한 스킬이라서 폭주 상태에 빠졌던 오니 군.

그리고 폭주 상태의 오니 군과 맞서서 나랑 흡혈 양은 두 번에 걸쳐 사투를 벌였다.

응? 두 번째는 네가 비열한 방법으로 냅다 때려잡았던 게 전부 아니냐고?

모루겠소요.

뭐, 그런고로 오니 군과 흡혈 양의 사이에는 깊은 사연이 있다는 거야.

게다가 첫 번째 때는 우당탕 퍽퍽 얻어맞다가 하마터면 죽을 뻔했고, 두 번째 때도 도중에 내가 끼어든 탓에 승패가 흐지부지됐고…….

내가 안 끼어들었다면 아마 흡혈 양의 패배로 끝났겠지만 말야.

그런 사실을 알기 때문에 더더욱 승부욕 강한 흡혈 양은 오니 군이 마음에 들지 않는다.

그래서 지금 상황이 이런 꼴이야.

망했어~.

부탁인데 다른 데서 해줄래?

내 휴식 시간을 빼앗지 마라!

내가 뭔 죄를 지었다고 애써 차려준 맛있는 차와 과자의 맛이 달아날 만큼 삭막한 분위기 속에 파묻혀 있어야 하나요?

위장 용량이 작게 줄어든 지금의 내게는 귀중하고 한정된 식사 시간인데!

아~ 망했어요~.

힐끔힐끔 오니 군이 나에게 도움을 청하는 시선을 보내와도 무시다, 무시.

우리의 다과회는 무언이 기본.

그리고 공작가의 귀축 교사가 스파르타 교육으로 주입해 놓은 우아한 예법 덕분에, 딸깍 소리도 안 내며 먹고 마실 수 있어서 무언 플러스 무음.

옆에서 보면 꽤 기묘한 광경일 거야.

그래도 나랑 인형 거미들이 말을 안 하면 자연스럽게 흡혈 양도 말이 없어지거든.

그리고 그렇게 되면 분위기에 못 이겨서인지 어쨌든지 오니 군도 말을 하려고 들지 않는다.

집단 심리란 말을 이런 때 쓰나?

따끔따끔한 분위기 속에서 차를 마시고 과자를 먹는다.

다과회는 좀 더 화기애애한 자리 아니었어?

앗, 그래도 내 지식에 따르면 귀족의 다과회는 속 시커먼 사람들이 말의 본뜻을 서로 떠보고 견제하며 정보 교환을 하는, 위장이 아플 것 같은 이벤트였구나.

위장이 아프다는 의미로 봤을 때 지금 상황은 올바른 다과회였다!

그런데 이거, 나의 독단과 편견이 잔뜩 포함된 설명이니까 착한 아이는 진지하게 받아들이면 안 돼요!

앗, 이런 때는 현실 도피로 사색에 푹 잠기는 것이 최고다.

내 머릿속이 정리될 때까지 오니 군은 조금 더 바늘방석에 앉아 있으라고 하자.

뭐, 사색이라고 말해 봤자 특별히 대단한 건 아니다.

나의 장래가 주제거든.

장래 설계라는 의미로 보면 대단한 주제일 순 있겠지만 아주 심각한 이야기는 또 아니라서…….

맞아, 고등학교 2학년인 학생이 진로 희망서를 내라는 선생님의 말을 듣고「장래 어떡한담~」이라고 고민하는 느낌이야.

고등학교 3학년이 되면 싫어도 입시나 취업 활동이 기다리고 있다.

그 이전, 아직은 여유 기간이 있어서 무사태평한 고등학교 2학년 학생처럼 앞날을 고민하는 거야.

급하게 서둘러서 고민할 필요도 없지만 언젠간 진지하게 결정을 내려야 할 때가 온다.

내 편견일 수도 있는데 고등학교 2학년 때 장래를 정신 차리고 내다보는 사람은 드문 것 같거든.

대부분 그냥 막 어찌어찌~ 대학에 진학해서 어찌어찌~ 졸업 후 취직하겠지, 요런 정도밖에 생각을 안 할걸?

그리고 대부분이 그렇게 되고…….

그야말로 지금의 나와 똑같구나.

나의 진로, 지금 이대로 가면 장래에 D한테 휙 낚아채여서 이러저러하다가 부하 비슷한 위치가 될 것 같아.

진학을 휙 건너뛰어서 취직이야! 만세!

응. D는 나를 되게 마음에 들어 하니까 이대로 아무것도 안 하고 지내면 머지않아서 살짝, 살짝 애완동물 코스를 밟게 될 미래가 뻔히 보인다.

D에게 구체적으로 제안을 받은 건 아니야.

그런데 아마 D의 분위기를 보면 이미 방침을 정해 둔 눈치거든~.

부모 연줄로 입사가 결정됐다는 기분?

이대로 쭉 가면 어찌어찌~ 빈둥빈둥 지내다가 어찌어찌~ D의 손에 붙들려 곧장 취직할 것 같아.

그래서 그게 나쁘냐고 묻는다면, 꼭 나쁘지는 않아.

시스템이라는 엄청 복잡하고 거대한 마술을 매우 손쉽게 행사하는 신이고, 실제 만나봤더니 도저히 바닥을 알 수 없다는 느낌이 장난 아니었어.

지금의 나는, 아니, 내가 앞으로 얼마나 더 강해지든 간에 이길 수 있다는 구상이 전혀 안 떠오를 만큼 까마득한 녀석.

그런 D의 비호하에 들어간다는 게 신들의 세계를 알지 못하는 내게는 무척 구미가 도는 노선 아니려나?

누가 뭐라든 지금의 나는 신(웃음)이잖아!

갓 신이 된 따끈따끈한 초보자.

게다가 시스템의 도움이라든가 대륙 파괴 폭탄을 흡수하는 등등 정규 루트와 거리가 먼 특이 사례로 신이 된 탓에, 아직껏 전투 능력은 신이 되기 이전보다 오히려 낮은 처지니까.

음, 신이 되는 정규 루트가 뭔지는 잘 모르겠지만 말이야.

적어도 게임 같은 시스템의 힘으로 레벨 업 하면서, 그뿐 아니라 대륙 파괴 폭탄을 흡수해서 신이 된다는 게 어떻게 생각해도 정규 루트는 아니잖아.

뭐, 그건 그렇다 치고…….

지금의 나는 신이라는 카테고리에 속했을 뿐 신에 걸맞은 능력이라든가 권위는 일절 없다.

그런데도 지니고 있는 에너지의 양은 틀림없는 신 클래스.

흡수했던 대륙 파괴 폭탄의 에너지가 명칭에 손색없이 대륙을 한 개 날려버릴 수 있는 위력이었으니까.

그런고로 눈썰미 좀 있는 사람, 아니, 신이라면 내가 신이라는 사실을 척 보고 파악할 수 있으리라.

그런 내가 이 별이 아닌 다른 별로 홀라당 넘어가면 어떻게 될까?

정답, 해당 지역의 신에게 들킵니다.

그렇겠죠~.

들킨 뒤 원만하게 접촉이 이루어진다면 괜찮다.

그러나 상대가 보기에 나는 불법 침입자와 다를 바 없는 까닭에 다짜고짜 덮쳐서 공격당한들 불만은 못 늘어놓는다.

엘로 대미궁에서 나왔을 때도 다짜고짜 마왕이 덮쳐들었잖아.

나는 그때 학습했습니다.

잘 알고 익숙한 자기 영역에서 나가는 것은 대단히 위험하다고…….

뭐, 마왕은 나를 표적으로 노리고 딱 나타났던 거니까 엘로 대미궁에서 나가든 안 나가든 상관없었겠지만.

그건 그렇다 치고, 이 별에서 지내는 한 알지도 못하는 신이 느닷없이 강림해서 급습하는 그런 부조리한 위기는 일어나지 않는다.

왜냐하면 여기는 D의 지배권이잖아.

시스템이라는 초거대 마술이 이 별의 전체를 뒤덮고 있는 상황인데, 그렇게 여건을 구축해 놓은 녀석은 잘 알다시피 D다.

즉 이 별의 지배권은 D에게 있다.

본인은 부재중이어도 이 별에서 헛수작을 부린다면 D에게 싸움을 거는 것과 다를 바 없는 행위.

즉 이 별에서 지내는 한은 D의 위세를 자동으로 빌릴 수 있단 말이죠.

이미 절반쯤 비호하에 들어갔다고 말할 수 있겠다.

초보자에 불과한 내가 여기에서 한 걸음 앞으로 나아가려면 제법 큰 용기가 필요하고…….

신에 관해서도 아무것도 모르는 내가 D의 지배권 바깥으로 나간다는 것은 우물 안 개구리가 예비지식도 없이 큰 바다로 뛰어드는 셈이지.

죽는다. 픽 죽어 나간다.

그러니까 D의 지배권인 이 별에서 나갈 계획은 지금 시점에선 없었다.

그리고 이대로 D한테 쫄래쫄래 영구 취직하는 것도 신변의 안전을 감안하면 무척 매력적이기는 하단 말이지.

뭐랄까, 현 상황에서는 달리 선택지가 없다고 할까.

자칫 D의 심기를 건드렸다고 상상해보자.

지난 과거를 떠올렸을 때 D를 화나게 만들면 뭔 짓을 당할지 전혀 예상도 안 된다.

내 예상을 훌쩍 뛰어넘어서 터무니없는 짓을 저지를까 봐 무섭다.

그런데 말야.

D한테 취직한다고 치고 최대의 난점을 꼽아보자면 딱 저게 걸리거든.

어떻게 생각해도 D는 성격이 고약하잖아.

사람 마음을 가지고 노는 시스템의 구조도 그렇고, 가끔씩 내게 간섭할 때 살짝살짝 보였던 괴팍하기 짝이 없는 심보도 그렇고…….

과연 사신(邪神)을 자처할 만큼은 된단 느낌이 들어.

그리고 실제 목격했던 D는 상상했던 것보다 훨씬 더 아찔했다.

그런 바닥을 알 수 없는 녀석의 밑에 들어가서 멀쩡히 버틸 수 있을까?

……멀쩡하지 못할 것 같아.

어라?

어느 쪽이든 외통수 아냐?

……아, 아니야. 아니라면 아닌 줄 알아.

아니라고 치고 넘어가자. 응.

어느 쪽이든 지금이 꽉 막힌 상황이라는 것은 변함없다.

안전하게 행동할 수 있는 이 별에서 뭐든 차근차근 해 나갈 수밖에…….

장래에 D에게 잡혀가든 아니면 거부하든 간에 지금 이대로는 내 의사로 뭔가 결정할 수가 없다.

결정하는 데 필요한 지식도 힘도 너무나 부족하니까.

그런고로 일단은 자기 수양으로 실력을 기르는 게 먼저다.

뭐, 요컨대 예전이랑 다를 바 없겠네.

시스템의 혜택을 받았던 때와 같거나 더한 전투력을 되찾는다.

스펙 자체는 올라갔으니까 시스템의 보조 없이도 분명 못 해낼 일은 아니야.

이 부분은 별로 걱정되지 않는다.

비록 조금씩이나마 하루하루 발전하고 있다는 실감이 느껴지거든.

실조차 뽑지 못한 채 지냈던 나날의, 앞이 보이지 않는 불안과 비교하면 조금씩이나마 발전하고 있는 만큼 마음이 한결 놓이죠.

이대로 시간을 들이면 들이는 만큼 성장할 수 있다는 확증이 주어진 셈.

그렇다 해도 걱정거리가 아예 없냐면 이게 또 아니거든.

이 별에서 지내는 동안 알지도 못하는 신에게 공격당할 우려는 없겠으나, 잘 아는 신은 있는 데다가 불온한 녀석도 있다.

잘 아는 신은 규리규리, 불온한 녀석은 포티머스.

이 녀석들은 내가 나서서 뭘 하지 않아도 세계의 움직임에 맞춰 이런저런 행동을 일으킬 거야.

맞아, 내가 평소처럼 생활을 하면서 지내도 세계는 조금씩 움직이고 있어.

신에다가 괄호 치고 웃음이 붙는 나는, 신 아닌 녀석에게도 평범하게 죽어 나갈 수 있답니다.

특히 포티머스라는 녀석이 위험하죠.

그 녀석의 기계 군단은 시스템과 다른, 독자의 규칙에 따라 움직인다.

나도 규칙을 무시하고 뭐든 다 옮겨버리는 전이술을 몸소 습득했다지만 방심은 할 수 없었다.

전이를 잘 활용하면 상대를 위험 지대에 던져 넣는다거나 나만 쏙 도망친다거나 여러모로 얍삽한 짓이 가능하다.

그러니까 시스템 안쪽에 묶인 상대에게는 거의 안 진다는 자신이 있다.

마왕의 초속 스피드로 내가 반응하기 전에 콱 날려버린다든가, 어지간한 돌발 사태가 아니라면야.

그런데 포티머스가 쓰는 수수께끼 결계는 내 전이술의 발동 자체를 무효화할 가능성이 있었다.

그리고 현재 내 수중에 있는 카드는 사실상 실과 전이뿐.

전이가 무효화되면 거의 승산이 없어.

또한 포티머스는 마왕의 적이고, 현재 나는 마왕의 진영에 가담하고 있는 상황.

하룻밤 한 끼니의 작은 신세가 아니라 마왕에게는 엄청 큰 빚을 졌다.

힘을 잃었던 나를 내버리지 않고 이제껏 먹여 살려줬다는 은혜가……

그러니까 빚을 다 갚을 때까지는 마왕을 위해 힘쓰겠노라 다짐했다.

그럼 필연적으로 포티머스와 적대 관계가 되는 셈이기에 나는 대책을 마련해야 한다.

으음. 뭐, 간단하다면 간단한데 말이지.

요는 어쨌든 결계라는 명칭이 붙은 만큼 한정된 공간 안쪽만 효과가 작용하잖아?

그렇다면 그 공간 안쪽에 안 들어가면 되는 거지.

즉 가까이 다가가지 않으면 된다.

결계의 범위 바깥에서 원거리 공격으로 격파.

이게 최고다.

게다가 아까 말했듯 전이를 활용하면 손쉽게 이동 포대가 완성되고…….

문제는 내게는 하필 원거리 공격 수단이 없다는 것!

뭐, 구상은 몇 개쯤 해 놓았으니까 그게 형태를 좀 갖추면 어떻게 되지 않을까.

이렇게 어느 정도는 포티머스 대책이 마련된 셈이구나.

그나저나 말이야.

마왕의 목적은 포티머스를 해치우는 게 아니야.

아니, 물론 목적 중 하나가 맞긴 맞는데, 마왕의 진짜 목표는 더 너머에 있잖아.

부서져 가는 세계를 되살리는 것.

그게 마왕의 진짜 목적이다.

다만 그 목적을 달성하기란 아무리 마왕이어도 어렵다.

제아무리 강해도 마왕은 신이 아니니까.

진짜로 신의 격을 갖춘 규리규리가 손쓸 도리를 못 찾고 있는 현 상황에서 신조차 못 되는 마왕이 어떻게 수습할 수 있단 기대는 안 들거든.

뭔가 방법을 찾아보고 싶다는 마음은 물론 있지만…….

지금 당분간은 안식의 땅이라 여길 수 있는 이 별이 오래도록 버텨줘야 한다. 아니면 나도 곤란한걸.

지구?

에이, 거기에는 D가 있잖아.

D는 진짜~ 가끔~ 만나는 게 딱 적당하거든.

자주 만나면 여러 의미에서 안 좋다.

그 녀석은 일종의 블랙홀이야.

빨려 들어가면 위험한 줄 알면서도 끌려가버린다.

적절하게 거리를 두고 접촉하자.

으음.

이대로 가면 마왕은 아마 중간에 거꾸러질 거야. 뭔가 대책을 마련해야 할 텐데.

끙, 곤란한걸.

저것도 하고 싶어, 이것도 하고 싶어라. 몸 하나론 부족하다고!

제길. 몸이 한두 개 정도는 더 있었으면 좋겠다.

……어라? 그거 가능하지 않을까?

산란 스킬의 요령으로 분신체의 몸을 만들고 병렬 의사의 요령으로 두뇌를 이식한다면…….

다만 조심해야 되는 건 저번처럼 병렬 의사가 폭주하지 않게 잘 신경 써서 관리해야 된다는 정도일까?

……시도할 가치는 있네.

좋아.

단기 목표는 분신체 제작.

중기 목표는 마왕의 활동을 지원하기.

장기 목표는, ……D에게서 도망치기에 충분한 힘을 갖춘다.

응. 역시 D한테서 도망치고 싶거든.

나는 지금까지 마더든 마왕이든 나를 복종시키려는 상대에게 전력으로 저항해왔다.

지금도 역시 마왕과 동맹 관계 비슷하게 지내고 있을 뿐 밑으로 들어간 게 아니잖아.

그런데 D는 이렇게 될 수가 없어.

D한테 숙이고 들어간다? 즉 D의 부하가 된단 뜻이지.

나의 행동 기준상 좀 많이 떨떠름하다.

다만 난감하게도 D랑 마주하면 별로 상관없지 않냐고 자꾸 엉뚱한 생각이 드는 게 문제인데…….

그러니까 D와 거리를 벌리고 조금 냉정해지자.

지금 이대로는 도망칠 수 없다는 이유 때문에 전부 받아들일까 봐 무섭잖아.

그러니까 도망칠 수 있게 힘을 기르고 그때 다시 고민하자.

도망칠 텐가, 아닌가.

아~ 안 돼, 안 돼!

벌써 약한 소리나 하면 막상 선택할 때 「도망칠 순 있지만, 안 도망쳐도 괜찮아~」 이렇게 되는 게 훤히 보인다!

강한 표현으로! 도망친다! 결의를 다져야지.

뭐가 어떻게 되든 도망치겠어.

모든 기력과 정신력을 다 바쳐서 따돌리고 도망치겠다는 기개로 임하겠다.

오케이. 실패하면 살해당한다는 각오로 위기감을 갖고 행동하자.

내 사색이 마무리되는 것과 때를 같이하여 문이 거칠게 열렸다.

노크도 안 하고 이런 짓을 저지르는 녀석은 이 저택에서 한 명밖에 없다.

"실례하지."

"진짜 실례니까 오지 마."

나타난 녀석은 아니나 다를까, 양아치.

그리고 양아치에게 즉각 시비를 거는 흡혈 양.

어째서 이 녀석들은 이렇게 사이가 나쁠까?

흡혈 양은 까딱 잘못하면 오니 군보다 더 싫어하는 거 아니야?

아니, 응. 나도 양아치는 물론 싫어하지만…….

"네 녀석에게는 볼일 없다고 항상 말했잖나! 그리고 여기는 내 집이라고 몇 번을 말해야 알아듣는 거냐, 새대가리야!"

"어쩔 수 없잖아? 새보다 저능한 사람을 상대해야 하잖아. 나도 거기에 맞춰줘야지, 원래 말씨로 대해주면 너무 고상해서 이해를 못 할걸?"

"……."

"……."

유녀와 듬직한 체구의 다 큰 남자가 서로 노려보는 구도, 여기에 있을지어다.

아아, 평화롭구나~.

"저기, 안 말려도 괜찮아?"

오니 군이 소곤소곤 묻는다.

"이봐! 저 녀석은 또 누구냐?!"

그런 오니 군의 행동이 눈에 띄었는지 양아치의 공격 방향이 흡혈 양에게서 이쪽으로 바뀌었다.

"어떻게 된 거냐?! 나는 저런 녀석이 있단 소리를 못 들었다고! 이곳은 나의 집이다. 어째서 내가 알지도 못하는 녀석이 아주 당연하다는 듯이 있는 거냐? 대답에 따라서는 가만 넘어가지 않겠다!"

"저기, 음."

오니 군에게 따지고 묻는 양아치.

반면에 오니 군은 곤혹스러워하는 얼굴이다.

그야 그럴 수밖에, 오니 군은 마족어를 모르니까.

양아치가 늘어놓는 말의 뜻을 못 알아듣거든.

"쟤는 여기에 머물러도 된다고 정식 허가를 받았어. 아리엘 씨가 알고 있고, 네 형도 당연히 알고 있을 거야."

"뭣이라?"

양아치가 마왕의 이름을 듣고 얼굴을 찌푸렸다.

마왕은 오니 군이 제정신을 차린 뒤 실제로 얼굴을 마주했었고, 이곳의 가주이자 양아치의 형인 발트에게는 저택의 관리를 담당하고 있는 집사장을 통해 소식이 이미 들어갔을 거다.

마왕이 여기에서 머물러도 된다고 허락을 내린 상황에 발트가 싫다는 말은 못 한다.

그리고 발트가 싫다는 말을 못 한다면 가주의 동생에 불과한 양아치에게는 두말할 권한이 없다.

"쳇! 어째서 내게는 아무 소식도 안 전해주는 거냐. 제기랄!"

양아치가 짜증을 마구 부리며 탁자를 쿵 내리쳤다.

탁자가 부서질 만큼 센 힘은 아니었지만 위에 놓아둔 잔 바깥으로 차가 흘러넘쳤다.

이보쇼. 지금 흘러넘친 게 내 잔이거든?

대체 뭐하자는 짓이냐, 이 자식아!

"이봐. 형이 허락했다면 잠시 좀 머무른다고 타박하지는 않겠다. 다만 어쩌다가 여기서 신세를 지게 되었는가, 나 또한 관계자로서 경위는 알아 둘 필요가 있지. 넌 어디 출신의 뭐하는 녀석이고 어쩌다가 이곳에 왔지?"

양아치가 오니 군을 추궁해도 물론 오니 군은 말뜻을 이해하지 못했다.

도움을 청하고자 나랑 흡혈 양을 힐끔거리는 오니 군.

그 몸짓이 마음에 안 들었는지 양아치가 짜증을 내며 오니 군의 뿔을 붙잡았다.

"괜히 겉멋이나 부리고 말이야. 이러면 멋있는 줄 아나? 촌스럽다고!"

오니 군의 뿔은 장식품이 아니거든?

……그나저나 자네가 할 말은 아닌데.

"엥? 너야말로 진짜 촌스럽잖아."

흡혈 양이 말해서는 안 되는 것을 말해버렸다.

반사적으로 말이 흘러나왔을 거야.

말하고 나서 「앗!」 입을 틀어막는 흡혈 양.

인형 거미들이 바짝 굳었고 방 바깥에서는 추이를 지켜보고 있던 메이드 언니들이 숨을 멈췄다.

지적하고 싶어도 지적해서는 안 되는 사실이 세상에는 잔뜩 있다.

상사의 티 나는 가발이라든가.

그와 비슷하게 양아치의 패션 센스는 지적해서는 안 되는 부류에 속한다.

다시없는 앙숙 주제에 흡혈 양마저 여태껏 안 건드렸던 부분이다.

그러나, 그렇다 해도!

말이 나와버린 이상은 어쩔 수 없잖아.

인정하자.

양아치는 촌스럽다고!

뭐랄까, 입고 다니는 옷이란 옷 전부가 이거 저거 할 것 없이 미묘하게 안 어울리거든.

기발하다는 말까지는 차마 못 하겠고, 다른 데서는 별로 못 보는 어레인지를 자꾸 해 대는데 그게 미묘하게 촌스럽다.

기껏 독자적인 색깔을 내면서도 정작 본인이 소화를 못 하는걸.

"훗. 이러한 멋을 못 알아보니까 꼬맹이인 거다."

그럼에도 불구하고 양아치는 흡혈 양에게 의기양양한 표정을 짓고 받아쳤다.

미안. 이런 때는 어떤 표정을 지으면 될지 모르겠어.

웃으면 되는 걸까?

아니, 지금 웃어버리면 안 될 것 같아.

다른 사람들도 나와 같은 기분인지 표정이 꽤 미묘하다.

인형 거미들이 기본 표정에서 진지한 얼굴로 바뀌었어.

애들아, 굳이 표정까지 움직여서 바꿀 필욘 없거든!

분위기를 파악한 건지 못 한 건지 미묘하게 알기 어려운 리액션을 뭐하러 하냐!

"……뭐, 됐어. 이 녀석은 마족어를 몰라서 혼자 떠들어 봤자 못 알아들어."

흡혈 양이 더 이상 그 화제를 이어 나간들 부질없다고 판단한 듯, 억지로 다시 오니 군의 이야기로 몰고 갔다.

"참고로 말해주면 그 뿔도 장식품이 아니야. 저 녀석, 귀인(鬼人)인가 하는 인간형 마물이니까."

"뭣이라?!"

마물이라는 단어에 반응해서 양아치가 허리에 찬 칼의 자루로 손을 뻗었다.

"너 말야, 벌써 잊었어? 저 녀석은 마왕, 그러니까 아리엘 씨가 여기에 두겠다고 분명하게 결정한 사안이거든? 그런데 손댔다가는 어떻게 될지 잘 알겠지?"

흡혈 양의 으름장에 「큭」 하고 신음하는 양아치.

몇 초 동안 오니 군을 지그시 노려보다가 이내 곧 떨떠름하게 칼 자루에서 손을 뗐다.

그래도 여전히 험상궂은 표정으로 경계심을 잔뜩 드러낸다.

"그렇다면 더더욱 상세하게 사정을 알아 둬야겠군. 이봐. 마음에 들진 않는다만 통역이나 해라."

양아치가 빈 의자에 털썩 걸터앉았다.

동시에 화를 꾹 참는 분위기로 흡혈 양에게 명령했다.

괜히 나한테 말을 붙이지 않은 건 좋은 판단이라고 칭찬해드리지.

그나저나 적절한 발언은 아니었어.

"어머? 인족어는 쓸 줄 아는걸. 잘됐네, 나한테 부탁 안 해도 되겠네?"

거봐, 흡혈 양이 실실거리면서 약 올리잖아.

이 세계의 언어는 주로 두 종류.

인족어와 마족어.

세계가 제아무리 넓다 하여도 두 종류 언어만 쓸 줄 안다면 말이 안 통해서 고생하진 않는다.

지방의 사투리라든가 지역 특유의 독특한 비유라든가 낯선 표현은 물론 있지만, 일본어로 봤을 땐 관서 사투리 같은 관계니까 표준어만 잘 익히면 얼추 말뜻은 통한다.

그럼에도 불구하고 양아치는 통역을 요구했다.

마음에 안 든다는 말도 덧붙였고…….

여기에서 도출할 수 있는 결론은? 뭐, 돌려서 말할 필요도 없이 뻔한 것 아니겠어~.

"자, 뭐해? 어서 뭐든지 질문해봐. 이름은? 출신은? 어떤 경위로 여기까지 왔을까? 알고 싶다면서? 뭐든 다 물어보라니까? 인족어로."

흡혈 양이 심술궂은 미소를 짓고 있습니다.

저거 못된 아이의 표정이다.

천연 악녀만 지을 줄 아는 표정이 저기에 있다.

오니 군보다 더 요괴 같은걸.

앗, 흡혈귀도 일단은 요괴였네.

"끄극!"

양아치가 얼굴을 새빨갛게 붉힌 채 이를 악문다.

이렇게 조롱당한 만큼 평소의 패턴이라면 화내고 휙 나가버릴 상황일 텐데 오늘은 묘하게 끈질기네?

문득 양아치가 힐끔 내 쪽에 시선을 보냈다가 다음은 오니 군 쪽을 봤다.

응응?

"나는, 인족어를 모른다. 그러니까, 통역을 좀 해다오."

양아치가 치욕에 몸을 떨면서 간신히 말을 꺼냈다.

그렇겠죠~.

대놓고 바보 취급을 받아도 끝내 스스로 말을 못 붙이는 이유가 달리 뭐가 있겠어.

"어머나? 어머, 어머머! 마족 우수의 대귀족이라는 공작가 가주의 동생씩이나 되는 사람이! 설마, 설마! 인족어도 할 줄 모르는 거야? 어휴, 미안해라. 나는 꿈에도 상상을 못 했거든."

흡혈 양, 추가 공격!

양아치는 마음에 큰 대미지를 입었다!

잔인하구나.

"시끄럽고 통역이나 해라!"

"통역해주십시오, 부탁합니다. 공손하게."

흡혈 양의 더더욱 거센 추가 공격!

양아치는 숨을 쉬지 않는다!

잔인하구나.

"통역 좀, 해주십시오! 부, 부탁드립니다!"

와아~.

분노와 치욕의 극한에 달한 사람은 진짜 삶은 문어처럼 새빨개져서 부들부들 경련하는구나~.

괜찮으려나?

머릿속 혈관이 끊어지는 거 아냐?

"정말로 간절한가 봐? 어쩔 수 없네."

흡혈 양은 만족했는지, 아니면 이 이상 괴롭혔다간 양아치가 진짜로 미쳐 날뛰겠다고 판단했는지 무척 환하게 웃는 얼굴로 통역 역할을 수락해줬다.

그나저나 괜히 말려든 오니 군은 엄청나게 거북한 표정을 지은 채 몸을 움츠리고 있었다.

마족어니까 대화 내용은 못 알아들어도 자기 때문에 이렇게 됐다는 것은 분위기로 짐작할 수 있잖아.

최대의 피해자는 오니 군인지도 모르겠어.

"이 녀석아, 힘들었지!"

어째서인지 양아치가 왈칵 눈물지은 채 오니 군의 어깨를 두드려주고 있었다.

흡혈 양이 통역을 맡아준 다음부터는 대화가 매끄럽게 진행됐다.

의외로 흡혈 양은 통역을 진지하게 수행하면서 오니 군과 양아치의 다리 역할에 철저할 뿐 자기 발언은 일절 끼워 넣지 않았다.

아까 양아치를 실컷 괴롭힌 덕에 만족했나 봐.

일단 관리자 규리규리의 의뢰를 받아 우리가 오니 군을 제압하러 갔다든가 마의 산맥 건너편에 위치한 틈새 지역이라든가 말을 못 할 부분도 몇몇 있었지만, 다른 내용은 거의 실제에 준한 사정을 설명했다.

바뀐 내용이라면 오니 군이 마의 산맥을 자력으로 돌파해서 막 빠져나왔을 때 힘이 다하여 쓰러졌다가 보호받게 됐다는 각색 정도일까.

그 부분은 어긋나지 않도록 미리 말을 맞춰 둔 덕분에 문제없었다.

아무튼 오니 군의 이야기를 대강 다 들었을 때 양아치가 보인 반응이 이렇다.

"그런 사정이 있다면 어쩔 수 없지. 마냥 눌러살게 둘 수야 없겠다만, 당분간은 편하게 지내도 된다."

훌쩍! 지저분한 소리와 함께 콧물을 훌쩍거리는 양아치.

흡혈 양이 엄청나게 얼굴을 찌푸리고 있었다.

인형 거미들마저 살짝 질겁한 눈치인데, 가장 큰 봉변을 당한 사람은 바로 곁에서 당하고 있는 오니 군이겠네.

으음. 이런 반응은 살짝 예상 밖이야.

양아치와 알고 지냈던 기간이 얼마 안 되니까 사람 됨됨이를 전부 파악한 건 아니지만, 내가 받았던 인상에서 양아치는 철부지에 민폐라는 단어면 충분했거든.

그러니까 이렇게 민폐 끼치면서도 내면에 뜨거운 감정을 갖고 있다는 만화 속 불량배 주인공 같은 반응을 보여줘도 솔직히 곤란하다.

너 말야, 그런 캐릭터였어?

분명히 말단 조직원 캐릭터라고 생각했었는데..

아, 맞아. 꼴은 좀 이래도 마족군의 높은 사람인 데다 부하도 꽤 데리고 있을 테니까 말단 조직원은 안 맞는 표현이구나.

부하들에게 존경받는 상사인지 잘은 모르겠지만 이 저택의 사람들은 아마도 좋은 감정을 갖고 있거든…….

응, 저택 사람들은 집사장을 빼고 양아치에게 은근슬쩍 협력적이잖아.

분명히 집사장에게 접촉 금지 통보를 받는데도 매번 우리들 앞에 쓱 나타난다는 게 좋은 증거다.

혹시 양아치가 막 억지를 부린 상황이라면 집사장한테 보고할 수 있잖아.

그런데도 아무 잡음이 안 일어난다는 것은 집사장에게 보고를 안 했든가 집사장도 묵인한다든가.

어느 쪽이든 몰래 협력하는 게 틀림없겠다.

그렇게 보면 양아치도 의외로 아랫사람에게 좋은 상사일까?

뭐, 그래서 어쩌라는 느낌이지만…….

이제 와서 양아치의 호감도는 안 올라간다고, 응.

"갈 데가 없다면 내가 자리를 좀 알아봐주랴? 마의 산맥을 넘어왔다면 실력은 확실할 테고 우리 부대에 받아줄 수 있다고. 어때?"

이야기를 듣기 이전과 태도가 확 바뀌어서 마구 치근대는구나.

오니 군은 왜 이러나 당황하다가 흡혈 양의 통역을 듣고는 조금 더 고민해봐도 되겠냐고 답했다.

응, 당장 결정할 순 없지.

게다가 자리 잡고 일하려면 마족어부터 먼저 익혀야 하고.

뭔 일을 하든지 의사소통은 기본이니까.

"도움 필요하거든 날 의지해라."

오니 군의 대답을 듣고 양아치는 기분 좋게 돌아갔다.

형님 분위기를 풀풀 내면서…….

뭔가, 뭔가 찜찜한걸.

"뭐라는 거야, 저 녀석."

흡혈 양도 나랑 비슷한 생각인가 봐.

어쨌든 간에 이제 양아치도 허락을 내린 셈이겠다. 오니 군은 거리낌 없이 이 저택에서 지낼 수 있게 되었다.

"으음, 앞날이라."

그렇게 양아치가 돌아간 뒤 오니 군은 짧게 중얼거리더니 상념에 잠겼다.

앞날을 고민하는 사람이 나 혼자는 아니야.

모두들 자기 장래를 고민하고 있다.

"괜히 앞날을 고민해 봤자 헛짓이야, 헛짓."

정정, 한 명은 아무것도 고민 안 하는 녀석이 있군.

"언제 뭔 일이 일어날지도 모르잖아. 앞날만 자꾸 걱정해 봤자 뭐가 달라지겠어? 지금을 어떻게 살까 고민해야지."

어라.

흡혈 양이 세상에, 꽤 멋진 발언을 꺼내 놓았다.

끙. 확실히 일리가 있는 말이야.

엘로 대미궁에서 지내던 시절에는 지금 어떻게 살아남아야 할까

한 가지만 고민했잖아.

아니, 다른 고민을 할 여유가 없었다는 게 맞지.

그렇다 해도 지금을 어떻게 살까라는 문제는 확실히 중요하지만, 나는 지금을 꿋꿋하게 살다 맞이할 나중 구상도 마음속에 잘 그리는 게 좋다고 생각한다.

특히 흡혈 양은—.

이 세계를 다 뒤져도 달리 없는 진조 흡혈귀이고 이미 파격적인 경지의 무력을 보유하고 있는 이 아이는…….

뭐, 아직 유녀니까 시간은 많잖아.

흡혈 양의 성장보단 세계의 움직임이 더 빠를지도 모르겠지만 말이지.

결국 앞날을 열심히 주시한들 될 대로 되는 건지도 모르겠구나.

2 준비를 하자

시간은 참 빨리도 흘러간다. 공작 저택에서 지낸 지 벌써 1년 가까이 지났다.

때때로 습격하는 양아치 말고는 평화로운 일상이 이어지고 있습니다.

참고로 오니 군은 반년쯤 공작 저택에서 신세 지다가 마왕이라는 연줄로 군대에 적을 두게 되었다.

오니 군은 오니 군 나름대로 이런저런 고민 끝에 행동한 눈치이고, 겉모습은 이미 자립해도 이상하지 않아 보이는 나이니까 군대에 소속돼도 위화감은 없었다.

실제 연령은 흡혈 양과 마찬가지로 유아지만 전생자니까 나이 제한은 신경 쓰지 맙시다.

자립하겠다면 나도 쓸데없는 말은 안 한다.

공작 저택에서 지낸 반년간 마족어도 얼추 배워서 익힌 듯싶고…….

흡혈 양도 조금은 자네의 자립심을 보고 배워주면 좋겠군.

그래, 흡혈 양 얘기가 나와서 말인데, 얘가 정말이지 성가시거든?

질투 스킬의 영향인지 정서 불안정 상태라서 되게 까다롭단 말입니다.

사근사근 달라붙어서 어리광 부리다가 불쑥 뜬금없이 벌컥 화를 터뜨린다든가.

항상 울컥울컥하는 분위기이고 별일도 아닌데 사람을 마구 물어뜯는다.

아, 물어뜯는다는 말은 비유니까 놀라지 말자?

종족이 흡혈귀라고 진짜 물어뜯지는 않는다고.

흡혈 양도 그 정도 분별력은 있거든. 음, 있어야 할 텐데.

요즘 상태를 보면 유혈 사태를 일으켜도 놀랄 게 없어서 무섭거든.

마왕이 외도 내성을 습득하는 방향으로 과제를 주긴 줬는데, 지금 시점에서는 별 효과가 없었다.

막 발광하는 흡혈 양을 말릴 수 있는 사람이 나랑 메라 정도인데, 메라는 같이 안 지내고 다른 데 있으니까 내가 수습해야 한단 말이지~ 부득이하게.

귀찮소.

메이드 언니가 내 방에 달려올 때마다 「또야?」 싶어서 진짜 지긋 지긋하단 말입니다.

뭐, 아직까지는 딱히 큰 사건을 일으킨 게 아니니까 어린아이의 귀여운 투정질이라 치고 넘어갈 수 있지만~.

위압 때문에 메이드분들이 실신할 뻔했다는 피해 사례는 있지 만…….

힘내라, 메이드 언니들!

뭐, 이런 느낌으로 작고 소소한 변화와 난감한 일은 있어도, 저런 걸 빼면 대체로 평화로운 일상을 누릴 수 있었다.

그런 와중에 내가 뭘 하고 있었냐면 분신체 제작에 힘을 쏟았습 니다.

산란 스킬의 요령으로 내 클론을 만들어 냈지.

앗, 물론 내가 직접 알을 낳는 건 아니거든?

그런 마니악한 19금 행위는 안 한다고요.

자세히 설명하자면 실을 뽑아 둥글둥글하게 공을 만들고, 그 안쪽에서 분신체를 키우는 거죠.

응? 뭐라고?

그런 건 알이 아니라고?

상관없어, 결과만 거둘 수 있다면 뭐든.

응? 진짜 결과를 거뒀냐고?

후후훗.

그러면 발표하겠습니다!

지난 1년간 내 노력의 성과!

현재 내 분신체의 모습을 감상하시라!

짜잔~! 보라, 이 사랑스러운 모습을!

내 손바닥 위에 올라서 있는 녀석은 한 마리의 하얀 거미.

손바닥에 쏙 올라가는 요 러블리 큐티가 나의 분신체랍니다!

……귀엽지? 안 귀엽다고?

응? 귀여움 어필은 됐고 성능이나 빨리 설명하라고?

……귀여워!

귀엽잖아?

귀엽다고 말 좀 해라, 이 녀석.

응, 맞아.

지금 단계에서는 귀엽다는 것 말고 장점이 없어.

분신체랄까, 분체?

몸신(身) 자까지 붙여주기에는 조금 못 미덥잖아.

일단 엄연히 분체니까 감각 공유는 가능하다.

분체가 보고 들은 내용은 본체, 즉 나 역시 꼬박꼬박 파악할 수 있다.

그래도 특수 기능은 정말로 이게 전부야.

겉모습과 달리 대단한 녀석은 아니라고.

실은 뽑아낼 수 있고 물어뜯기 정도야 가능하지만 양쪽 다 별 대단한 구석은 없다.

뽑아내는 실은 본체의 성능에 훨씬 못 미쳐서 지구의 평범한 거미와 비슷비슷한 수준.

물어뜯기도 마찬가지, 독도 없는 까닭에 솔직히 살짝 따끔한 느낌이 드는 게 전부라서 누구를 해칠 수 있는 위력이 아니거든.

게다가, 음, 오히려 한 번 밟히면 죽어버린다.

……어떠신가! 이것이 나의 지난 1년간 성과올시다!

웃고 싶다면 웃으시게!

끄응. 그렇지만 여기까지 다다르는 데도 꽤 고생했거든?

애당초 분체를 만드는 단계부터 제법 애먹었는걸.

이게 차분하게 다시 살펴보면 실 구슬 안에서 클론을 만드는 짓이잖아?

이 말만 들어도 엄청나게 굉장한 작업이라는 생각이 들 거야.

완성된 게 귀여움밖에 장점이 없는 분체였지만!

어쨌거나 병렬 의사의 응용 덕분에 제대로 잘 독립된 사고 능력을 갖고 있는 만큼 발전성이 아주 없는 건 아니야.

훗날을 기대하도록 하고 여기에서 일단락.

　그런고로 한 번 밟히기만 해도 죽어버릴 만큼 무력한 귀염둥이 분체는 이공간에 획~.

　이 이공간은 이름 그대로 공간 마술로 만들어 냈고 현 세상과는 다른 곳에 존재하는 공간을 말한다.

　공간 마술이란 말을 들었을 때 내가 맨 먼저 떠올렸던 3대 마술, 텔레포트, 아이템 박스, 이공간 창조.

　그중 이공간 창조가 이거야.

　분체 제작 쪽은 뭔가 큰 진척이 없었지만 공간 마술은 착실하게 진화를 거듭하고 있거든.

　전이 때도 비슷한 느낌이었는데 아무래도 나는 공간 마술이 특기인가 봐.

　아아, 나의 넘치는 재능이 두렵구나!

　분체는 아직 쓸 만한 상태가 못 되지만…….

　그렇게 아직은 쓸 만한 상태가 못 되는 분체를 이공간에 던져 넣는다.

　이 이공간은 달리 말하자면 내가 만들어 낸 나의 마이 월드.

　내가 곧 규칙.

　그 규칙과 다를 바 없는 내가 설정하면 시간의 흐름마저도 어느 정도 조작이 가능하다.

　뭐, 요컨대 정신과 시간의 방이겠네.

　이 안쪽에서 수련에 힘써주게나.

　이공간 속에 획 날아 들어간 분체는 앞다리를 솜씨 좋게 움직여서 옛썰, 응답.

그에 동작을 맞춰 다른 분체들도 경례를 한다.

훗, 분체가 한 마리뿐이라고 누가 말했던가?

이공간 안을 우글우글 가득 메운 분체들.

한 마리의 능력이 낮다?

그렇다면 숫자로 승부한다!

……사실은 그냥 둘러댄 말이고, 어떻게든 능력이 높은 개체를 만들어 낼 수는 없을까 실험을 반복했더니 어느 틈인가 이렇게 됐다.

이 녀석들이 성장하면 분명히 엄청날 거야.

그러니까 이제껏 쌓은 노력은 헛된 게 아니야.

아니라면 아닌 줄 알아.

아니라고 치고 넘어가자.

나는 이공간의 입구를 가만히 닫았다.

자, 미묘한 결과로 일단락된 분체와 달리 다른 분야는 제법 꽤 진전이 있었다.

먼저 공간 마술.

이공간 구현에 성공했다는 데서 알 수 있듯이 이쪽은 순조롭게 위쪽 단계를 밟아 올라가고 있다.

전이의 정밀도 상승 및 발동까지 걸리는 시간 단축, 전이의 야비한 활용 방법도 몇 가지 새롭게 개발했다.

솔직히 여기에서 이미 오버 킬이 아닌가 싶을 만큼 아찔한 녀석으로……

공격 부분은 이제 거의 충분하다.

그에 비하여 방어 부분은 아직 좀 불안이 남아 있고.

전이로 도망치면 끝이라는 최종 수단은 있지만, 전이할 틈조차 없이 기습으로 한 번에 당해버리면 위험하다.

신체 강화 마술도 이전보다는 능숙해졌으나 그럼에도 신화 이전의 방어력에는 못 미친다.

잠들 때라든가 저절로 해제되는걸.

이렇게 다시 생각해보면 매 순간 연속으로 능력치라는 신체 강화 마술을 걸어줬던 시스템은 역시 굉장하다는 걸 재인식하게 된다.

일단 당면 목표는 신화 이전의 능력치를 따라잡고, 그 상태를 매 순간 유지할 수 있도록 가다듬는 것.

지금 수준에서는 역시 잠들었을 때가 가장 무방비하니까.

그때 덜컥 기습당해서 픽 죽어 나가는 미래를 맞이할 순 없잖아.

뭐, 지금이야 호위로 인형 거미들이 붙어 있으니까 어지간하면 봉변은 안 당하겠지만…….

그래도 유비무환이랬어.

가능한 한 대책은 마련하는 게 좋아.

그런고로 대책을 마련하는 그날까지 정진이 있을 뿐.

다만 단순히 방어력만 올려 갖고는 다가올 날을 버티지 못할 것 같거든.

왜냐하면 전이를 응용한 나의 공격 수단이 방어력과 관계없는 물건이라서야.

내가 가능하다면 달리 또 가능한 녀석이 분명 있다고.

나 혼자만 특별하다든가 같은 착각을 하면 안 된다.

즉 방어력 무시 공격을 막는 수단을 궁리해야 된다는 뜻이 되겠다.

나의 전이 공격은 의외로 간단하게 막을 수 있어.

쓱 상쇄하면 그만이거든.

그런데 막상 딴 방법을 찾아보자니까 이게 어렵다.

다른 게 뭐가 있는지 알 방법조차 없잖아.

다만 있다고 가정하는 게 좋겠지.

세상에, 시스템이라는 터무니없는 마술을 직접 목격했는데 뭐든 다 있다고 각오나마 다져 두는 게 낫겠지 싶더라.

실제로 D라면 정말 뭐든 다 가능할 것 같아서 무서워.

정신을 차렸을 때는 이미 죽었다든가 그런 영문을 알 수 없는 상태가 된다고 쳐도 신기할 게 없단 말이지.

무셔라!

그렇다면 단순 방어력만 올린들 의미가 없지 싶거든.

그럼 어쩌라는 거냔 생각이 들 텐데, 알 부활을 응용할 수 없을까 모색 중.

알 부활은 산란 스킬로 낳은 알에 내 의식을 옮겨서 부활하는 방법.

마찬가지로 산란 스킬을 응용해서 분체를 만들 수 있었던 만큼 그 분체로 본체의 의식이 도망치는 게 가능하지 않을까 싶어.

이렇게 하면 본체가 치명상을 입어도 살아남을 수 있다.

방어력 무시 공격이 닥쳐들어도 무섭지 않아!

그렇다 해도 아직은 분체가 미완성 수준에도 못 미친다.

한 번 밟으면 픽 죽어 나가는 연약한 몸에 옮겨 타라고?

그러다가 또 죽겠다.

작정하면 금방 할 수 있을 것 같기는 한데 이것도 추후의 과제로 남겨 놓자.

전투 능력 방면은 이런 상황이고, 다른 부분에서도 물론 성과를 거두었답니다.

구체적으로는 사안 관련.

예전부터 눈을 감은 채 행동할 수 있도록 투시 연습을 했었는데, 그것도 지금 와서는 상시 발동의 수준에 다다랐습니다.

그런고로 지금의 나는 눈을 감은 채 다니는 게 기본 상태가 되었죠.

이제 가끔씩 눈이 마주치는 바람에 흠칫 놀라게 만들 우려도 사라졌다고!

뭐, 애당초 나는 다른 사람이랑 눈이 마주칠 만한 활동을 안 하니까 사고 사례는 거의 없었지만……

응? 어째서냐고?

평범한 사람들은 이해가 잘 안될 테지만, 외톨이 속성 보유자는 다른 사람이랑 눈 마주치는 것도 큰일이라고요.

사람 눈을 보고 이야기하는 건 난이도가 높아요, 높아.

훗, 외톨이의 서글픈 습성이어도 이제까지 그 덕에 내 눈을 다른 사람에게 보인 적이 없었던 만큼, 뭐가 어떻게 플러스로 작용할진 역시 모르는 거야.

그 밖에도 투시 덕분에 길모퉁이에서 다른 사람과 깜빡 충돌한다든가 괜한 뜻밖의 사고는 사라졌다.

대부분 방에 틀어박혀서 지내고 있는 나에게는 만남 이벤트가 애당초 없지만!

뭐, 어쨌든 투시는 무척 편리하거든.

투시라면 모든 남자가 습득하기를 바라고 동경하는 능력이잖아.

흡혈 양의 속옷이라든가 마음껏 훔쳐볼 수 있지!

별 관심 없지만.

……응? 활용법이 좀 쓰잘머리 없는 거 아니냐고?

그, 그그, 그렇지 않거든!

엄청 유용하게 잘 쓰고 있거든!

게다가 투시 말고도 천리안 같은 능력도 이젠 쓸 수 있다고!

더욱이 다른 사안과 병용도 가능하니까 초장거리 원격 사안 공격이 해금.

주원의 사안이라든가 봉인의 사안이라든가 시스템과 직결된 쪽은 아직도 못 쓰지만, 그 밖에 정지의 사안이라든가 왜곡의 사안이라든가 이쪽은 문제없이 사용 가능하다.

사멸의 사안? 너무 위험해서 시험도 안 했어.

그래도 뭐, 정지의 사안으로 움직임을 멈춘 뒤 왜곡의 사안으로 공간째 비틀어서 끊어버리면 대부분의 상대를 내게 접근하기 전에 쓰러뜨릴 수 있다.

순조롭게 신화 이전의 힘을 되찾는 중이라고 말할 수 있겠네.

지금 단계에서 힘을 직접 사용할 기회가 없는 게 좋은 일인지 나쁜 일인지 모르겠지만 말이야.

응. 평화롭다는 뜻이니까 분명히 좋은 일이려나.

근데 다 부질없거든~.

평화는 무슨, 앞쪽에 가짜라는 수식어를 붙여야 한다.

왜냐하면 엄청나게 불온한 분위기가 감돌고 있는 상황인걸.

마족령은 현재 바짝바짝 긴장 상태다.

마왕이 시민을 마구 징병하기 때문이지.

인족에 비해 인구가 적은 마족은 그만큼 생활에 여유가 없다.

많은 인구는 곧 생산력에 직결되니까.

인구가 적으면 필연적으로 여러 분야에서 손이 모자랄 수밖에 없다.

그럼에도 불구하고 그 적은 노동력을 징병 때문에 빼앗기는 상황이라서 마왕에 대한 시민들의 심정은 몹시 안 좋다.

그런데 거역할 수가 없어.

왜냐하면 상대는 마왕이잖아.

마족에게 마왕은 역시 중요한 존재이니까~.

거역할 수가 없고, 설령 거역한들 마왕이 어떤 녀석인데.

마족이 아무리 잔뜩 달려들어도 마왕을 쓰러뜨릴 수 있단 가망이 아예 안 보인다.

내키는 대로 휙 천재지변을 일으킬 수 있는 강자란 말이야.

그래도 마족 대부분은 마왕의 진짜 무력을 알지 못한다.

그러니까 불만이 쌓여 까딱하면 폭발할 기세였다.

마왕을 쓰러뜨리고 다른 누군가를 새 마왕으로 세우자는 식으로……

응. 그런고로 아마 조만간 쿠데타가 일어날 거야.

실제로 무력 봉기를 일으키려는 세력이 있고.

어째서 방에 틀어박힌 채 지내는 내가 그런 정보를 쥐고 있냐고?

그야 물론 첩보 활동의 결과랍니다.

자신의 생존 능력 및 전투 능력이 차차 갖춰지던 무렵부터 다음에 착수해야 할 분야는 역시 첩보 능력이었거든.

전쟁에서 중요한 게 더욱 많은 정보의 확보니까.

적의 규모는?

적이 어디에 위치하는가?

여러 요소를 파악하면 대책을 더욱 수월하게 강구할 수 있지.

뭐든 모른다면 몰라서 손해를 보게 된다고.

반대로 뭐든 안다면 알아서 대폭 유리해진다.

아는 것이 힘이라는 말도 있잖아.

그런고로 나는 첩보에 꽤 힘을 들였어.

어디에서 정보를 구했냐고?

그야 귀염둥이 분체들이죠!

분체는 거미랑 똑같은 모습에서 짐작했을 테지만 벽을 기어오를 수 있고 손바닥 사이즈니까 이런저런 곳에 잠복할 수 있다.

게다가 분체가 보고 들은 내용은 리얼 타임으로 내게 전달되거든.

이토록 첩보에 딱 맞는 수단이 달리 또 있을까?!

아니, 없다!

난점은 너무 약한 까닭에 발견되면 쉽게 퇴치당한다는 것.

꽉 밟기만 해도 죽어버린다고 말했었지?

그게 진짜 경험이거든…….

뭐, 들켜서 죽은들 본체인 나는 전혀 아무렇지도 않다.

덧붙여서 그 작은 거미가 첩보 활동 중이라고 생각하는 것은 좀처럼 어려운 까닭에, 설사 발견되어도 큰 경계심을 불러일으키지는 않는다는 게 컸다.

기껏해야 신종 마물이라도 나타났나 대충 넘기는 게 고작이지.

그러니까 마구 소모해서 부려 먹어도 전혀 문제가 없어.

발견되지 않는 게 최고라는 것은 분명하지만 말이야.

그런고로 나는 대량 생산한 분체 중 일부를 각지에 뿌려 놓았다.

그러니까 모인다, 모여.

여러 가지 정보가…….

시민들 사이에 도는 소문부터 높은 사람들의 밀담까지 폭넓게.

마족령에서 내가 모르는 사실은 없다! 그런 소리까지는 못 꺼내겠지만 상당히 정확도 높은 정보를 취급한다는 자부심은 있다.

사실은 마족령뿐 아니라 인족령이라든가 엘프의 거처에도 분체를 보내고 싶은 마음인데, 거기까지는 진행이 되지 않았다.

지금 이대로는 위험하다고 판단했기 때문에…….

인족령은 교황의 영역.

엘프의 터전은 포티머스의 영역.

양쪽 다 미숙한 분체에게는 힘겹다.

마족령에서는 분체를 자유롭게 움직일 수 있었지만, 그 이유는 거미라는 생물을 마왕이나 나와 연관 짓지 않기 때문에 가능했던 것.

발견돼도 나랑 마왕이 첩보 활동 중이라는 사실은 안 들키거든.

그렇지만 교황이나 포티머스는 거미만 딱 봐도 나랑 마왕을 연상할 게 뻔하잖아.

그러면 전력으로 몰아 잡으려고 할 테지~.

불쌍한 분체는 첩보 임무를 완수도 못 하고 무참하게 스러졌다…….

그렇게 되는 게 뻔히 보이니까 최소한 들키지 않을, 들켜도 무사히 도망칠 만한 능력을 분체가 갖출 때까지는 인족령과 엘프의 영역에 대한 첩보 활동은 자숙해야지.

뭐, 일부러 들키고 「첩보 나왔소이다~!」라고 에둘러 선언해서 상대의 경계심을 자극하는 수단도 아주 없지는 않겠지만…….

그 방법은 나름대로 리스크가 큰 데다가 분체를 헛되이 소모하게 될 테니까 별로 실행하고 싶지는 않네.

분체는 저절로 막 생겨나는 게 아니야.

비록 손바닥 비슷한 크기여도 몸을 구성하는 물질은 꼬박꼬박 섭취해야 하고 만들어 낼 때도 상응하는 에너지가 필요하다.

그것들은 엘로 대미궁에서 조달하고 있었다.

그곳에 가면 하얀 거미들이 마물 주검을 갖다 바치거든.

본체로는 더 이상 먹고 싶지 않지만, 마물 시체는 영양가도 양도 풍족하다!

건강을 위해 여러분에게도 마물식을 추천!

독은 꼭 조심하고!

자, 분체들아, 잔뜩 먹으려무나.

뭐, 이름이 분체일 뿐 결국은 나의 일부니까 나 자신이 먹는 셈이나 마찬가지지만 말이야.

거미형이니까 마물을 먹어도 맛없다는 느낌이 안 드는 게 그나마 위안일까.

혹시 인간형이었다면 입맛이 뚝 떨어져서 자기 자신한테 파업을 당할 뻔했다고…….

위험해, 위험해라.

분체가 거미형인 데 특별한 이유는 없다.

뭐랄까 자연스럽게 거미 형태가 됐을 뿐, 마음먹고 만들면 인간형 분체도 아마 만들 수 있을 것이다.

그래도 의식하지 않고 만들면 자연스럽게 거미형이 된단 말이지.

이게 심층 심리에서 나는 자기 자신을 거미라고 인식하고 있기 때문에 나타나는 결과일까?

잘 모르겠어.

뭐, 그 부분은 딱히 불편한 게 없고 깊이 고찰할 사안도 아니니까 방치하자.

뭐가 어쨌든 간에 내가 나라는 사실은 달라지지 않잖아.

D의 대역이었다는 충격적인 진실과 비교하면 사소한 문제라고, 응.

그나저나 인간 몸뚱이는 역시 써먹기가 불편해!

어째서 다리가 두 개밖에 없는 거야?!

여덟 개는 달고 다녀야 훨씬 더 안정되잖아!

균형을 잡는 게 이리도 불편할 수가 없다고.

신체 강화 마술이 불안정한 지금은 두 다리론 걷는 것도 한고생이야.

액셀은 팍팍 밟히는데도 브레이크가 말을 안 듣는달까.

다리가 여덟 개라면 밟아 디뎌서 버틸 상황이어도 두 다리여선 무리~.

뭔가 방법이 없을까 고민하던 차에 어떻게 뚝 해결됐습니다.

끙끙 고민하다가 정신을 차렸을 때는 하반신이 거미 몸뚱이로 바

꿰었더라고…….

이른바 아라크네 형태라 말할 수 있겠다.

스스로도 어떻게 바꿔 놓았나 잘 모르겠거든? 아무튼 막 영차! 하반신에 힘을 넣으면 아라크네 형태로 될 수 있다는 걸 알았어.

알쏭달쏭하구나, 나의 몸!

참고로 하반신을 싹 변형시킬 수 있는 만큼 다른 형태도 취할 수 있지 않을까 싶었는데 아라크네 형태밖에 안 되더라고.

비록 하반신뿐이지만 변형이 이루어졌다면, 이론상은 온몸을 상상하는 대로 변형시킬 수 있어야 할 텐데 말이야.

꿈의 7단계 변신은 꿈을 못 벗어났어.

일단 아라크네 형태 변형도 마술에 속할 텐데, 실을 뽑아낼 때와 마찬가지로 구축이라든가 중간 과정은 무의식중에 해치우는 탓에 나 자신도 뭔가 잘 모르겠단 말이지.

무의식중에도 이런 재주를 부릴 수 있다는 게, 정말이지 마술은 신비롭고 심오한 분야다.

뭐, 마술 자체가 신비로운 분야 아니냐고 묻는다면 특별히 할 말도 없지만…….

이제 근접 능력도 어느 정도는 확보가 된 셈이다.

그렇게 근접전을 벌여야 하는 사태는 좀처럼 없을 테지만, 음, 없기를 바라지만 물리적으로 도망칠 다리는 있는 게 당연히 좋잖아.

아라크네로 형태 전환은 순식간에 끝낼 수 있어서 허를 찔려도 어지간한 외통수가 아닌 한 대응은 문제없겠다.

응? 속옷은 어떡하냐고?

그야 당연히 안 입고 다니는데요.

이런 대답을 기대한 거냐, 바보야!

꼬박꼬박 입고 다닌다고.

변신할 땐 이공간에 수납하면 그만이잖아.

변신 장면 중 섹시 서비스는 안 합니다.

일요일 아침 애니메이션처럼 철벽을 자랑해주겠어.

참고로 투시 대책도 빈틈없거든.

스스로 마련할 수 있는 대책을 게을리할 내가 아니다!

후후훗.

나를 음흉한 상황에 몰아넣고 싶거든 그에 상응하는 각오를 갖고 도전하시게나!

……정말 도전하겠다는 작자가 나타나면 좀 많이 떨떠름하겠지만.

응. 이왕 싸우려면 진지한 상대를 갖다주세요.

"실례하지."

"돌아가."

여느 때처럼 다과회에 난입한 양아치에게 인사 대신 쏘아붙이는 흡혈 양.

평소였다면 이제 둘이서 막 입씨름을 벌일 테지만 이번에는 내가 양아치한테 용건이 있는 관계로 적당히 좀 해줘라.

그런고로 반쯤 입을 연 흡혈 양을 손짓으로 제지했다.

평소와 다른 내 반응에 흡혈 양은 어안이 벙벙한 얼굴.

양아치도 깜짝 놀란 표정을 지었으나 곧 흡혈 양에게 의기양양한 미소를 보냈다.

그런 꼬맹이 같은 구석이 영 별로거든?

반면에 흡혈 양은, 앗, 큰일 났다.

엄청 사나운 표정으로 이를 악물고 있어.

빠득빠득이 그냥 만든 말이 아니라 진짜 나오는 소리였구나.

어라, 입술이 찢어져서 피가 나온다?

질투의 영향, 무셔라!

애고고, 애고.

자네, 진정하게나.

저거 봐, 세상에나 양아치가 아주 질겁을 하네.

이대로 방치하면 뭔가 난리가 날 기세라 후딱 용건이나 마치고 양
아치는 바깥으로 내보내자.

그런고로 후닥닥 양아치한테 편지를 내밀었다.

내가 실로 짠 진심을 담은 편지랍니다.

앗, 러브 레터라든가 그런 건 아니야.

뭔가 좀 기쁜 눈치의 양아치한텐 미안하지만, 겉면에 큼지막하게
마왕 앞이라고 써 놨거든?

앗, 뒤늦게 알아차리고 낙담했네.

"거 뭐냐? 이 편지를 그 녀석에게 갖다주란 말인가?"

맞아, 맞아. 잘 알아들었네, 알아들었어.

긍정의 의미로 고개를 끄덕거리자 양아치는 어깨를 털썩 떨어뜨
렸다.

미안하게 됐어.

불쑥 심부름이나 시키고.

그리고, 괜한 기대감을 줘버렸네.

뭐, 평소 우리한테 민폐를 끼쳤던 만큼 이 정도는 참아주게나.

그런고로 얼른 편지 전하러 나가줄래?

훠이.

내가 빨리 가라고 손짓으로 표시하자 양아치는 터벅터벅 방 바깥으로 나갔다.

뒷모습이 초라하다.

이제 흡혈 양의 울화도 가라앉겠지.

"착각할 만한 태도도 취하지 말란 말이야."

안 가라앉았다!

지옥 밑바닥에서 기어 올라온 사람처럼 질척질척하고 나지막한 목소리.

유녀가 내도 괜찮은 목소리가 아냐.

저거 봐, 사엘이랑 피엘이 서로 부둥켜안은 채 덜덜 떨고 있잖아!

리엘?

리엘은 이런 상황에서도 싱글벙글 웃는데!

애고고, 애고.

자네, 진정하게나.

토라진 흡혈 양을 겨우 어르고 달래서 그날 다과회를 마쳤다.

끙. 마왕에게 편지를 보내자는 목적은 달성했지만 흡혈 양의 울화증이라는 새로운 문제가 새삼 부각됐다는 기분이 든다.

외도 내성 스킬을 성장시키며 차근차근 돌봐줄 계획이었는데 살짝 거친 치료법이 필요할지도?

흡혈 양의 집착은 잘 알고 지내는 우리를 대상으로 발휘된다.

특히 메라가 대상일 때는 도가 지나칠 만큼.

비록 우리가 세계 곳곳을 여행했다지만 정작 교류를 나눈 사람들의 폭은 대단히 좁다.

즉 흡혈 양은 아는 사람이 적어.

그 탓에 더더욱 가까운 사람에게 집착하고 의존한다.

나도 남의 말 할 처지는 못 되지만 흡혈 양은 아는 사람을 좀 늘리는 게 좋겠다.

응, 나는 혼자 힘으로 자립한 능력 있는 여자니까 괜찮아도 흡혈 양은 유녀잖아.

뭐, 하지만 내가 신경 쓸 문제는 아니려나.

이제 곧 머지않아서 흡혈 양을 학원에 던져 넣을 테니까.

나뿐 아니라 주위 사람들도 착착 준비를 진행 중이란 거지.

여담 놀고먹는 마왕님

마왕성의 어느 방.

마왕의 집무실에서 책상 위쪽에 다리를 휙 얹어 놓고 빈둥대는 내 귓가에 거친 발소리가 점점 가까워지며 들렸다.

발소리의 주인은 곧장 이 방 앞까지 직진하더니 노크도 않고 세차게 문을 열었다.

"숙녀의 방에 노크도 않고 들어오는 건 매너 위반 아닐까?"

"그 궁상맞은 몸뚱이로 숙녀 행세라니 웃겨주는군."

불쾌함이란 감정을 숨기지도 않고 밉살맞은 소리를 내뱉는 저 녀석은 발트의 동생, 브로우.

저 녀석은 자기 형 발트가 아니라 불쑥 튀어나온 내가 마왕이 되었다는 데 불만을 갖고 있었다.

그렇다 해도 형 발트가 내게 협력하고 있기 때문에 형의 의향을 따라 내 명에 거역하는 짓은 하지 않는다.

그러니까 실례되기 짝이 없는 발언도 넓은 마음으로 용서해준다.

화 안 났어. 화 안 났다니까?

"그래서? 뭔가 용건이 있어서 온 거 아니야? 미리 말해 두겠는데 발트는 여기에 없다?"

브로우는 나를 싫어하니까 되도록 얼굴을 마주하지 않으려고 행동한다.

그런 브로우가 여기에 왔다는 것은 내게 용건이 있거나 발트에게 용건이 있어 찾으러 왔거나 둘 중 하나.

"이걸 네 녀석에게 갖다주라더군."

성큼성큼 책상 앞까지 걸어온 브로우는 손에 든 뭔가를 책상에 내팽개치려고 손을 휙 치켜들었다가 직전에 생각을 고쳐먹었는지 천천히 내려놓았다.

뭘 하고 싶은 걸까? 이 녀석.

"잘 모르겠는데 확실히 받았어."

"그래."

목소리에 기운이 없었다.

뭔가 충격적인 사건이라도 겪었던 걸까?

뭐, 브로우가 기운이 있든 없든 나한테 무슨 상관이라고.

새삼 책상에 놓인 물건을 살펴봤더니 그것은 봉투에 든 편지였다.

손에 들어서 보면 명백하게 보통 사용하는 종이와 질감이 다르다.

이 매끄러운 감촉. 시로가 직접 만든 종이구나.

편지를 보낸 사람도 알았겠다, 이제 내용을 확인한다.

"진짜야?"

무심코 중얼거렸다.

봉투 안쪽에 든 십수 장의 종이에는 반란 계획을 꾸미고 있는 수모자의 이름 및 주변 세력이 보유하고 있는 전력, 병참 따위가 세세하게 기록되어 있었다.

도대체 어디에서 이런 정보를 구해 온 걸까? 도무지 의미 불명이야.

시로는 매번 내 예상을 빗겨 나가는 행동을 저지른다.

"브로우."

"엉?"

떠나가려고 하는 브로우의 등에다 대고 말을 건넸다.

덧붙이자면 브로우가 내게 편지를 건네준 뒤 내가 편지를 다 읽을 때까지 걸린 시간은 몇 초도 안 된다.

즉 브로우의 입장에서 보면 편지를 건넨 뒤 떠나가려는 차에 곧바로 이름을 불린 셈이었다.

사고 초가속 스킬을 보유한 덕에 부릴 수 있는 재주이지만, 그런 사정을 알지 못하는 브로우는 내가 편지를 읽지도 않고 불러 세웠다고 생각할 수밖에 없겠네.

뭐, 어떻게 보든 상관없지만······.

"이거 읽어."

그러니까 내 말에 브로우가 핏대를 세우든 말든 알 바 아니야.

"이봐, 좀!"

"다 읽고 발트한테 갖다줄 것. 그리고 한 마디만 전해줘. 『맡기겠어』라고."

격앙하는 브로우를 무시한 채 자기 용건만 말했다.

"이건 마왕 명령이야."

"쳇!"

투덜투덜 불평하면서도 명령은 꼬박꼬박 따르는 브로우 녀석, 근본은 착실할 거야.

마지못해서 편지를 읽기 시작한 브로우의 불만 가득한 얼굴이 문장을 읽어 나가는 동안 차차 진지한 기색으로 바뀌었다.

미간에 진 주름은 처음부터 별로 안 바뀌었다.

"이게, 설마? 진짜인가?"

편지의 내용에 의문을 드러내는 브로우.

그러나 너무나도 상세한 편지 속 내용은 의문의 여지를 불식시켰다.

제아무리 믿기 어려운 내용이어도 이토록 많은 증거가 갖춰져 있으니.

뭐, 저 편지를 보낸 사람이 시로라는 사실 때문에 브로우의 의구심은 더욱 깊어지겠지.

브로우의 시선으로 보면 시로는 전투 인력이 아니라 온실 속 화초 같은 아가씨로 보일 테니까.

공작가 저택에 틀어박힌 채 지내고 있으니 아주 틀린 말도 아닌걸.

그나저나 분명 틀어박힌 채 지냈을 시로가 어떻게 이런 중요한 정보를 긁어모을 수 있었던 것인지 나도 영문을 모르겠네.

나도 모르는데 브로우는 훨씬 더 영문을 모를 지경일 거야.

"……."

브로우는 그대로 말없이 편지를 들여다보며 나가버렸다.

인사 한 마디는 해라.

내가 일단은 마왕이고 상사잖아.

근본은 착실해도 이렇게 상식 없는 구석은 영 별로거든?

그러니까 인기가 없는 거야.

브로우가 나간 다음은 또 같은 자세로 빈둥거렸다.

솔직히 말하자면 할 일이 없어서 한가로운 상태야.

아니, 뭔가 하려고 들면 이래저래 할 일은 많지만 효율을 감안했을 때 내가 손대지 않는 게 오히려 좋단 말이지.

반란을 일으킬 정돈 아니라 쳐도 브로우처럼 나를 싫어하는 녀석들은 많다.

특히 난 발트를 필두로 하여 몇 사람에게밖에 실력을 보여주지 않았고.

마족은 실력주의.

그러니까 마왕에게도 걸맞은 힘이 요구된다.

이때 힘이라는 게 꼭 전투 능력에 한정되진 않는다.

발트처럼 정치 능력이 뛰어난 자도 힘 있는 인물로 인정받는다.

그리고 마왕으로 선택받는 녀석은 본래 모든 마족에게 널리 알려져 있는 유력자가 많았다.

마왕이 되기 이전부터 자기 실력을 널리 떨친다는 뜻이다.

그러니까 불복하는 사람은 적다.

다만 나는 마족이 아니고 지명도도 없어.

최고(最古)의 신수라는 의미론 제법 잘 알려져 있겠지만 그거야 내가 먼저 퍼뜨리고 다니지 않는 한 다른 사람들은 모르는 거고…….

많은 마족은 정체는 물론 실력도 불명에, 아리송한 인물이 느닷없이 마왕이 됐단 식으로 인식하고 있을 거야.

그런 상황에서 불만이 솟지 않을 리 없지.

그 불만이 쌓인 결과가 이번에 시로가 찾아낸 일당, 몰래 움직이고 있는 세력이 되는 셈이군.

그럼 어째서 내가 실력을 공표하지 않는 거냐고 의문이 들 텐데, 사실 이유는 도망을 막기 위해서.

거역할 수 없는 공포 정치.

그게 전부라면 좋겠지만 거기에 압도적인 무력이 더해지면 도를 넘어서버린다.

나는 혼자서 마족 전부를 멸할 수 있는 힘을 보유했다.

그리고 필요하다면 정말 실행할 의지도 가지고 있었다.

그 사실을 알았을 때 마족들은 어떻게 할까?

처분당하기 싫어서 복종하면 괜찮아.

그렇지만 도망친다면 좀 귀찮거든.

덤벼드는 녀석을 쳐부수기는 물론 쉽다고.

내게는 충분한 힘이 있잖아.

뿔뿔이 흩어져서 도망치면 손쓸 도리가 없어.

일일이 쫓아다니면서 다시 데려오든가 처분할 만한 손도 시간도 없거든.

나머지 퀸이랑 다른 권속들을 동원하면 아주 불가능하진 않겠지만 그렇게 되면 이미 인족과 전쟁을 벌일 상황이 못 된단 말이야.

마족 vs 인족이 아니라 마족을 멸한 나 vs 인족이 돼버린다.

그건 최종 수단으로 남기고 싶어.

더스틴이나 포티머스를 상대할 때는 마족이라는 방파제 겸 버리는 말을 써서 상황을 먼저 가늠해야 할 테니까.

그런고로 가능한 한 마족은 내 실력을 숨긴 상태에서 복종시키는 구도를 만들고 싶은 거지.

그러려면 발트 및 아그너 같은 마족의 유력자 몇몇에게만 실력을 보여주고, 그 녀석들을 복종시키는 것이 가장 간편한 수단이다.

상급자가 복종하면 그 아래 녀석들도 저절로 복종할 수밖에 없으니까.

브로우처럼 말이야.

뭐, 그럼에도 불만은 당연히 쌓일 수밖에…….

결국 불만이 폭발했을 때, 요컨대 반란 따위가 일어났을 때 내 힘의 편린을 과시해주면 납득하지 않는 마족들의 입을 다물릴 수 있겠지.

불온 분자를 반란군으로 모아서 놈들을 한 번에 숙청.

깔끔하게 치운 다음에 내게 지배자 자격이 충분함을 과시한다.

이때 되도록 도망자가 발생하면 안 되니까 무력시위의 기세는 너무 과하지 않는 게 중요하다.

잘 조절하려면 조금 어렵겠어.

요런 생각으로 기다렸던 건데 내가 파악하기 전에 반란군을 싹 빨가벗겨 놓은 시로.

이래서는 내가 나설 필요도 없이 압승이잖아.

어디에 어느 정도의 전력이 있고, 어떻게 하면 승리할 수 있는가 그게 훤히 들여다보이는걸.

게다가 사전에 정보 파악을 끝낸 만큼 마음껏 선제공격을 펼칠 수 있다.

이렇게 밥상을 다 차려주면 어지간히 무능한 지휘관이 아닌 한 질 도리가 없었다.

이런 상황에 내가 힘을 과시해 봤자 당연히 이길 전투인데 혼자서 열불 내는 떨떠름한 사람만 되잖아.

너무 우수해서 내 계획을 어그러뜨리면 대체 어떻게 반응해야 하니, 시로야?

네 덕분에 할 일이 사라져버렸어.

아, 난감하다, 난감해.

……좋아서 백수 노릇을 하는 게 아니거든?

내가 넉살 좋게 나서서 이것저것 활동만 해도 마족들은 불만이 자꾸 쌓이니까, 그러니까 발트라든가 다른 사람한테 전부 맡겨버린다는 제대로 된 이유가 있어서 일을 안 하는 거죠.

이제까지 마왕 부재의 상태에서도 잘 돌아갔던 체재에 내가 끼어들면 오히려 운영에 지장을 준단 말이야.

이제 알겠지? 결코 좋아서 빈둥빈둥 노는 게 아냐.

아니라면 아닌 줄 알아.

3 행동을 개시하자

양아치를 통해 마왕에게 반란의 조짐이 있단 사실을 전한 지 사흘.

반란군 토벌 부대가 편성되어 출발했다.

뭐 이리 빨라!

속전속결의 수준이 아니잖냐?!

군사 행동이란 좀 더 준비라든가 시간이 꽤 걸리는 작전 아니었어?

이런 생각에 분체를 써서 내부 사정을 좀 뒤져봤더니 제법 무리를 한 눈치였다.

마왕은 아무래도 이번 안건을 발트에게 전부 맡겨버린 듯싶고, 또한 발트는 전격전으로 진압에 나서겠다 결정한 거다.

반란군은 의심을 사지 않도록 시간을 들여 사람과 물자를 모으고 있는 상황이니까 채비가 미처 다 갖춰지기 전에 공격하겠다는 의도였다.

그에 더하여 이쪽은 행군을 위한 움직임을 보인 적이 특별히 없었으니까 상대의 의표를 찌를 수 있겠지.

발트는 단기 결전을 바라나 봐.

음, 발트의 입장에서 보자면 달리 선택지가 없겠군.

분명 맞이하게 될 인족과의 결전을 대비해야 하는 이 시기에 병력을 헛되이 소모할 순 없는 노릇이니까.

시간을 더 끌었다간 반란군에 인원이 확 모여들 것을 감안하면, 싹 단계에서 뿌리를 뽑아 피해를 억제하는 방향으로 움직여야지.

잘하면 합류 전인 반란군 예비 병력이 뒤돌아서 해산할 수도 있고…….

그나저나 이렇게 허둥지둥 출격했는데 병참이라든가 이것저것 괜찮은 걸까?

능력치에 스킬도 있는 세계에서 무슨 병참을 챙기냐고 의문을 제기하는 당신!

실은 이 세계의 전쟁도 지구의 상식이 어느 정도 통한답니다.

뭐, 토대는 지구인과 별로 다를 게 없잖아.

안 먹으면 배가 고프고, 안 자면 졸음이 쏟아지는걸.

수면 무효처럼 별난 스킬을 보유한 사람은 정말 일부의 예외가 전부였다.

배가 쑥 꺼지거나 한껏 지치면 아무리 능력치가 높아도 힘을 발휘할 수 없다.

그리고 능력치가 높아 봤자 별 대단한 수준은 또 아니라는 거.

응, 인족이든 마족이든 1천에도 못 미치는 사람이 거의 대부분이야.

오히려 능력치 중 어느 하나라도 1천을 넘기면 영웅이라 불릴 만큼 엄청난 사람으로 대우받나 봐.

아무렇지도 않게 1만을 넘긴 녀석이 다수 있는 마왕의 진영이 얼마나 비정상적인가 잘 알 수 있겠다.

아무튼 평범한 병사들은 세 자릿수 능력치가 기본이 되는 셈인데, 이만한 수준이면 썩 요란한 행동은 못 한다.

전신 갑옷을 껴입고 전력 질주하는 정도는 가능하지만, 반대로 말하자면 그게 고작이야.

펀치 한 방으로 지면을 쪼갠다거나 마법 한 발로 주위 일대를 초
토화한다든가 먼치킨 판타지에 곧잘 나오는 친숙한 장면은 별로 볼
수가 없다는 거지.

애당초 그런 무력을 가진 녀석이 우글우글 많다면 성벽은 대체 뭔
소용이겠어.

성벽을 튼튼하게 짓는 까닭은 방어력이 있기 때문이야.

뭐, 다만 이 세계의 성벽은 스킬 따위로 방어력을 확 끌어올린 시
설이니까 지구랑 비교하면 안 되겠지…….

으음, 아, 맞아.

능력치에 마법 장비랑 탑승용 마수라든가 저런 효과를 감안하면
대충 제1차 세계대전 전후와 비슷한 수준이려나.

활과 화살이 총과 비슷한 위력을 발휘하고 마법은 포병이라고 치
면 적절할지도?

방금 말했듯 성벽의 방어력 등등 다른 부분은 있지만…….

응? 충분히 요란하다고?

내가 보기에는 꽤 얌전한 편이라니까.

내 주위 녀석들 보면 알잖아?

원 펀치로 천재지변급 대재해를 일으킬 수 있는 마왕을 필두로 전
투의 여파만 갖고 주변이 싹 파괴되는 괴물이 잔뜩이거든?

걔네랑 비교하면 맨몸으로 총화기랑 비슷한 건 귀여운 수준이라고.

뭐, 그건 그렇다 치고 본 주제로 돌아가자. 이 세계의 전쟁 방식
은 지구의 상식과 겹치는 부분이 많아.

그런 면으로 생각하면 이번 출격은 상당히 무리하게 감행했다는

걸 짐작할 수 있지.

사전에 미리 준비했다면 또 모를까, 불쑥 후닥닥 출격한다는 게 평범하게 봐도 무모하잖아.

전쟁뿐 아니라 전투 행위도 역시 사전 준비가 중요하다.

병력을 소집하거나 병사의 위력을 높이기 위해 훈련하거나 장비를 갖춘다거나.

저렇게 위력과 양을 갖춘 병력이 전장에서 온전하게 힘을 발휘할 수 있도록 행군 계획도 잘 세워야 한다.

어느 정도는 능력치 및 스킬로 커버할 수 있어도 역시 10할의 힘을 다 발휘하려면 충분한 휴식과 식사를 보장하는 게 맞지.

발트가 입안한 전격 강습 작전이면 병사들의 부담이 꽤~ 심할 텐데 괜찮을까?

뭐, 물론 괜찮다고 판단해서 Go 사인이 떨어졌겠지만…….

으음~.

다시 확인해 둘까.

반란군은 현재 마왕성이 있는 마족령 수도에서 북쪽에 있는 도시에 집결 중이다.

의심을 사지 않도록 일반인으로 위장한 병사들이 몇 사람 단위로 시간을 들여 도시에 모여들고 있는 상황이었다.

군량 및 장비 종류도 살짝살짝 반입하고 있고.

그 때문에 보통은 반란군의 움직임을 파악하기가 어려워야 한다.

본래 의도대로 진행됐다면 뒤늦게 적발해 봤자 이미 조직이 다 완료된 상태에서 진군을 개시하는 대군과 맞닥뜨렸을 거야.

홋, 그런 계획을 사전에 파악한 나는 굉장하다.

나의 슈퍼 나이스 파인 플레이 덕에 반란군이 아직껏 준비를 전혀 갖추지 못한 시점에서 이쪽이 먼저 움직일 수 있게 됐다.

그런 호기를 놓치지 않기 위하여 아군이 적극 기습을 펼치자고 출격했다는 것이 현 상황.

상대측은 아군의 상황을 감시하고 있을 테니까 말이야.

괜히 전쟁 준비에 착수하면 반란군 쪽에 이쪽의 움직임이 들통나고 전해지잖아.

그러니까 정보가 전달되기 전에 재빨리 진군해서 반란군이 대응할 틈도 안 주고 제압하겠다는 의도군.

소수 인원으로 천천히 모인다는 데서 알 수 있듯이 반란군은 각지에 흩어져 있는 상태니까 말이야.

한곳에 다 모인다면 귀찮지만 모이기 전에 본체를 때려 부수면 나머지는 무섭지 않아.

그리고 흩어져 있는 반란군이 이제야 급히 집결하겠다고 움직인들 제때 도착한다는 게 말도 안 되잖아.

그렇게 생각하면 이번 전격 작전도 나쁘지는 않아.

문제는 결국에 가서 승리할 수 있는지에 달렸네.

북쪽 도시의 방비는 썩 대단하지 않다.

마족의 도시, 정확하게는 이 세계에 있는 도시의 방어 시설은 사람이 아닌 마물을 대상으로 상정하여 건설된 경우가 많았다.

그야 그럴 수밖에, 마물은 적극적으로 사람을 습격하니까.

대책을 마련하지 않으면 습격 때문에 죽는다고.

예외도 물론 존재하지만 대부분의 도시는 주변 지역에 출현하는 마물에 맞춰서 방어 설비를 갖추어 둔다.

북쪽 도시의 주변에 출현하는 마물은 소형부터 중형의 짐승 타입.

약한 데다가 식량으로 먹을 수 있기에 저 녀석들을 사냥하는 게 북쪽 도시의 주요 산업으로 자리 잡았다.

사람이 마물을 습격하는 곳이군…….

뭐, 요런 까닭으로 방벽도 두껍게 만들 필요가 낮은지라 마물의 침입을 막는 데 필요한 최소한의 시설밖에 없다.

그런고로 공성전이 벌어질 우려는 없었다.

혹시 벌어지더라도 돌파는 쉬워.

농성 때문에 시간이 지연되는 동안 여기저기 흩어져 있는 반란군이 집결하는 난감한~ 사태는 없을 테니까 안심이야.

제대로 된 방위 시설을 갖춰서 농성하면 공략하는 데 엄청난 시간이 걸릴 뿐 아니라, 공격군은 수비군보다 곱절 이상의 병력이 필요하다고 나의 짧은 지식이 말해준다.

그쪽 우려가 없다는 게 든든하지.

그리고 야전을 펼칠 때 중요한 게 병력의 양과 지휘관의 기량.

병력의 질?

물론 중요한데 같은 마족이니까 별로 큰 차이는 안 나거든.

같은 종족끼리 비슷한 생활을 하면 당연히 능력치도 비슷해질 수밖에.

물론 능력치가 두 배, 세 배씩 벌어지면 도저히 뒤집을 수 없는 큰 차이가 되겠지만, 그런 인원은 손꼽을 만한 숫자밖에 안 되니까.

뭐, 손꼽을 만한 숫자라는 말은 곧 손꼽을 숫자는 된다는 뜻이기도 하다.

그래 봤자 기껏해야 1천 이하의 수준이거든.

그 정도 능력치 갖고 뭔 대단한 활약을 펼칠 수 있겠어.

그러니까 고작 한 명 돌출된 능력의 소유자에게 유린당하는 사태는 벌어지지 않는다.

그렇다면 단순하게 병력의 수와 지휘관이 얼마나 유능한가, 그게 승패를 가르게 된다.

이번에 출격한 병력 숫자는 상대의 세 배.

게다가 지휘관은 발트.

그렇다 해도 실제로 부대를 지휘하는 사람은 양아치라더라.

양아치가 지휘관이라는 데서 불안이 안 느껴지는 건 아니지만 병력 차이가 세 배인 이상 웬만하면 패배한다는 게 말이 안 된다.

발트도 같이 갔으니까 엉뚱한 실수는 안 할 거야.

또 걱정되는 게 강행군에 따른 병력의 피로와 병참 확보.

일단 식량은 얼마간 들고 갔을 텐데, 최저한의 분량만 실었다는 분위기라서 충분할 것 같지는 않다.

보급대가 뒤를 따라가는 게 아닐까 싶었는데 딱히 낌새도 없었다.

괜찮을까?

배고프면 싸울 힘이 없잖아?

그렇게 살짝 걱정하다가 곰곰이 잘 생각해보니까 공격 목표의 주변 환경을 감안했을 때 별로 신경 쓸 필요도 없다는 사실을 깨달았다.

왜냐면 북쪽 도시는 마물 사냥으로 식량을 확보해서 생계를 꾸리는 곳이잖아.

즉 북쪽 도시의 주변에는 식량이 데굴데굴 굴러다닌다는 거지.

현지 조달이 가능하다면 군이 무거운 짐을 힘겹게 옮길 필요는 없다.

그러고 보니 지구의 역사에서도 전쟁 때는 현지 조달이 제법 높은 비율을 차지했던가?

약탈 말이야.

……그렇게 생각하니까 전쟁은 참 비참하네.

응? 죽인 상대의 고기를 먹는 녀석이 뭔 소리냐고?

그건 그거. 이건 이거.

아무튼 병사의 피로 측면을 말하자면 발트가 신경 써서 잘 관리할 테니까 큰 걱정은 없겠다.

엄머나~?

이거 잘 살펴보니까 오히려 질 수가 없네?

뭐, 내 덕분에 사전 정보는 빈틈없이 갖췄겠다, 이러고도 혹시 패전을 겪는다면 지휘를 맡은 상층부가 대체 얼마나 무능한 것들이냐고 따져 물을 상황이 되지.

게다가 발트가 지휘하는 군대 안쪽에 시치미 뚝 떼고 이상한 녀석들이 섞여 있단 말이지.

아엘이랑 메라랑 오니 군.

자네들, 거기서 뭐하나?

아니, 음, 오니 군은 흡혈 양 때문에 분노 스킬이 봉인된 처지라서 그나마 상식의 범위 안쪽에 있는 강자니까 마족 여러분 틈에 끼어 있어도 아주 큰 위화감은 없을 테지만 말야.

메라도, 세이프?

아니, 완전히 아웃인걸.

메라는 흡혈 양을 따라가려고 꾸준하게 단련을 거듭했잖아.

흡혈귀라는 종족의 특성 덕분일까, 거의 인간을 벗어난 수준이라고…….

분노 발동 상태의 오니 군과 제법 잘 싸울 수 있었던 만큼 어지간히 세다 쳐주는 마족도 비교가 안 돼.

거기에 더해 진짜배기 괴물급 아엘까지?

응응.

이래서는 지는 게 오히려 어렵겠다.

이제 마음이 좀 놓이네.

……분명 마음이 좀 놓여야 할 텐데.

도무지 불안해서 못 견디겠어.

이런 게 제육감일까?

거미가 혹시 꽤 육감적인 동물인가?

뭐, 지금은 별로 중요한 게 아니니까. 내 감이 경종을 울리고 있다는 게 더욱 문제다.

이런 감을 무시하면 꼭 안 좋은 일이 터지거든.

불길한 예감이 들었기 때문에 굳이 이렇게 발트 휘하의 부대가 과연 승리할 수 있을까 잘 살펴봤던 거고…….

그 결과 여유롭게 이길 수 있다는 결론을 내렸다.

분명히 맞는 결론인데, 그럼에도 불길한 예감은 안 가라앉는다.

뭔가 못 보고 넘어간 게 있다?

아예 없다는 말은 또 못하겠거든.

내 정보 수집 방법은 분체를 쓴 첩보 활동이다.

손바닥에 올라갈 만큼 작은 분체라면 좁은 통로도 내키는 대로 드나들 수 있고 엿듣기도 내키는 대로…….

아무도 없는 장소라면 자료 따위를 뒤져볼 수도 있었다.

그래도 분체는 능력이 낮아.

발견만 하면 발로 쫙 밟아서 뭉갤 수 있는 연약함.

그러니까 발견되지 않는 걸 제일 중시해서 조심조심 정보 수집에 힘썼다.

분체가 밟혀 죽어도 본체인 내게는 전혀 대미지가 없지만 애써 만들어 낸 녀석을 소모품으로 써먹기는 좀 아깝잖아.

게다가 어쨌든 상당히 많은 정보가 모여들었기 때문에 거기에서 만족했다는 이유도 있었다.

그래도 혹시, 내 정보 수집이 완벽하지 않았다면?

반란군이 엄중하게 숨겨 둔 비밀이 있고 그 부분을 내가 못 보고 넘어갔다면? 또한 그것이 치명적으로 위험한 비밀이었다면?

상식적으로 생각하면 반란군에게 파격적인 비밀 무기가 있을 리 없다.

발트 부대와 반란군의 편성 규모를 비교하면 9할 9푼 9리의 승산이다.

그래도 이 불길한 예감을 방치하는 건 위험해.

지금은 손이 비어 있는 내가 멀리서 발트 부대를 지켜봐주는 게 좋겠네.

그런고로 출발해볼까.

아차, 먼저 할 일이…….

흡혈 양에게 외출한다고 말은 해야지.

불쑥 사라지면 걔가 엄청나게 화를 내니까.

"뭐? 잠깐 갔다 온다고? 그게 무슨 소리야? 당연히 나랑 같이 나가야지."

무엇을 어떻게 해서 저런 결론에 다다랐는지 2백 자 원고지 두 장에 빽빽하게 써서 제출해줄래?

이미 흡혈 양의 머릿속에서는 따라가는 게 결정 났는지 부리나케 애용하는 대검을 들고 나왔다.

으음?

어쩔까?

솔직히 뭔 일이 터질지 모르는 데다 흡혈 양을 데려가는 건 사양하고 싶은 마음이랄까.

"어차피 지금 시기에 나간다면 반란군인가 그쪽 싸우는 데로 가는 거잖아? 거기에 메라조피스가 있을 테니까 내가 안 갈 이유가 없는걸."

흡혈 양이 정확하게 예측을 했다?!

얘는 바보에 속하는 녀석 아니었어?!

앗, 아니, 꼭 대놓고 바보라고 부를 만큼은 아닐 수도 있는데……?

으음, 그래도 내 행동을 미리 파악한 건 논리적 사고에 따른 귀결이라기보다는 야생의 감이라고 표현하는 게 더욱 납득되는 기분이야.

그나저나 따라올 의욕이 가득한 이유가 역시 바보 같잖아.

뭐냐고, 메라가 있으니까 자기도 가겠다니…….

그런 이유로 따라와 봤자 괜히 민폐인데요?

"아니면 뭐야? 내가 따라가면 안 되는 이유라도 있어? 굳이 나 없는 곳으로 메라조피스를 만나러 가야 할 이유가?"

흐억.

흡혈 양 아가씨? 눈빛이 완전 죽어버렸는데요?

살짝 호러니까 그런 눈으로 보지 말아주십쇼! 무섭단 말야!

알았어! 알겠다고! 데려가줄게!

내가 허겁지겁 데려가겠다는 뜻을 손짓 몸짓으로 전하자 흡혈 양은 납득했는지 외출 준비를 다시 시작했다.

후유.

요 얀데레 로리 흡혈귀 녀석.

속성이 너무 많잖냐. 자중 좀 해라.

도대체가 말이야, 나랑 메라가 어떻게 엮일 리 없잖아.

나마저 이런 꼴이라면 메라한테 혹시 낯선 여자가 나타나 접근했을 땐 어찌 되려나.

지금은 별 낌새가 없지만 나중은 또 모른단 말야.

메라는 유망주니까.

능력 뛰어나고 성격은 좋고 얼굴도 나쁘지 않아.

흡혈귀라는 사실에 눈을 감는다면 이만한 우량 물건은 없지 않을까?

뭐, 실은 얀데레 유녀에게 목숨을 위협받을 게 확정돼 있는 터무니없는 함정 물건이지만!

인기가 많을 텐데도 인기를 누리면 안 되는 메라.

복잡한 치정 관계로 칼부림 사태만 안 일어나게 해줘.

어휴. 뭐, 나중 걱정부터 하지 말고 지금은 눈앞의 현실이나 잘 살펴봐야지.

흡혈 양을 데리고 간다면 나머지 인형 거미들도 다 데려가야겠군.

인형 거미들은 일단 나랑 흡혈 양의 호위니까.

으음. 뭐, 그러면 어지간한 상황이 아닌 한 괜찮겠네.

애당초 이렇게 출동하는 게 내가 불길한 예감이 든다는 근거 없는 이유 때문이니까.

어떤 돌발 사태에도 대처할 수 있도록…….

반대로 말하자면 아무것도 안 일어날 가능성 역시 충분히 있는 셈이다.

뭐, 경계해서 손해 볼 일은 없겠지만 너무 과하게 경계해도 기운만 빠지잖아.

혹시 뭔 일이든 나면 그때는 자기 책임이다?

따라온다고 우긴 사람은 흡혈 양이니까.

물론 아무 일도 안 나게 조심할 거야.

그리고 부지런히 준비하는 와중에 미안한데 아직 출발은 안 하거든?

나는 전이라는 치트 이동 수단이 있잖아.

발트 부대가 반란군의 거점인 북쪽 도시에 도착할 때까지 며칠은 더 걸릴 테니까.

그때까지는 느긋하게 지낼 거거든?

자, 여차여차해서 발트 부대가 도착하기 하루 전 우리는 북쪽 도시로 전이했다.

하루 전 찾아온 이유는 여유를 갖고 예비 조사라든가 진행하는 게 좋을 테니까.

그러면 왜 아예 더 빨리 안 왔냐고?

에이, 조사할 만한 구석은 이미 분체가 다 조사를 끝냈단 말야.

우리가 이곳에 온 것은 진짜 만약을 위해서야.

오로지 나의 감, 신빙성도 없는 이유 때문이잖아.

그러니까 마음 편하게 느긋하게 하자.

우리는 그런 느낌으로 어슬렁어슬렁 도시 안쪽을 관광, 아차, 정찰했다. 응? 뭔가 도시의 분위기가 어수선하네.

뭐, 그야 군대가 가까운 곳에 바짝 접근했다면 당황할 만도 하지.

그 이전에 반란군은 분명 곧 기습에 나설 입장이었던 만큼 반대로 집결이 완료되지 않은 이 시기에 기습을 당할 줄은 꿈에도 상상하지 못했을 거야.

그 때문에 몹시 당황해서 도시의 방위 능력을 높이고자 분투하고 있었다.

아무래도 반란군은 농성을 벌일 작정인가 봐.

이건 좀 뜻밖이다.

이렇게 방어력 약한 거점에 틀어박혀서 뭘 할 수 있는데?

앗, 살짝 황당했지만 내가 뭘 까먹었던 거네.

이 세계가 일단 판타지였죠.

흙 마법 덕택에 무시무시하게 빠른 속도로 겹겹이 벽이 솟아나서 북쪽 도시를 둘러쌌다.

지구의 현대 건축 기술도 낯빛이 핼쑥해질 장인의 기술이군요~.

깜짝 놀랄 만큼 훌륭한 일야성(一夜城)이 완성.

뭐, 방위 시설이니까 본래 의미의 일야성이란 말은 못 하겠지만…….

그리고 각지로 떠난 파발 덕택에 반란군이 예정을 앞당겨서 이곳 북쪽 도시에 모이고 있군. 흠.

착착, 반란군은 전투 준비를 진행 중이다.

물론 진짜로 예상 밖이었을 테니까 흙 마법 술사가 죽어 나가도 아랑곳 않는 기세로 혹사시켰고, 만전의 상태라 말하기는 어려웠다.

병사들도 당황하는 분위기이고…….

다만 병사들보다 더 당황하는 게 아무것도 알지 못했던 이 도시의 주민들.

저 사람들은 반란군과 아무 관계도 없으니까 말이야.

알고 보니까 자기들 사는 도시가 반란군의 거점이 되어 있었고, 그래서 토벌을 위해 정규군이 나타났다!

아이고, 아닌 밤중에 웬 봉변이겠어.

그야 자기들은 어떻게 될까 허둥거릴 수밖에.

뭐, 어느 틈인가 반란군의 거점이 되어 있었던 게 아니라 도시를 다스리는 영주가 반란군의 수장이었지만…….

맞아, 뭘 숨기겠어. 반란군의 수장은 이곳 북쪽 도시의 영주였도 다~!

뭐, 뭣이라~?

아니, 특별히 놀랄 일은 아니지.

반란, 게다가 마족의 상징인 마왕을 정면에서 직접 타도하겠다는 건 어지간한 거물이거나 바보가 아닌 한 어림없잖아.

이번에는 다행히도 전자.

내부 사정을 잘 아는 입장이면 후자로 볼 수 있겠으나 마왕의 실력을 알지 못하면 마왕의 방침에 거역하고 싶은 심정도 들지 않겠어?

마족은 현재 생활을 꾸려 나가느라 고되고 힘든데도 인족과 전쟁이나 벌여봅시다~ 웬 황당한 말을 들은 셈이니까.

이래서야 도시 하나를 다스리는 위정자쯤 되면 네, 알겠습니다, 라고 선뜻 대답할 수가 없는 법이지.

영주에게는 본인이 다스리는 도시를 지킬 의무가 있잖아.

마족령에서 정보를 모으다가 알게 된 사실인데 마족의 특권 계급, 이른바 귀족은 부패가 적어.

아예 없다는 것은 아니어도 인족에 비해 노블레스 오블리주, 귀족 신분의 책임을 정직하게 수행하고 있어.

여기에는 마족의 실력주의 경향이 크게 작용했다.

마족 중 귀족의 지위는 영원한 게 아니기에…….

귀족으로 적합하지 않다 판단되면 가차 없이 지위를 박탈당한다.

따라서 마족의 귀족은 귀족으로서 부끄럽지 않도록 자신의 책무 및 자식 교육을 소홀히 하지 않는다.

자식 교육에 힘을 쏟는 까닭은 당장 본인은 괜찮아도 자식의 대에 지위를 박탈당할지도 모르니까.

귀족이라면 상응하는 자금이 있고, 그것을 잔뜩 투입하면 자식에게 영재 교육을 해줄 수 있다.

가난한 집에서는 자식 교육에 전력을 다할 수가 없고, 어릴 적부터 영재 교육을 베풀어주면 우수한 어른이 될 확률이 높다.

그리고 우수하다면 귀족의 지위에서 밀려나지 않는다.

귀족에게 중요한 과제는 혈통이 아니라 실력을 이어받는 것.

따라서 마족 귀족의 가문에서는 미련한 놈이 자라나기 힘들고, 제대로 된 인재가 많았다.

그 예를 들어서 말하자면 이곳 북쪽 도시의 영주도 역시 우수하고 제대로 된 사람이라는 뜻이다.

뭐, 이제껏 펼친 솜씨를 보면 충분히 납득이 가.

내 고자질이 아니었다면 들키지 않았을 은밀한 반란군의 집결.

토벌 부대가 출진했다는 소식을 듣자마자 북쪽 도시를 요새화했던 신속한 판단.

반란군을 각지에서 끌어모을 수 있는 넓은 영향력을 지녔고, 또한 현장을 유연한 사고로 움직일 수 있는 판단력을 지녔다.

정말 우수해.

왜 마왕에게 시비를 걸어, 바보 아니야? 이렇게 얕봐서는 안 된다.

……얕봐서는 안 되긴 할 텐데 역시나 답이 없단 말이지.

왜냐하면 발트의 부대에는 아엘이 있잖아.

능력치 1만을 넘기는 괴물이거든?

흙 마법으로 만든 벽?

그딴 거 아엘한테는 종잇장이랑 똑같은걸.

솔직히 아엘 녀석이 혼자 북쪽 도시를 박살 낼 수도 있고…….

전술이든 전략이든 그런 건 진정한 강자에게는 관계가 없다.

무엇을 어찌하든 뒤집을 수 없는 전력의 격차 앞에서는 지휘관이 아무리 우수할지라도 아무 의미가 없단 말이지.

마왕은 아마 보험 삼아서 붙여 놓았겠지만 평범하게 생각하면 이런 과잉 전력이 또 없다.

뭐, 그 과잉 전력과 비슷한 녀석들이 여기에 셋이나 더 있지만!

흡혈 양과 나를 더하면 배율이 더욱 쭉~!

과잉도 과잉하게 포화돼서 폭발해버릴 것 같네.

나도 내가 뭔 소리를 한 건가 모르겠는데 기분을 말하자면 저런 느낌이야.

어떤 기분이냐고 따져 물어선 안 된다.

자, 흠흠, 이런 초과잉 전력에 해당하는 우리가 움직일 만한 사태는 안 벌어지면 좋을 텐데.

어찌 되려나~?

"시작했네."

느긋하게 숙소에서 방 하나를 잡고 다과회를 연 우리.

흡혈 양이 우아하게 차를 마시며 의미심장한 말을 꺼낸다.

아니, 특별히 의미심장할 것도 없나. 말했던 대로 전투가 벌어졌거든.

숙소 안에서 바깥 상황을 알 수 있냐고?

흡혈 양도 만리안을 갖고 있을 테니까 실내에 위치하든 어디든 간에 주변 상황을 살펴보기는 수월하지.

그 증거로 흡혈 양의 눈동자는 방의 아무것도 없는 벽면을 향하고 있었다.

이게 흡혈 양이 아니었다면 아무것도 없는 방 한쪽을 물끄러미 보면서 이상한 말을 늘어놓는 중2병을 의심했을 거야.

……아니, 애당초 흡혈 양의 존재 자체가 중2병스러우니까 부자연스럽지는 않겠네.

흠, 아무래도 좋은 잡생각은 좀 치워 놓고…….

나도 천리안을 발동해서 북쪽 도시의 바깥을 살펴봤다.

저 멀리서 발트 휘하의 토벌군이 북쪽 도시에 공격을 개시했다.

이 세계에서 이런 대규모 전투를 보는 건 처음이니까 태도가 좀 못되기는 해도 살짝 두근두근하다.

응? 넌 전쟁 경험이 있지 않냐고?

사리엘라 국에서 그때 경험은 전쟁이랄까, 음, 유린이었잖아.

스스로 참가하는 게 아니라 사람 대 사람의 전쟁을 구경할 수 있다는 게 좋은 거야.

영화를 볼 때랑 비슷한 기분이라고 가정하면 내 마음도 조금은 이해가 되지 않을까?

화면 너머가 아니라 리얼이니까 그만큼 박력도 만점이고.

공작 저택에서 심심할 때 마구 읽었던 책 내용을 보면 이 세계의 대규모 전투는 보통 대마법이라 불리는 마법이 열쇠가 된다고 했다.

스킬 마법은 기본적으로 세 단계가 있거든.

불 속성으로 말하자면 불 마법, 화염 마법, 옥염 마법, 이런 구조로 말야.

이해하기 편하게 각각을 하위, 중위, 상위 마법이라고 부를게.

그래서 저마다 위치를 차지하고 있는 마법 스킬에는 스킬 레벨별로 또 마법이 있어.

스킬 레벨이 낮은 마법을 하급, 중반은 중급이고 후반에 익힐 수 있는 종류를 상급이라고 하자.

이런 방식이면 내가 신화 전 자주 사용했던 암흑 창은 상위 중급의 마법으로 구분되는 거지.

그리고 대마법이라 불리는 건 물론 상위 상급의 마법, 음, 뜻밖에도 이게 아니란 말씀.

세상 사람들이 보통 대마법이라고 부르는 게 중위 상급의 마법이더라.

그게 도대체 뭐가 대마법이냐고?

불쑥 의문부터 품는 당신은 인플레이션에 오염된 거야!

애당초 상위 마법을 쓸 수 있는 사람은 거의 없거든.

중위도 어지간한 엘리트가 아닌 한 좀처럼 못 다룰 정도니까 마법이란 말을 들었을 때 보통 떠올리는 건 하위가 대부분.

상위 마법을 쾅쾅 신나게 날릴 수 있었던 신화 이전의 내 기준이 이상했던 거라고!

중위 마법도 보통 사람의 입장으로 보면 무시무시한 위력이고, 하위 마법도 물론 직격당하면 치명상을 입잖아.

그게 보통이랍니다.

그러니까 중위 상급의 광범위 섬멸 마법, 이게 보통 사람이 행사할 수 있는 현실적인 라인인 거야.

게다가 저것도 쉽게 휙 발동할 수 있는 게 아니거든.

능력치 1만 미만의 빈약한 사람들은 중위 상급 마법을 혼자 발동하는 게 많이 어려워.

그때 도움이 되는 게 연계 스킬.

마법 스킬 보유자 다수가 연계 스킬을 활용해서 하나의 마법을 서로 도와 완성시키는 방법이다.

뭐야, 그 합체 공격은. 로망이 가득 흘러넘치는구나!

그렇게 발사되는 대마법은 적군을 유린해서 괴멸적인 피해를 입힐 수 있다!

물론 적군도 역시 가만히 구경만 하며 얻어맞지는 않는다.

나는 예지의 효과로 마법 발동 속도가 최속이었잖아. 중위 상급 수준이면 진짜로 펑펑 발동할 수 있었지만, 그야 나라서 가능했던 거지.

연계 스킬까지 써 갖고 다수가 협력해야 겨우겨우 발동할 수 있는 녀석들이 용을 써 봤자 얼마나 빨리 완료해서 발사하겠어.

마법 구축에는 시간이 제법 걸리고, 그때 새어 나오는 기척은 적군에 「이제부터 대마법을 발사할 테다~!」라고 선언하는 셈이잖아.

그러니까 적군은 대마법의 조짐을 포착하면 전력으로 저지하러 올 수밖에…….

그리고 섬세한 마법 구축은 간단한 방해로도 꽤 맥없이 붕괴한다.

대마법을 발사하면 적군에 큰 피해를 입힐 수 있지만 절대 간단한 일은 아니라는 거야.

그러니까 전쟁에서 이기려면 어떻게 아군의 대마법을 상대에게 적중시키고, 반대로 적군의 대마법을 저지하는지가 관건이다.

따라서 공성전은 상대가 방위 시설의 보호를 받은 채 대마법을 날릴 수 있다는 부분에서 공격군이 매우~ 불리해진다.

발트 부대를 지휘하는 양아치는 이런 난점을 어떻게 공략할까?

좋은 구경거리야.

후후, 기대된다.

두근두근 전황을 지켜보고 있던 나는, 곧 진지한 표정을 지을 수밖에 없는 사태와 맞닥뜨렸다.

으응?

뭐야, 이 원사이드 게임?

반란군의 흙 마법 술사가 쉴 틈도 없이 힘내서 만들어 놓은 방벽이 연속되는 폭발 때문에 전부 다 파괴되어 간다.

대마법?

아냐, 아니야.

이거, 저지르고 있는 건 달랑 한 사람이네.

한 자루 검이 방벽에 꽂혀 들어갔다.

그리고 또 하나, 방벽에 거대한 구멍이 뚫린다.

그곳을 지나 내부에 밀려드는 발트 부대의 병사들.

이렇게 되면 방벽도 이미 쓸모가 없다.

방벽을 마구 쳐부수고 있는 녀석은, 뭐, 짐작하신 대로 오니 군이다.

마검을 만들어 내는 치트 스킬을 갖고 있는 오니 군.

그 마검 생성 스킬로 만들어 낸 폭발하는 마검.

뭐, 요컨대 폭탄이네.

저걸로 방벽을 쾅쾅 폭파한 거야.

한 발로 방벽에 큰 구멍을 뚫는 위력에 더하여 던지기만 하면 되는 간단한 동작으로 저만한 피해를 입히는 상황이니까, 반란군 쪽은 이렇다 할 대응도 하지 못한 채 가만히 당할 뿐이다.

그럴 수밖에. 발동이 느린 대마법이라면 잘 경계해서 방해하는 방법도 있을 텐데 오니 군의 마검은 휙 던지면 끝이니까.

고속으로 날아드는 검을 쳐서 떨어뜨리는 그런 재주는 쉽사리 부릴 수 있는 게 아니잖아. 게다가 하나를 요격한들 다음 포탄이 곧 날아올 테고…….

반란군의 입장에서는 대체 뭘 어쩌란 거냔 느낌이겠다.

후후, 오니 군, 야비하다.

뭐, 생각해보면 흡혈 양에게 분노 스킬을 봉인당했다지만 다른 것들은 자유롭게 쓸 수 있는 거잖아.

즉 마검을 만들어 내는 스킬도 건재하다.

그리고 분노가 봉인돼서 휙 떨어진 능력치도 분노 발동 상태에서는 물리 공격력이 2만을 넘는다든가 흡혈 양이 말했었잖아.

분노의 효과로 능력치 열 배.

그렇다면 즉 순수한 물리 공격력은 2천을 넘는다는 뜻이지?

능력치 1천 미만이 보통인 마족이랑은 토대부터 확 달라.

전생 특전으로 짐작되는 치트 스킬, 마검 제작에 2천을 넘는 능력치.

아엘이랑 메라한테는 못 미치지만 그럼에도 충분히 무쌍을 찍을 수 있는 무력은 보유했다.

응. 호각의 공성전을 기대했던 내가 잘못한 거야.

이래서 치트 녀석은…….

"쳇. 쟤는 왜 꾸물대는 거야. 고작 저따위 수비를 아직도 돌파하지 못하는 이유가 뭔데. 설마 장난치는 거 아니야?"

그러나 저런 오니 군의 활약도 흡혈 양은 마음에 차지 않는다는 분위기.

애고고, 오니 군 혼자서 적 전선을 붕괴시켰는데도 아직 부족하다는 말씀인가?

그나저나 너 말이야, 오니 군 싫어하는 주제에 더욱 활약을 못 한다고 구박하면 대체 어쩌자는 건데?

흡혈 양의 기준을 모르겠다.

아, 혹시?

라이벌이 한심한 꼴을 보이면 짜증 난다는 패턴인가?

도대체 뭐야, 가슴이 두근두근 뛴다로 이어지는 사고.

……이래서 전투광은.

나 같은 평화주의자는 도저히 이해가 안 돼요~.

흠.

아무튼 지금까지는 너무 순조로워서 내가 나설 필요가 없네.

쓱 둘러본 바로는 전장에서 이상하게 움직이는 부대도 없고.

오니 군이 마구 날뛰고 있는 곳 말고는 마법 사격전을 벌이는 곳이라든가 벽에 달라붙는 병사들을 밀쳐 내려고 기를 쓰는 방위군이라든가 저런 평범한 공성전 같은 광경이 펼쳐지고 있었다.

마법이 날아다닌다는 시점에서 이미 평범하단 표현은 못 쓰겠지만…….

마법 사격전을 벌이고 있는 곳의 반란군 측 로브 녀석들, 제법 강한걸?

서로 마법을 날리는데도 거의 일방적인 우위를 점하고 있다.

뭐, 어느 정도는 방벽이 있는 덕택이라지만 아무래도 병사 한 사람 한 사람의 역량이 높은 것 같아.

마법 발동 속도라든가 위력이라든가 발트 부대의 마법병보다 뛰어나다.

겉멋으로 마법사올시다 느낌의 로브 차림인 게 아니었군.

뭐, 발트 부대가 고전하는 곳은 저기뿐이고, 오니 군이 뚫어 둔 구멍을 기점으로 반란군의 전선을 붕괴시키고 있었다.

로브 녀석들이 아무리 열심히 싸워도 이 열세를 뒤집을 만한 힘은 못 되니까.

로브 녀석들은 어디까지나 살짝 강한 수준일 뿐 오니 군처럼 치트급은 아니잖아.

으음, 음.

이거 평범하게 이길 수 있겠네.

내 예감은 빗나간 걸까?

뭐, 빗나가든 말든 상관없지만.

오히려 불길한 예감이야 빗나가주는 게 당연히 훨씬 더 좋을 일 아니겠어.

핫핫하.

……이런 예감일수록 꼭 빗나가질 않아.

나는 전장에서 일단 시선을 떼고 어느 한 지점을 바라봤다.

그곳, 영주관의 어느 방에서 반란군 대장이 혼자 말하고 있었다.

상당히 애가 타는지 거침없는 기세로 말을 잇는다.

"그러니까 지금 당장 원군을 보내주시오. 그 전이진을 쓰면 가능하잖습니까? 아주 소수라도 괜찮습니다. 이대로 가면 저희 도시가 함락됩니다!"

넵~ 음성을 포착했습니다~.

물론 음성을 전달해주는 녀석은 방 안에 숨어 들어간 분체.

이렇게 편리한 분체를 만들어 놓고 대장의 동향을 파악하지 않는 얼간이 짓은 안 한다고요.

철저하게~ 분체가 하루 온종일 달라붙은 채 감시했었죠.

그렇다 해도 대단하달까, 뭐라고 할까.

과연 요충지의 영주 직위를 맡은 인물인 만큼 이 남자, 분체의 기척을 어찌어찌 감지한 것 같아.

감시당하는 상황을 경계해서인지 좀처럼 꼬리 잡힐 만한 행동을 하지 않았다.

이 세계는 스킬이라든가 여러 수단이 있는 관계로 본래 세계보다 감시 및 첩보 행위를 하기 수월하거든.

실제로 스킬은 아니지만 내가 분체를 써서 감시하고 있었고…….

그러니까 경계를 늦추지 않았을 텐데, 결국 국면이 이렇게 치달은 이상 앞뒤를 가릴 여유가 없어졌구나.

대화 내용은 원군 요청.

일단 전이진이라는 단어가 신경 쓰이지만 그 이상으로 중요한 게 저 녀석이 꽉 쥐고 있는 물체였다.

귓가에 바짝 갖다 댄 저 물건은 지구에 흔히 말하는 휴대 전화를 쏙 빼닮았다.

마도구? 음, 아니거든, 저거.

스킬의 힘을 불어넣은 도구, 마도구는 있다.

스킬 중 기능 부여라는 게 필요한데 도구에 스킬의 힘을 추가할 수 있었다.

따라서 저 휴대 전화 같은 물건도 원화 스킬을 붙여서 제작한 마도구일지도 몰라.

하지만 말야~.

그렇게 자기 유리한 대로 해석하면 안 된단 말이지.

응. 저거, 아마도 엘프가 만든 기계일 거야.

스킬로 만든 물건이 아닌데, 그럼에도 마도구와 비슷하거나 더한 성능을 발휘하는 기계.

그런 물건은 엘프밖에 못 만든다고.

그렇다면 뭐, 저 기계를 써서 대화하는 상대는 자연히 엘프가 되는 셈인데…….

넵. 골칫거리 확정.

엘프, 정확하게는 포티머스가 얽혀서 골치 아프지 않았던 적이 이제까지 있었던가?

아니, 없다!

이 시점에서 이미 불길한 예감은 적중됐다 말해도 과언이 아니겠군.

흐아아아아.

성대하게 한숨을 쉬고 싶어진다. 음, 쉬었다.

귀찮지만 내버려 두면 더 귀찮아지고.

좋아, 다시 기합을 넣고 대처해볼까.

지금 시점에서 도시 내부에 뭔가 딱 묘한 일당은 없다.

쓱 둘러본 게 전부니까 못 보고 지나쳤을지도 모르지만 수상한 움직임을 보이고 있는 집단은 없구나.

방위에 나선 녀석들 사이에도 특별히 굉장한 자는 섞여 있지 않은 것 같고…….

포티머스가 본격적으로 관여하는 상황이라면 오니 군이 어떤 대단한 치트 스펙이든 그것을 웃도는 치트 병기의 앞에서 나가떨어졌을 테니까.

그렇게 봤을 때 포티머스 관련 패거리가 아직 이 도시에는 없다고 판단해도 괜찮으려나?

그렇다면 방금 막 이 도시의 영주가 언급했던 전이진이라는 말이 신경 쓰이는데…….

전이진이란 공간 마법의 힘이 부여된 마법진을 말한다.

이건 기계가 아니라 제대로 된 마도구의 일종이야.

쌍을 이루는 마법진을 두 장소에 설치함으로써 그 두 장소를 전이로 연결해주는 거지.

미리 장치한 장소밖에 갈 수 없고 마법진이니까 따로 이동시킬 방법도 없어.

본래의 장거리 전이는 술사가 간 경험이 있는 장소로 원하는 만큼 전이할 수 있다는 것과 비교하면 엄청나게 사용법이 불편한 물건이지.

애당초 공간 마법의 술사부터가 엄청나게 적은 관계로 아무 때나

휙휙 부탁할 수가 없어.

게다가 복수의 대상을 한 번에 전이시키려면 MP라든가 술사의 역량 문제상 무척 어렵거든.

그런 점에서 전이진은 사용할 때 MP를 주입하면 누구든 사용할 수 있고 많은 인원의 이동에도 견딜 수 있다.

일장일단이 있는 셈인데 서로 요충지를 연결한다는 목적에서 전이진은 꽤 훌륭한 물건이었다.

그래도 이상하거든.

방금 말했던 대로 공간 마법의 술사는 엄청 희소하다.

그에 더하여 전이진을 제작하는 데는 기능 부여라는 스킬이 필요하단 말이지.

사실은 기능 부여 스킬의 보유자도 꽤 희귀한 편인데…….

공간 마법과 비교하면 평범하게 찾아볼 수 있기는 하지만, 잠깐, 공간 마법과 양쪽을 다 보유한 사람은? 이렇게 조건 붙이면 진짜 진짜 희소한 거야.

얼마나 귀한 인력이냐면 전이진을 제작 가능한 사람은 나라에서 엄중하게 보호해주지 않으면 오히려 이상할 정도다.

그야말로 인간 국보.

그런 인간 국보여도 평생 만들 수 있는 전이진은 손꼽을 숫자라나 봐.

전부 문헌에 나온 내용대로 알려주는 거야.

들은 이야기에 따르면 지금 마족령에 전이진을 제작 가능한 사람은 없다더라.

응, 100년에 한 명 나올까 말까 귀한 인재래.

그러니까 편리한데도 전이진이 적을 수밖에…….

전이진이 여기저기에 다 있다면 교통망의 혁명이 일어나는걸.

우리도 이 대륙 남부에서 북부에 있는 이곳 마족령까지 연 단위의 시간을 들여 이동했었잖아.

그게 전이진만 있다면 눈 깜짝할 틈에 이동이 끝나버리니까 그 효과는 차마 헤아릴 수가 없다.

……응?

전이진, 내가 만들 수 있겠는데?

공간 마법은 공간 마술로 대체하면 되고, 신화 전에는 기능 부여 스킬도 갖고 있었으니까 재현을 못 할 이유는 없나?

음? 게다가 이거, 전이진으로 한정 지을 필요도 없지 않나?

작정하고 만들면 이공간에 아이템을 보관하는 마법 주머니라든가 O메라의 날개처럼 특정 장소로 전이하는 탈출용 아이템이라든가 전부 만들어지는 거 아니야?

어라, 어라라?

음, 뭐, 당장은 제쳐 놓기로 하자.

아무튼 문제는 분명 엄청나게 희귀한 전이진을 어떻게 갖췄기에 이곳 영주가 발언했느냐군.

이 도시에 전이진은 설치되지 않았을 텐데.

전이진은 진짜 보유만 해도 전략적인 가치가 발생하니까 소재지는 국가 차원에서 빈틈없이 관리한다.

딱히 기록이 없다는 것은 무단으로 제작했다는 뜻이 되겠네?

연결된 곳은 영주의 말로 추측하건대 엘프의 거점 중 어느 한 곳이고?

그게 이 도시 어딘가에 있다는 건가.

흐음.

어떻게 할까~.

아니, 저쪽이 어떻게 나올까~?

포티머스가 이곳의 영주와 결탁한 이유는, 뭐, 생각할 필요도 없구나.

반란을 부추겨서 조금이라도 마왕의 진영에 대미지를 주면 이득이라는 이유 말고 뭐가 있겠어.

주도는 반란군이 하고 엘프는 거기에 살짝 도움을 줄 뿐.

따라서 실패할 줄 뻔히 알면서도 엘프의 손해는 적다.

반란군을 슬쩍 도와서 마왕에게 훼방을 놓을 수 있다면 충분하다는 목적이지.

포티머스가 선호할 법한 수법이구나.

그러나 반란군이 도리어 기습을 받게 된 지금은 포티머스의 계획도 반쯤 무너졌다고 말할 수 있겠다.

마왕에게 훼방을 놓기는커녕 꼼짝 못 하고 무너지고 있는 게 현재 상황이니까.

그렇다면 포티머스는 어떻게 움직일까?

……오히려 안 움직이려나?

이제 와서 뒤늦게 만회하려면 제아무리 포티머스라도 상당한 무리를 할 수밖에 없다.

그리고 그런 짓을 저지르면 포티머스가 뒤에 있다는 사실을 마왕에게 들키게 된다.

반란군의 준동을 이용해서 몰래 움직이고 싶었을 포티머스의 입장을 감안하면 그건 악수다.

그 녀석은 오직 빈틈을 찾아 도사리다가 이때다 싶은 타이밍에 치명적인 일격을 가하는 게 취향인 교활한 작자잖아.

큰 무력을 동원하는 강경 수단은 피하고 싶을 거야.

그런 수단을 쓸 마음이 있었다면 벌써 예전에 저질렀을 테고, 반란군에 슬쩍 가담하는 번거로운 짓도 안 했을 테니까.

아무튼 포티머스의 성격을 감안했을 때 놈이 선택할 만한 다음 행동은, 철수.

이대로 가면 쓸데없이 부하만 소모하는 상황이 될 테니까.

그 녀석 말이야, 임무 중 부하가 죽든 말든 신경 안 쓰는 주제에 수지가 마이너스로 떨어지는 건 용납을 못 하는 타입 같거든.

작전 중 죽어 나가든 말든 결과를 못 남긴다는 것이 싫은가 봐.

그렇다면 풍풍 가라앉는 배 따위야 후딱 내버리고 엘프가 관여했다는 사실 자체를 어둠 속에 묻기 위해 움직일 거야.

그래서 놈이 먼저 할 행동은 전이진의 철거.

전이진은 귀중하고 편리한 물건이지만 어디까지나 양쪽 출입구 모두 아군 진지에 확보했을 때의 이야기다.

한쪽만 적에 점거당하면 거기에서 적군이 밀려닥칠 우려가 있잖아.

이 도시에 설치되어 있는 전이진의 건너편이 엘프의 본거지는 아니겠지만, 거점과 연결된 것은 틀림없으리라.

또한 거점이 공격받을 수 있는 리스크를 제거하려면 아깝다는 소리는 집어치우고 전이진을 부술 수밖에 없다.

뭐, 요컨대 이대로 가만 내버려 두기만 해도 놈들은 알아서 철수해준다는 뜻이 되겠네.

다만 수지를 따지면 전이진을 피치 못하게 부숴야 하는 관계로 마이너스.

그런 게 싫은 포티머스가 마지막 발악처럼 철수 전 뭔가 수작을 부릴 위험은 있다.

지금 상황이면 저절로 눈길이 갈 만큼 마구 활약하고 있는 오니 군이 괜찮은 표적이겠군.

응. 대강 포티머스가 할 법한 행동은 예측이 됐어.

그러면 내가 취할 행동은 오니 군을 지키는 게 일단 최우선.

제아무리 오니 군이 마족에 비해 강하다고 말할 순 있어도 포티머스가 보낼 자객에게는 못 미친다.

그러니까 안 도와주면 살해당한다.

최악의 경우 오니 군 혼자가 아니라 메라나 아엘한테도 피해가 미칠 수 있어.

아무러면 아엘이 당하지는 않겠지만 그래도 상대가 하필 포티머스잖아.

방심하면 안 돼.

발트와 양아치는 최악의 경우 포기해도 되겠지.

마족의 유력자니까 가능하면 잃고 싶지 않지만…….

……으음, 그나저나, 지키기만 하는 건 재미없잖아?

포티머스 때문에 이제까지 지긋지긋하게 고생을 했던 만큼 이제는 한 번쯤 따끔한 맛을 보여주면 꽤 흐뭇하지 않을까?

어차피 뭔가 따끔한 맛을 보여줘 봤자 정작 본체는 본거지에 틀어박혀 있을 테니까 별 피해는 없을 것이다.

그럼에도 마왕에게 훼방을 놓아주려다가 되레 거하게 뒤통수를 얻어맞는다면 걔도 좀 짜증이 날 거잖아.

응. 역시 지키기만 하는 건 좋지 않아.

가끔은 이쪽에서 먼저 치고 들어가야지.

자, 전이진은 어디냐~? 찾았다, 찾았어.

투시와 천리안의 합체 기술로 탐색한 결과, 영주의 저택 지하실에 만들어 놓은 전이진을 발견.

비밀 방으로 만들어 놔서 분체는 발견을 못 했구나.

언뜻 보기에 망가진 것 같지는 않아.

뭐, 전이해서 이동할 다른 한쪽이 망가졌다면 어쩔 도리도 없겠지만…….

그럼 어떡해. 포기해야지, 뭐.

남은 찻물을 다 마시고 자리에서 일어났다.

"끼어들려고?"

흡혈 양의 물음에 고개를 끄덕여준 뒤, 그러고 보니 얘네는 어떻게 할까 생각이 미쳤다.

아무래도 나와 함께 행동하기에는 위험이 너무 커.

적지에 직접 쳐들어갈 테니까.

그럼 이쪽에 두고 가야 할 텐데, 그럼 역시나 오니 군 지원 역할을 맡기는 게 좋겠구나.

문제는 이 뜻을 어떻게 전달하느냐!

잠깐 고민한 끝에 나는 환각으로 탁자 위에 오니 군의 모습을 비추어 냈다.

후후후. 이런 잔기술도 쓸 수 있게 되었단 말씀.

외도 마법 중 환각이 있기는 한데, 그게 상대의 뇌에 직접 작용해서 오인(誤認)을 유발한다면 이쪽은 영상으로 공간에 비추어 내는 기술이니까 원리가 아예 다르다.

처음에는 외도 마법의 방식을 빌려 시도했지만 그게 난이도가 너무 높아서 이쪽으로 전환했다.

외도 마법 장난 아니네요.

흡혈 양을 비롯한 유녀 녀석들은 탁자 위에 출현한 미니 오니 군 영상에 못 박혔다.

후후후. 대단하지? 정말 대단하지?

음, 자기 자랑은 이 정도만 하고 영상에 포티머스를 더해서 오니 군을 습격하게 만들었다.

이어서 흡혈 양과 유녀들을 거기에 더한 뒤 포티머스의 영상을 흠씬 두드려 팬다.

불쌍한 포티머스는 다 헤진 걸레처럼 만신창이가 됐다. 끝.

"으음. 그러니까 뭐야. 포티머스가 여기에 있고, 쟤를 노린다는 뜻? 그래서 우리가 그걸 막으라고?"

눈치가 빨라서 좋아!

흡혈 양의 물음에 긍정.

"그럼 너는 그동안 뭘 할 건데?"

음, 설명하기 어려운 질문을 하네.

이번에는, 맞아, 그거다.

소녀의 비밀이라 치고 넘어가자.

입가에 집게손가락을 가져다 대며 얼버무렸다.

"그게 뭐야? 또 나를 따돌리고 혼자 가려고?"

그러나 흡혈 양은 납득해주지 않았다.

게다가 기분이 급하강하고 있다.

어? 자네, 요즘 들어서 진짜 성질이 급해지지 않았소이까?

뭐랄까, 내가 특별히 흡혈 양을 따돌린 기억은 없는데 말이죠?

애당초 이런 상황에서 말주변 없는 나더러 느긋하게 설명이나 하
라고?

아주 다급한 처지인 건 아니지만 그렇다고 여유가 잔뜩 넘치는 상
황도 아닌데 말이지.

이런 때 어린애처럼 자꾸 투정 부리면 곤란하고, 또 짜증이 난다.

"""……!"""

"응? 잠깐?! 뭐하는 거야?! 끄갸각!"

짜증이 솟는 내 기분을 눈치챘는지 인형 거미 3인조가 흡혈 양을
짊어지고는 서둘러 철수했다.

발버둥 치는 흡혈 양에게 셋이 달라붙어 구속한 뒤 잽싸게 납치하
는 모습에서 장인의 기술이 느껴졌다.

역시 겉모습은 유녀여도 속은 거미야.

실에 입이 꽉 막힌 채 멍석말이 신세가 된 흡혈 양에게는 어쩔 도

리가 없군.

일단은 손을 흔들어서 배웅해줬다.

흡혈 양이 끌려가면서 원망 가득한 눈빛으로 쳐다봤지만 애당초 제멋대로 나를 따라온 건 흡혈 양이었잖아.

그 스트레스는 반란군과 엘프에게 쏟아붓게나.

손을 흔들며 유녀들의 출발을 배웅한 나는 탁자 위에 남아 있었던 차와 과자를 정리했다.

이공간에 있는 분체들 앞쪽으로 보내면 분체들이 알아서 먹어 없애준다.

음식은 남기면 안 되잖아.

자, 저쪽은 이제 괜찮을 거야.

어지간한 사태가 벌어지지 않는 한 아엘을 더한 인형 거미 4인조를 감당할 수 있을 것 같지는 않거든.

덤으로 흡혈 양도 있고…….

그런고로 나는 나대로 요란하게 난장판을 만들어봅시다.

전이로 전이진이 있는 비밀 지하실까지 갔다.

전이진을 쓴 경험은 없지만 마도구는 신화를 한 나도 문제없이 사용할 수 있다는 것을 예전에 실험까지 마쳐 놨거든.

MP를 에너지로 바꿔서 주입하는 게 전부더라고.

음, 애당초 MP가 에너지의 일종이란 말이지.

명칭이 바뀌었을 뿐 본질은 바뀌지 않았으니까 마도구도 문제없이 작동하는 거지.

그러니까 이 전이진에 에너지를 주입하면 짝을 이루는 건너편 전이진이 파괴되지 않은 한 사용할 수 있을 거야.

전이진에 손을 대고 에너지를 흘려 넣었다.

분명하게 반응을 느끼고 나는 악당처럼 히죽 웃음을 짓고 싶어졌다.

아냐, 진짜로 웃진 않았어.

에너지를 충전해서 전이진을 작동시킨다.

익숙한 전이의 감촉.

다만 스스로 전이할 때와 다르게 살짝 기분이 나빠졌다.

응, 맞아. 다른 사람이 운전하는 차에 타면 자기가 운전할 때보다 더 멀미가 난다는 그런 느낌이야.

생각해보면 남에게 맡긴 전이는 공간을 억지로 도약시키는 행동과 다를 게 없으니까 감각이 어긋나고 흔들려도 어쩔 수 없나.

이제껏 자력 전이로 휙휙 날아다녔던 탓에 몰랐네.

연속 전이라든가 하면 멀미 나려나?

아니, 꼭 전이가 아니더라도 공간을 주물주물하면 영향이 안 나타날 수가 없겠네.

괜히 딴생각을 하는 사이에 전이 완료.

"이제 곧 그쪽으로 갈 터인데 원군 역할과 전력은 기대하지, 마, 마라……."

전이로 시야가 전환된 순간, 딱 마주치는 여자와 남자.

표현이 뭔가 사랑의 시작처럼 들리긴 하지만 유감이군, 적대 관계야.

내 눈앞에서 휴대 전화 비슷한 물건을 귓가에 댄 포티머스가 우뚝 굳어 있었다.

사람이란 뜻밖의 사태가 일어나면 사고가 멈추는 법.

포티머스도 예외는 아니었나 봐.

응응.

"……."

"……."

선수 필승 펀치!

"꺽?!"

鬼 내가 할 수 있는 일을 하자

마족령에서 정신을 차린 이후 내 생활은 무척 평온했다.

보호된 곳이 마족령 중 특히 유복한 공작가였다는 이유도 있어서 생활하는 부분에 불편을 느낀 적은 없었다.

고블린 마을에서는 하루하루 버티기도 버거웠기에 전사들이 목숨을 걸고 식량을 확보해서 갖다주었으니까.

그때와 비교하면 의식주가 어떤 모자람도 없이 갖춰져 있는 생활도 큰 복이라는 사실을 이해하게 된다.

그래도 마냥 도움만 받고 지낼 순 없었다.

분노에 지배당해서 반쯤 죽은 상태였던 내가 이렇듯 운 좋게도 제 정신을 되찾아 삶을 누리고 있다.

그리고 이왕에 삶을 누리게 된 이상은 자신이 할 수 있는 일을 열심히 수행하며 살고 싶었다.

마왕 아리엘 씨의 연줄로 군대에 들어간 뒤 거기에서 힘을 발휘하는 것.

내가 선택할 수 있는 가장 빠르고 쉬운 자립 방법이었고, 지금은 전투 능력밖에 내세울 게 없는 나에게는 조건이 좋은 직장이었다.

이렇게 나는 신세를 졌던 공작가 저택에서 나와 군대에 몸을 의탁하게 됐다.

전투 능력은 문제없다.

소피아 씨에게 분노 스킬을 봉인당하고도 내 능력치는 제법 높은 축에 속했다.

그에 더하여 무기 연성 스킬로 만든 마검이라는 이점이 있었다.

부대의 지휘관을 맡은 브로우 장군이 어째서인지 마음에 들어 해줬던 덕도 보아서 나는 제법 순조롭게 군대에 적응했다.

다만 내게는 꼭 마쳐야 하는 우선 과제가 하나 있었다.

"대마법. 방해, 원거리 투척."

"대마법. 방해, 원거리 투척."

부대의 동료가 천천히 한 말을 나도 똑같이 반복한다.

이게 뭘 하는 것이냐면 말을 배우는 중이다.

나는 마족이 표준어로 쓰고 있는 마족어가 아직껏 많이 모자랐다.

내가 태어난 곳은 고블린 마을.

당연히 고블린의 말을 언어로 썼다.

그 후 뷔림스에게 붙잡혀서 지낸 동안에 인족어를 익혔지만 마족어는 인족어와도 고블린어와도 다르다.

일상 회화조차 제대로 못 하는 상태에서 제대로 된 부대 생활은 어림도 없으니까.

인족어도 통하는 사람에게는 통하지만 역시 로마에 가면 로마의 법을 따라야 할 테지.

공작가 저택에서 지내는 동안 친절한 고용인분들에게 마족어를 배웠고 일상 회화에 애먹지 않을 만큼은 말할 수 있게 되었다.

그렇지만 아직 전문적인 용어 종류는 미처 다 익히지 못했다.

군대에 적을 두었다면 군대에서 잘 쓰는 진형 및 작전 따위를 의미하는 단어는 정확하게 외워야 했다.

그런 관계로 친절한 동료에게 부탁해서 짬이 날 때마다 이렇게 마족어 중 군대와 관계된 단어를 공부하는 데 도움을 받고 있었다.

언어를 습득하려면 쉽지 않을 테니까 조금 걱정했지만 일단 말부터 배워야 뭐든 할 수 있으리라.

그렇지만 내 각오는 반쯤 어긋나고 말았다.

"좋아, 괜찮군. 이제 잘 쓰이는 명령은 얼추 익힌 것 아닌가?"

"응, 그러게."

나는 마족어로 건네는 말에 똑같이 마족어로 답했다.

아직은 억양이 꽤 어색한 데다 짤막한 단문 대화라면 몰라도 장문을 말하기는 많이 버거웠다.

그러나 듣고 해석하기만 평하자면 군대 관계의 전문 용어가 섞여 있어도 어떤 의미의 발언인가 거의 다 이해할 수 있는 수준에 다다랐다.

일상 회화를 배울 때도 마찬가지였으나 나 스스로도 놀랄 만큼 습득 속도가 빨랐다.

내가 단기간에 마족어를 습득할 수 있었던 데는 몇 가지 요인이 작용했다.

먼저 기억 스킬.

기억 스킬은 기억력이 좋아진다는 수수하면서도 유용한 효과가 있다.

학습에서 기억력이라는 개념은 제법 중요하게 다루어진다.

상대의 한 마디 한 마디를 전부 떠올릴 수 있다면 머릿속의 반복 재생으로 말을 공부할 수도 있는 셈이니까.

스스로도 놀랄 만한 기억력이다.

전세에서도 이렇게 기억력이 좋았다면 시험공부가 훨씬 수월했겠다는 생각이 든다.

전세에서는 영어도 학교에서 배운 몇몇 말밖에 못 했었지만 지금의 나는 복수 언어를 구사할 줄 아는 멀티링구얼(multilingual)이다.

인생은 무슨 일이 일어날지 알 수가 없구나.

지난 전세의 기억도 마족어를 매끄럽게 습득할 수 있는 요인이 되어줬다.

일본어와 영어라는 서로 다른 언어를 접한 경험은 이세계에서도 꽤 응용할 수 있었거든.

주어 및 술어와 같은 개념을 국어에서 배운 뒤 영어에서는 저런 문법 요소가 일본어와 다르다는 것을 배웠다면 저것이 이세계의 언어에도 맞아떨어짐을 이해할 수 있다.

일본의 교육 제도가 꽤 발전된 형태였다는 것을 교육을 아예 받을 수 없었던 입장이 되어본 뒤에 겨우 깨달았다.

그리고 애당초 마족어가 인족어와 가까웠다는 것이 큰 이유이려나.

문법도 비슷하게 통하는 부분이 있고 단어도 일부는 겹치는 내용이 있다.

우연? 우연은 아닐 것이다.

마족과 인족의 태생을 떠올리면 본래 하나였던 언어가 다른 가지를 뻗어 갈라진 게 아닌가 생각이 든다.

혹은 하나의 언어를 중심으로 복수 언어가 뒤섞인 끝에 긴 역사 속에서 통일되었을 수도 있겠구나.

그렇게 생각하자면 이 마족어에도 깊은 역사가 담겨 있겠군.

"그러고 보니까 브로우 님도 요즘 들어서는 인족어 공부에 꽤 힘을 쓰신다던가. 실력이 썩 늘진 않았다 들었네만."

마족어의 역사를 주제로 상념에 빠져 있었던 때에 동료가 무심하게 중얼거렸다.

그 까닭에 짐작되는 바가 있어서 나는 쓴웃음 지었다.

아무래도 소피아 씨한테 통역을 부탁했던 게 많이도 분했나 보군.

브로우 장군의 명예와 관련되는 사연이니까 다른 사람에게 말할 순 없지만…….

애당초 원인을 만든 게 나잖아.

그 탓에 약간 미안한 마음을 갖고 있었다.

"오, 이제 보이는군."

동료가 전방을 보며 말했다.

뒤따라서 나도 앞쪽을 봤더니 저 멀리 성벽 비슷한 물체가 살짝 보였다.

"아예 방벽을 만들어 놨군. 적군께서는 아무래도 농성전을 바라는가 보다."

우리는 지금 군대로서 출동한 상황이다.

진군 목표는 반란군이 숨어 있다고 정보를 받은 북쪽 도시.

그리고 그 정보가 올바름을 증명해주는 듯 본래는 없었던 방벽이 도시를 둘러싸고 있었다.

"어려운 싸움이 될 것 같구나."

긴장한 표정을 짓는 동료.

나도 마왕군에 소속된 이후 처음 겪는 전투이고, 또한 분노를 봉인당한 이후 처음 겪는 전투이기에 조금 긴장했다.

"돌격! 돌겨억!"

분대장의 고함 소리가 터져 나오고 그 목소리를 지워 없애려는 듯 격한 함성과 전투음이 울려 퍼진다.

살갗을 찌르는 듯한 긴장감이 주위에 가득 차올랐고 그것을 날려 버리는 열기가 적과 아군 쌍방에서 쏟아지고 있었다.

목숨을 불사르는 불꽃이다.

목숨을 건 전장에서 저들은 자신의 생명과 상대의 생명을 서로 빼앗는다.

적군이 아군의 검에 베여 갈라지고, 알고 지냈던 동료가 피를 흘리며 움직이지 못하게 된다.

전세였다면 거의 경험할 수 없었을 지옥 같은 광경.

그럼에도 불구하고—.

"이런 정도인가."

무심코 입 밖으로 나온 말은 곁에 사람이 있었다면 무척 싸늘한 목소리로 들렸을 것이다.

싸늘하기만 한 것이 전부라면 이 장소가 전장인 만큼 오히려 어울리는 음색이었을지도 모른다.

그러나 나는 내 말투에서 은근한 허탈함의 감정이 새어 나오고 있음을 자각했다.

홀로 중얼거리면서도 몸을 움직이기는 멈추지 않는다.

공간 마법의 공간 수납, 이른바 아이템 박스에 가까운 스킬을 써서 거기에 보관해 놓은 마검을 꺼내 들었다.

분노 스킬은 봉인됐다지만 태어날 때부터 지닌 무기 연성 스킬 및 다른 스킬은 자유롭게 사용할 수 있고 성장도 가능하다.

마족어 연습과 함께 진행했었던 공간 마법 스킬의 레벨 올리기와 마검의 비축.

과연 정말로 통용될까 불안했던 것도 지금은 옛일.

투척한 마검이 방벽에 꽂혀 들어가서 폭발한다.

마법의 힘을 써서 건설된 만큼 급조물이라 여겨지지 않는 튼튼한 방벽이다.

그러나 결국 방벽은 마검의 폭발을 못 견디고 붕괴했다.

그리고 방벽에 난 구멍을 지나서 아군 병사들이 돌격하며 적의 방어를 깨뜨리고 있었다.

아무래도 내 마검은 충분히 잘 통용되는 듯싶다.

아니, 통용되는 수준을 넘어서 일개 대상을 노리기에는 과한 화력이다.

방벽을 아주 손쉽게 파괴했을 뿐 아니라 뒤쪽에 있던 반란군 병사까지 다수 날려버렸다는 게 좋은 증거였다.

……설마 견제기밖에 못 된다고 치부했던 양산형 작렬검(炸裂劍)으로 이렇게 될 줄은 몰랐다.

아무래도 나는 자신의 인식과 달리 꽤 강했나 보다.

그것은 부대에서 훈련을 받던 중 살짝살짝 자각했던 사안이기는 한데, 그럼에도 이렇게까지 차이가 날 줄은 예상하지 못했다.

양산형 작렬검은 생산 가능한 수를 늘린 대가로 위력을 낮춘 무기다.

마검 연성 스킬로 제작되는 마검의 질은 제작 때 주입하는 MP의 양에 좌우된다.

지금 내가 만들 수 있는 최고의 마검은 MP를 거의 텅 비울 때까지 주입했던 일품.

그에 비하여 양산형 작렬검은 MP가 모두 차올랐을 때 자동 회복의 잉여분이 날아가는 게 아까워서 짬짬이 만든 물건이다.

고작 짬짬이 만든 물건으로 이토록 우위를 점한 채 싸울 수 있다니.

물론 작렬검은 결코 약하지 않다.

본래 파손될 때까지 반영구적으로 사용 가능한 마검을 자폭시킴으로써 위력을 높이는 특성상 작렬검의 위력은 소비 MP의 효율로 말하자면 높은 편이다.

게다가 제작할 때만 시간이 걸릴 뿐 마법과 달리 발동에 시간이 걸리지 않아서 전투 상황에서는 즉각 효용을 발휘한다.

그러나 여러 이점을 감안해도 양산형 작렬검이 유효타로 활용되는 장면을 나는 도무지 상상할 수가 없었다.

우아하고 아름답지만 견고한 비늘의 보호를 받는 얼음 용에게는 상처 하나 못 냈었고, 조그맣지만 압도적인 속도와 힘을 보유한 소녀는 작렬검의 폭발 범위에 포착할 수도 없었다.

희미하게 떠올릴 수 있는 분노에 지배당했을 때의 내 대전 상대.

전부를 다 떠올릴 수 있는 것은 아니지만 그때 치렀던 전투의 기억은 편린이나마 남아 있었다.

그리고 강한 무력도…….

그 기억을 갖고 있었기 때문에 나는 분노를 봉인당해서 대폭 약체화된 지금 상태를 약하다고 판단했었다.

그러나 이제 인식을 고쳐야겠다.

내가 약한 게 아니다.

나의 상대가 과하게 강했을 뿐.

그리고 일반적인 기준에 따라 평가했을 때 나는 약체화되고도 꽤 강한 축이다.

약해진 내가 얼마나 잘 싸울 수 있을까 염려하고 긴장했었던 만큼 허탈함에 휩싸이는 것도 어쩔 수 없겠다.

게다가 내 허탈함의 이유는 그게 전부가 아니었다.

다른 작렬검을 새로 꺼내서 방벽에 투척하여 폭발을 일으킨다.

방벽이 일순간에 파괴된 터라 반란군은 진입을 막지 못한다.

그러나 저항하지 않고 당하기만 하는 게 아니었다.

결사의 반격을 못 견디고 죽음을 맞이한 동료들의 모습도 보였다.

내 시선 저편에는 행군 중 군대와 관련된 마족어 단어를 가르쳐줬던 동료가 있었다.

칼이 등을 뚫고 나와서 엎드려 쓰러져 있는 저자는 더 이상 다시 일어서지 못한다.

죽었다.

RPG 게임 같은 시스템이 있는 이 세계에서도, 아니, 이런 세계이기에 더더욱 회복 마법의 정석이라고 말할 수 있는 부활 마법이 존재하지 않는다.

즉 죽는다면 그게 끝이다.

죽어버린 동료가 다시 살아 돌아올 순 없다.

그런데 나는 의외로 크게 동요하지 않았다.

신세를 졌고 글자 그대로 한솥밥을 먹은 동료의 죽음과 맞닥뜨렸는데도 내 마음은 별로 뒤흔들리지 않는다.

아예 감회가 없지는 않는다는 데 기쁨을 느껴야 할까, 아니면 한껏 냉혹해진 자신을 한탄하면 되는 걸까. 음, 판단이 잘 안되는구나.

지금의 나는 전세의 나보다도, 더 정확히 말하자면 고블린 마을에서 살았던 시절보다도 훨씬 냉혹해졌다.

사람을 죽이는 데 주저하지 않게 되었고 알고 지냈던 사람이 죽었는데도 동요는 적다.

물론 완전히 달관한 것은 아니다.

그렇지만 분명히 내가 각오를 다졌기 때문일 테지.

이 세계에서 살아 나가겠다는 굳은 각오를⋯⋯.

그래 봐야 각오를 겨우 다졌을 뿐 지금 시점에서 내가 할 수 있는 게 무엇인지는 알 수 없다.

"지금은 딴생각 말고 눈앞의 전투에 집중해야지."

다소 허탈했다지만 한창 전투 중인데 집중을 흐트리는 것은 안 좋다.

일부러 입 밖에 내서 마음을 다시 다잡고 전장으로 시선을 보냈다.

쓱 주위를 둘러보면 방벽 중 한 구역만 제법 격하게 저항하고 있었다.

방벽 안쪽에서 쏟아지는 무수히 많은 마법이 접근을 시도하는 병사들에게 큰 피해를 준다.

언뜻 보기에 위력도 연사력도 다른 구획과 큰 차이임을 알 수 있었다.

아무래도 저곳에 있는 인원이 반란군의 주력 마법 부대일 테지.

다른 구획은 내가 작렬검으로 뚫은 방벽의 구멍을 지나 공략이 진행 중이었다.

완전히 함락되는 것은 시간문제였다.

그렇다면 아군까지 휘말릴 우려가 있는 추가 공격보다는 저 구획의 공략을 위해 표적을 바꾸는 게 낫겠군.

나는 새 작렬검을 공간 수납으로 꺼낸 뒤 아직껏 저항이 격한 방벽의 한 구역을 향해 투척했다.

거리는 좀 떨어졌지만 지금 내 능력치와 투척 스킬의 레벨이면 적중할 것이다.

그러나 날아간 작렬검은 방벽의 안쪽에서 발사된 마법에 맞아 요격당했고 아슬아슬한 곳에서 유폭했다.

조금만 더 폭발 위치가 가까웠다면 방벽에도 다소나마 대미지를 가할 수 있는 거리까지 육박했었는데…….

아까웠다.

하지만 날아드는 작렬검을 요격 가능한 마법사가 저곳에 있단 사실을 안 것만으로도 수확인가.

제법 강한 실력자 같다.

다만 그럼에도 인족령에서 맞닥뜨렸던 노마법사의 마법과 비교하면 많이 뒤떨어진다.

그 노마법사와 대치한 이후 성장한 지금의 나는 이곳에 있는 마법사들이 별반 위협으로 느껴지지 않았다.

그렇다 해도 분노라는 비장의 수단이 봉인된 이상 방심해서는 안된다.

이 세계에서 생명은 정말 맥없이 죽어 나가니까.

그러니까 위력이 다소 지나칠지라도 적당히 힘 빼서 싸울 생각은 털끝만큼도 없다.

나는 또다시 두 자루의 작렬검을 꺼내 동시에 투척했다.

곧이어 방벽을 향해 뛰쳐나간다.

달려가면서 작렬검을 새로 꺼내는 것도 잊지 않았다.

움직이는 도중에 공간 마법의 공간 수납을 사용하기는 제법 어려운 작업이지만, 이게 안 되면 나의 큰 힘인 대량의 마검을 수납한 채 썩힐 수밖에 없다.

다행히 공간 수납은 다른 공간 마법과 달리 비교적 조작이 쉬운 편이었기 때문에 연습하면서 간신히 숙달될 수 있었다.

그럼에도 공간 수납으로 마검을 꺼내는 데 조작이 필요한 터라 일순간의 빈틈을 만들게 된다.

최종 목표는 마검을 넣고 빼내는 동작이 숨 쉬듯 자연스러운 경지인데 갈 길은 멀었다.

하지만 짧은 빈틈을 노출해도 지금의 나에게는 여유가 있다.

먼저 투척한 작렬검 두 자루가 방벽에 다다르기 전에 요격됐다.

방금 전 투척으로 경계심을 가졌을 듯싶어서 이번에는 두 배로 두 자루를 던졌는데 방벽과 꽤나 떨어진 위치에서 격추당했다.

그렇지만 그게 전부다.

방벽을 향해 달리면서 접근하는 나한테까지 손쓸 여력은 없는 듯 싶었다.

이 기회를 틈타서 나는 방벽으로 달리는 한편 작렬검을 연속 투척했다.

달리면서 공간 수납으로 작렬검을 꺼내는 데다 던지기까지 하는 동작은 역시 한 자루가 한계였다.

단순하게 계산한다면 중간 과정이 2분의 1로 줄었지만, 시간이 지나면 지날수록 나는 방벽에 가까워지고 작렬검의 비거리가 짧아진다.

거리가 짧아지면 그만큼 작렬검이 방벽에 도달하는 시간도 짧아진다.

달리 말하면 요격 가능한 시간도 역시 짧아진다는 뜻.

마법은 발동까지 시간이 걸린다.

날아드는 검을 격추하려면 더욱이 집중력까지 필요하다.

던지기만 하면 그만인 작렬검과 발동하는 데 시간이 걸릴 뿐 아니라 날아드는 작렬검을 정확히 요격해야 하는 상대측의 처지를 감안하면 내게 유리한 점이 많았다.

나 또한 공간 수납을 사용하고 있는 관계로 확연하게 차이가 발생하는 것은 아니었지만, 나 아닌 병사들에게도 대응할 수밖에 없는 반란군의 상황상 이런 근소한 차이가 치명적으로 작용할 것이다.

아니나 다를까, 투척하는 작렬검의 숫자가 늘어남에 따라 요격에 여유가 점점 사라져 갔고 결국은 방벽 바로 근처에서 폭발이 일어났다.

겨우 직격만 피했을 뿐 폭발의 여파가 방벽에 가느다란 균열을 새겨 놓았다.

저렇게 눈에 보이는 피해보다도 방벽 안쪽에서 싸우고 있던 반란군은 더욱 큰 대미지를 받았을 것이다.

마법을 사격하기 위한 틈새로 폭풍이 역류했을 테고 저렇게 지근거리에서 폭음을 듣게 되면 청력에 문제가 발생한다.

그러면 적지 않은 혼란도 일어날 테지.

모두 다 곧바로 죽을 만한 피해는 아니지만 집중력이 필요한 마법을 쓰는 데에는 결코 작은 상처가 아니다.

그리고 적의 빈틈을 눈감아줄 만큼 나는 허술하지 않다.

다음으로 던진 작렬검은 마법의 방해를 받지 않고 방벽에 꽂혀 들어가서 폭발했다.

허물어지는 방벽.

방벽 안쪽에 있던 반란군도 작렬검의 폭발이 집어삼켰다.

그리고 분진이 피어올랐다가 걷힌 무렵에 나는 방벽이 있던 장소에 도착해서 내부로 진입했다.

손에 든 것은 근접전 때 쓰는 마검.

소모품인 작렬검과 달리 가능한 한 MP를 쏟아부은 물건이다.

오른손에 염도(炎刀). 왼손에 뇌도(雷刀).

MP를 주입함으로써 순간적으로 작렬검과 동등한 수준, 혹은 더욱 센 위력을 발휘하는 불꽃과 벼락 공격을 펼칠 수 있는 내 비장의 수단 중 하나.

마법사가 접근을 허락했을 때 약해진다는 통설은 옳다.

내 능력치는 사실 마법계가 물리계보다 더 높은 수치를 갖고 있지만, 그것은 무기 연성에 MP를 대량으로 소비할 수밖에 없는 관계로 자연스럽게 차이가 발생한 것에 불과하다.

나의 진가는 풍족한 MP를 써서 만든 마검으로 근접전을 벌이는 한편 마법보다 높은 위력의 일격을 신속하게 발동 가능한 데서 발휘된다고 자기 분석을 했던 바 있다.

그러니까 일단 접근만 하면 승기는 나의 것이다.

나는 쓱 주위를 둘러보고 폭발 때문에 숨이 끊어진 인물 및 전투 불능의 중상을 당한 인물들은 방치한 뒤 비교적 멀쩡한 인물들을 가까운 순서대로 덮쳤다.

"카아아아아!"

"자, 잠?!"

이렇다 할 저항도 하지 못하고 내게 베여서 죽어 가는 후드를 뒤집어쓴 인물들.

마법사답게 올바른 복장 같다는 생각도 살짝 들지만 딱히 이 세계에서는 갑옷을 착용했을 때 마법의 위력이 떨어지는 등의 제약은 없었다.

실제로 후드가 딸린 로브 안쪽에는 갑옷을 껴입은 인물도 있었다.

그러나 어째서인지 저자들은 전원이 후드를 쓰고 머리를 감춰 두었다.

의문을 느끼면서도 검을 휘두르는 손과 전진하는 다리는 멈추지 않는다.

그러던 중 목이 날아갔던 후드 남자의 머리가 땅에 떨어지면서 얼굴이 드러났을 때 저들의 정체를 알 수 있었다.

얼굴, 정확하게는 귀를 보고서…….

"엘프?"

남자의 귀는 인족이나 마족과 달리 길었고 끝 쪽이 뾰족했다.

전해 들었던 엘프의 특징과 일치한다.

자세히 사정까진 모르겠으나 마왕 아리엘 씨는 엘프와 적대 관계라고 들은 적이 있고, 나 역시 반쯤 분노에 잡아먹혔을 때 뜻밖에도 엘프와 싸운 경험이 있었다.

그런 엘프가 대체 왜 이런 곳에서 반란군과 함께 싸우는 거지?

까닭이야 알 도리가 없다지만 내가 할 일은 바뀌지 않는다.

적은 쓰러뜨릴 뿐.

"사사지마!"

그럼에도 불구하고 내 손을 멈추게 만든 저 목소리.

지금은 이미 버려서 쓰지 않는 전세의 이름을 부른 목소리가 들렸다.

"이제 그만해줘요!"

검을 들어 올린 채 무심코 멈춰버렸던 손.

그리고 지금 막 숨통을 끊으려고 했던 후드 쓴 남자와 나의 사이에 끼어드는 작은 인영.

후드를 벗은 작은 엘프 여자아이를 나는 모른다.

아니, 그렇군.

분명 인족령에서 어느 엘프 무리를, 나를 토벌하기 위해 매복한 인족의 집단인 줄 오해해서 괴멸시켰을 때 이런 여자애가 있었던 것 같다.

그때도 혹시 내 이름을 부르지 않았던가?

절반쯤 분노 때문에 의식이 혼탁된 상태였던 터라 환각이거나 환청인 줄 치고 넘겼지만 아무래도 아니었는가 보다.

"이름은?"

나는 엘프 소녀에게 검 끝을 겨누면서 일본어로 물었다.

내 전세의 이름을 알고 있다는 시점에서 어느 정도는 예상이 된다.

문제는 그중 누구인가 하는 것.

"오카자키, 오카자키 카나미예요."

내가 일본어로 꺼낸 물음에 소녀도 일본어로 답했다.

저 유창한 일본어는 벼락치기로 익힐 수 있는 것이 아니다.

즉 진짜라는 의미다.

나와 마찬가지로 일본에서 온 전생자.

그리고 그 이름은 우리 반 담임 교사였다.

"……오랜만입니다, 선생님. 가능하면 이런 형태로 재회하고 싶진 않았지만요."

나는 선생님에게 겨눈 검 끝을 거두지 않은 채 말했다.

"어째서, 어째서 이런 짓을 하나요?!"

선생님은 그런 나에게 엉뚱한 물음을 던졌다.

"그런 건 오히려 제가 해야 할 말이 아닐까요? 반란군에 가담해서 마족의 질서를 흩뜨리다뇨. 선생님은 대체 뭘 하고 싶은 겁니까?"

어째서 엘프가 반란군에 가담했는지도, 그런 행동에 선생님이 함께하는지도 나는 이해할 수 없었다.

백번 양보해서 반란군의 주장을 이해하지 못하는 바는 아니지만 그래 봤자 금기를 아는 입장으로서는 코웃음만 나왔다.

　아리엘 씨는 이 세계 전체에 올바른 일을 하고 있었다.

　금기를 알지 못하는 사람들에게는 극히 부조리한 행동일지라도 아리엘 씨는 단호한 신념, 그리고 각오를 갖고 사태에 임하고 있다.

　그런 사실을 잘 알기에 나는 더더욱 반란군을 망설임 없이 처단할 수 있었다.

　"저는, 마왕에게 붙잡힌 전생자를 구하기 위해, 싸우는 거예요."

　"네?"

　진심으로 선생님의 발언이 이해되지 않아서 나는 눈살을 찌푸렸다.

　마왕에게 붙잡혀 있는 전생자?

　내가 아는 한 마족령에 있는 전생자는 시로 씨와 소피아 씨, 두 사람.

　그렇지만 양쪽 다 딱히 아리엘 씨에게 붙들린 게 아니라 오히려 솔선해서 협력하고 있는 관계로 보였다.

　선생님은 뭘 어떻게 착각한 거지?

　"사사지마도, 이런 곳에서 이런 짓을 하지 말고, 제 손을 잡아주세요. 엘프는 전생자를 보호하고 있어요. 다른 아이들도 함께 있고요. 더는, 이렇게 잔인한 짓을 하지 않아도 돼요. 그러니까, 부탁할게요."

　선생님이 손을 뻗는다.

　여러모로 중요한 말을 들은 것 같지만 그 내용에 대한 자세한 조사는 나중에 하면 된다.

　일단은 단호하게 대답해주도록 하자.

"무슨 착각을 하고 있는지 모르겠습니다만, 저는 제 의지로 여기에 있는 겁니다. 그리고 선생님의 손을 잡아드릴 마음도 없습니다."

거절당할 줄 예상하지 못했던 건지 선생님의 얼굴이 경악으로 물들었고 눈은 크게 뜨였다.

"저는 제 신념을 따라 싸웁니다. 누구의 지시를 받은 게 아니에요. 제 자신의 판단으로. 저는 제 행동에 어떤 부끄러움도 느끼지 않습니다."

내 말을 듣고 선생님은 차마 믿기지 않는다는 듯이 고개를 좌우로 흔들었다.

점점 안색이 하얘진다.

"반대로 묻죠. 잔인한 짓이라고 선생님은 말씀하셨습니다. 그러면 그 잔인한 짓과 똑같은 행동을 하면서 피에 물든 손을 학생에게 내밀고 있는 선생님은 떳떳합니까?"

내 물음에 선생님의 눈에 확 벌어졌고 안색은 하얀빛을 넘어서 파래졌다.

반란군에 가담했다는 것이 무엇을 의미하겠는가.

이 구획에 있던 엘프들의 손에 의해 정규군의 병사들에게는 적잖은 피해가 발생했다.

선생님 본인이 함께 싸웠는지는 알지 못한다.

그렇지만 지금 반응을 보고 짐작하자면 단지 방관만 했던 것도 아니겠군.

옛 학생을 보호하기 위함이라고 말하며 선생님은 그와 관계없는 병사의 목숨을 빼앗는 전쟁에 가담했다.

그런 행동은 과연 정의로울 수 있는가?

"선생님."

나는 나지막한 소리로 말을 건넸다.

선생님의 어깨가 호들갑스러울 만큼 떨렸다.

"역시 가슴을 펴고 대답하진 못하는군요. 그렇다면 저는 당신의 손을 잡아드릴 수 없습니다."

그렇다 해도 전세부터 알고 지냈던 사람을 해치기에는 나 역시 망설임이 느껴졌다.

아직 내 각오가 그렇게까지 단단하지는 않다는 뜻이었다.

선생님에게 잘난 척하는 말을 건넬 입장이 안 된다고 자조하면서 항복을 권하려고 했다.

직후, 내 몸이 떠밀려 날아갔다.

"윽?!"

무슨 일이 일어났는가 이해할 수 없었다.

다만 오른쪽, 방벽의 더 안쪽에서 공격이 날아왔다는 것만큼은 알겠다.

오른팔이 부러졌고 오른쪽 갈비뼈 주변에서 묵직한 통증이 느껴진다는 것은 곧 방향을 의미하니까.

선생님과 대화를 나누면서도 주위의 경계에 소홀했던 적은 없었다.

옛 지인과 마주쳤다는 이유로 적지에서 빈틈을 드러내는 짓은 안 한다.

그런 경계 태세를 뚫고 이렇듯 내게 대미지를 입혔다는 것은 내 감지 범위 바깥에서 쏜 저격이거나 혹은 적이 상당한 강자이거나.

어느 쪽이든 까다로운 상대임은 틀림없겠군!

공중을 날면서도 간신히 자세를 가다듬고 바닥에 나뒹구는 처지만큼은 막아 냈다.

일단 추가 공격을 저지하기 위해서 공격이 날아왔다고 짐작되는 방향을 향해 쳐다보지도 않은 채 왼손에 든 뇌도로 전격을 날렸다.

작렬검 못지않은 파괴력을 발휘하는 전격이 쏟아졌고, 그 번갯불의 빛이 걷혔을 때는 그곳에 후드를 쓴 인물이 몇 사람 서 있었다.

선생님이 뭔가 소리치고 있었지만 나는 모르는 말인지라 내용은 알 수 없었다.

하지만 방금 전, 나에게서 지키려고 했던 인물에게 두 팔을 겨드랑이 아래로 꽉 붙들린 채 이곳에서 멀어져 가는 모습만 보였다.

선생님의 작은 몸이면 덩치 큰 남자가 뒤쪽에서 꽉 끌어안았을 때는 어쩔 도리가 없다.

솔직히 이대로 놓쳐 보내고 싶지는 않았으나 뒤를 쫓아갈 여유는 없었다.

눈앞의 후드 녀석들은 방금 전까지 싸웠던 엘프들과 분위기가 아예 달랐다.

뇌도로 뿜었던 전격이 전혀 효과를 거두지 못한 듯싶고 뛰어난 강자임은 틀림없었다.

어쩌면 위험할 수도 있겠군.

후드 녀석들이 날아갔다.

이런 상황에는 엉뚱하지만 나는 내 눈을 비비고 싶어졌다.

지금 막 후드 녀석들이 한꺼번에 떠밀려 날아갔다.

여기까지는 좋다.

아니, 좋지는 않은데 백번 양보해서 좋다고 치고 넘어가자.

그런데 후드 녀석들을 뻥 날려버린 것이 방금 전 선생님과 그리 다르지 않은 모습과 연령의 소녀들이라는 게 문제다.

게다가 내 눈이 이상해진 게 아니라면 하얀 실로 꽁꽁 묶인 모습의 소녀를 세 소녀가 후드 녀석들에게 냅다 던지는 듯 보였다.

……대체 뭔 상황이야?

방금 전까지 가득했던 위기감이 영문을 알 수 없는 전개 때문에 곤혹감으로 바뀌었다.

"이~ 녀~석~들~아~!"

하얀 실에 멍석말이를 당했던 소녀가 원망 가득한 소리를 내질러 대며 천천히 일어섰다.

실이 일순간에 얼어붙었다가 깨져서 흩어졌다.

무시무시하게도 한 동작뿐인데 주위 기온이 급격하게 떨어졌다.

뱉는 숨결이 하얗다.

소녀가 등에 맨 자기 키보다 큰 대검을 뽑아 들었다.

저 작은 체구에 어울리지 않는 굉장한 위압감.

"소피아 씨."

잊을 리 없는 인물, 나와 마찬가지로 전생자인 소피아 씨였다.

어째서 소피아 씨가 이곳에 있는지는 잘 모르겠다.

그렇지만 아군이라고 생각해도 될 테지.

솔직히 안도했다.

"어머? 너 뭐야, 왜 이렇게 잔뜩 얻어맞았어? 꼴사나워."

소피아 씨는 내 존재를 깨닫고는 한심하다는 듯 비웃었다.

그러나 방금 전 장면을 똑똑히 목격했던 만큼 꼴사나운 게 과연 어느 쪽인가 의문스럽다.

물론 구태여 언급하지 않는 배려심은 갖고 있지만…….

우리가 짤막하게 말을 주고받는 동안에도 다른 소녀들 세 명은 말 없이 담담하게 방금 전 날아갔던 후드 녀석들에게 추가 공격을 펼 쳐 철저히 박살을 내고 있었다.

저렇게까지 할 필요가 있나? 잠깐 의문이 들 만큼 과격하다.

소녀들이 후드 녀석들을 때리고 차는 소리는 이미 타격음이라 말 하기 어려운 폭음이 됐다.

기습 이후 완전한 학살.

소녀들의 과하다 말할 수 있는 폭력은 후드 녀석들이 사람의 원형 을 유지하지 못할 지경까지 이어졌다.

"조금 지나친 게 아닐까?"

딱히 적에게 자비를 베풀자는 말은 아니지만 그렇다고 시체를 굳 이 손상하는 행동은 달갑지 않다.

도움을 받아 놓고 할 소리는 아니었으나 무심코 입 밖으로 말이 나와버렸다.

"흐응? 너 말야, 이 꼴을 보고도 똑같이 말할 수 있겠어?"

소피아 씨가 그런 나에게 후드 녀석들 중 한 명이었던 잔해를 붙잡아 내밀었다.

"앗?!"

내 예상을 벗어나는 광경이었다.

후드 안쪽에 가려져 있던 것은 생물적인 시체가 아닌 기계의 고철 같은 물건이었다.

"처음 보나 봐? 이게 엘프의 진짜 얼굴이야. 당하기 전에 박살을 안 내면 이쪽이 당할 수도 있고, 완전히 망가뜨리지 않으면 안심할 수가 없단 말이야. 이해했어?"

설마, 이 세계에 기계가 있을 줄이야…….

이런 병기가 용납될 수 있나?

아니. 용납될 리 없다.

"미안해. 내가 뭘 몰라도 너무 몰랐어."

나는 자신의 잘못을 인정하고 사과했다.

이런 물건이었다면 공들여서 철저하게 파괴할 수밖에 없다는 말도 수긍이 간다.

"엑. 새어 나온 게 묻어버렸어. 기분 나빠."

소피아 씨가 더러운 물건을 만진 것처럼 기계 인간이라 말할 수도 있는 고철을 집어 던졌다.

손수건을 꺼내 손을 닦고 있지만 그보다도 나는 바닥에 내던졌던 고철 쪽에 시선이 갔다.

그 몸은 대부분이 기계로 만들어졌다.

그렇지만 소피아 씨가 거머쥐었던 부분, 머리 부분이었던 곳에서는 끈적거리는 뭔가가 흘러나오고 있었다.

"완전한 안드로이드는, 아닌 건가?"

"악취미지?"

소피아 씨의 물음에 말없이 고개를 끄덕였다.

이런 짓거리를 태연자약하게 저지르는 작자가 있을 줄이야.

좀처럼 믿기지 않는 일이다.

사람으로서 건드려선 안 되는 선을 훌쩍 넘어버렸다.

무엇보다도 충격인 것은 그런 작자와 선생님이 연결되어 있다는 사실이다.

"이런 물건을 끌고 온 주제에 선생님도 참 뻔뻔한 말을 늘어놓았군."

"어? 선생님?"

"나중에 말해줄게. 우리 전생자와 관계없는 얘기가 아니니까. 가능하면 시로 씨까지 같이 모여서 대화하고 싶어."

선생님의 존재는 꼭 알려줘야 하는 사안이다.

그래도 먼저 반란군부터 진압해야 한다.

"그래? 알았어, 빨리 끝내버리자."

소피아 씨는 그렇게 말한 뒤 사납게 미소 지었다.

저 소녀들을 적으로 두지 않아서 다행이라고 진심으로 느꼈다.

4 쳐들어가자

마주치자마자 제가 포티머스의 안면을 냅다 후려갈겼죠.

비겁하다고?

훗. 나에게는 칭찬이군!

치사하다, 역시 나는 치사하구나.

"포티머스 님?!"

아차, 느긋하게 굴 때가 아니었군.

퍽 쳐서 날려버린 포티머스의 뒤에는 후드를 쓴 수상한 집단이 있었다.

그중 몇 사람이 되게 당황하네.

그야 자기들 대장이 느닷없이 주먹질 맞고 날아가면 당황스럽겠지.

반대로 부자연스러운 게 미동조차 안 하는 다른 후드 녀석들.

생기랄까, 인간미랄까, 그런 느낌이 희박하다.

희박하다 뿐 전혀 없지는 않다는 게 포인트.

뭐, 대강 정체는 예상이 되는데 평범한 엘프는 절대 아니겠네.

아마 포티머스와 마찬가지로 사이보그화한 병기 종류야.

저런 게 줄줄이 늘어서 있는 광경은, 응, 위험하다.

저기요? 포티머스 씨?

당신 말이죠, 이번에는 꽤 진지하게 이쪽 부대를 박살내겠다고 온 느낌인데요?

반란군이 집결하기 전 단계에서 벌써 이만한 전력을 갖춰 놓았다면, 완전히 준비가 갖춰졌을 때는 얼마나 더 위험한 녀석들이 북쪽 도시에 잔뜩 모여들었을지 짐작도 안 된다.

후유~ 큰일 날 뻔했네.

방금 전 들었던 포티머스의 말로 짐작하면 아마도 이곳에 있는 녀석들을 반란군에 합류시킬 뜻은 없었던 것 같아.

그냥 예상이지만 포티머스는 우리가 선수를 쳐서 움직인다는 뜻밖의 사태에 대처하기 위해, 북쪽 도시에 파견했던 전력을 회수하려는 목적으로 막 출격하려던 것이 아니었을까?

그러고 보니까 방벽 중 다른 위치보다 조금 분투를 펼치던 후드 집단이 있었잖아.

걔네, 아마도 엘프였나 봐.

그중에 여기에 있는 것과 마찬가지로 사이보그 병사가 같이 포함됐다면 포티머스는 회수하고 싶었을 거야.

내가 본 전투 장면에서는 아마 대부분은 사이보그가 아닌 평범한 엘프였거든?

이미 우리가 움직인 이상 소수의 사이보그 병사들로 대단한 전과를 거둘 수 없을 테니까.

그렇다면 이미 작전은 실패했다고 간주한 뒤 피해가 발생하기 전에 회수하는 게 손해는 적어지잖아.

그럼, 그럼 말이야, 애써서 억제하려고 했던 손해 이상의 대미지를 안겨주자고요!

선수 필승!

발사 단추를 뿍.

그리고 왜곡의 사안 발동!

왜곡의 사안은 공간을 비틀어서 그 공간 안쪽에 존재하는 물체와 함께 퍽퍽 구겨뜨리는 야비한 사안이다.

스킬이었을 때는 공간 안에 존재하는 물체의 강도에 비례해서 공간을 비트는 힘도 더 많이 필요했다.

즉 단단한 물체일수록 비트는 게 힘들었다는 뜻이지.

그러나~!

지금 내 왜곡의 사안에는 어떤 제한도 없다!

공간 자체를 비틀어버리니까 안쪽에 있는 물체의 강도라든가 아무 상관도 없음~!

이것도 어떤 의미에서는 방어력 무시 공격이야.

왜곡의 사안에 포착되면 저항도 못 하고 퍽퍽 구겨지잖아.

난점은 범위가 별로 넓지 않다는 걸까.

우선 포티머스가 한 방 맞아서 당황하고 있는, 의사를 제대로 갖고 있는 엘프를 최우선으로 해치우자.

세 명 있었던 녀석들은 저항도 못 하고 뭔가 잘 알아볼 수 없는 덩어리로 퍽퍽 변형됐다.

좋아.

포티머스가 부활하기 전에 나머지 사이보그 병사를 정리해볼까.

"항마술 결계 발동."

그러나 내가 다음 행동에 나서기에 앞서 포티머스의 움직임이 더 빨랐다.

엎드려서 쓰러진 채 포티머스가 결계를 발동했다.

결계 때문에 세계의 법칙이 뒤바뀐다.

동시에 내 시야가 깜깜해졌다.

투시가 끊어진 탓에 눈을 감으면 아무것도 안 보이게 되고 말았다.

어쩔 수 없이 눈을 떴는데, 바로 보이는 광경은 팔을 총으로 변형시켜서 사격 자세를 취한 사이보그 병사들.

클났다?!

다리에 신체 강화 마술을 걸어서 점프!

직후 내가 막 있었던 장소를 무수히 많은 총탄이 통과했다.

나는 곧장 천장에 실을 뻗어서 진자 운동의 요령으로 더욱 거리를 확보했다.

아무래도 이곳은 어딘가의 건물 안 같았다.

도망치는 내 뒤를 쫓아서 쏜 총탄이 벽과 천장에 틀어박힌다.

포티머스의 결계 안에서는 나조차 혹시 맞았다가는 무시할 수 없는 피해를 받는다.

다행히 신화를 이룬 덕분인지 저번에는 결계 안에서 뽑아낼 수 없었던 실도 잘 나오고 신체 강화 마술도 사용 가능하다.

그래도 역시라고나 할까, 뭐라고 할까, 가능한 것은 거기까지.

바깥에 방출하는 계통의 마술은 아무것도 발동이 되지 않았다.

쿵! 너무 좀 생각 없이 들이닥쳤나?

이래서는 살짝 위기다.

시선을 쭉 돌려서 보니까 포티머스가 몸을 일으켜 사이보그 병사와 마찬가지로 총을 겨누고 있는 모습이 보였다.

그쪽에 실을 그물 모양으로 만들어 던진다.

먹어랏, 스파이더 네트!

포티머스는 그것을 대각선 앞쪽에 있던 사이보그 병사를 밀쳐 대신 맞게 함으로써 버텨 냈다.

부하를 방패로 쓰다니 치사하다!

그러나 일순간의 빈틈은 만들었다.

나는 그 틈에 벽면으로 달려갔다.

곧장 속도를 줄이지 않고 벽면에 날아 차기!

내 목적은 벽을 깨부숴서 바깥으로 도망치는 데 있도다!

결계가 골치 아프다면 결계의 범위 바깥으로 도망치면 그만이라는 작전!

신체 강화의 마술을 받은 내 날아 차기가 벽에 꽂혀 들어갔다.

응? 꽂혔다고?

예상 이상으로 벽이 단단해서 다리가 살짝 찡~ 울리는 것은 그나마 괜찮아.

그런데, 꽂히다니?

꽂혀 있다~?

벽을 깨부수고 바깥에 나갈 작정이었는데 내 다리는 벽을 관통해서 멋들어지게 꽂혀버리고 말았다.

이런 건 예상 밖!

게다가 꽂혀버린 이유를 깨닫고 살짝 당황했다.

여기 땅속이었네!

벽 너머는 바깥이 아니라 흙이었던 거야.

이러면 깨부숴 봤자 바깥에 나갈 수가 없지, 핫핫하.

웃을 때가 아니잖아?!

서둘러 다리를 잡아 뺐지만 그때는 이미 늦었다.

몸에 수많은 총탄이 박혀 들면서 아찔한 감촉이 느껴졌다.

앗, 이거 진짜로 위험한 상황이야.

"계속 쏴라. 확실하게 숨통을 끊어라."

아, 진짜 망했네.

실수했다~.

방금 뿅 해치운 다음 후딱 탈출하는 게 좋았을 텐데.

요즘 들어서 이것저것 잘 풀렸던 탓에 방심했나 봐.

이 교훈은 분명 다음번 내가 잘 활용해줄 거야.

그런고로 이 몸은 포기하자.

공간 마술의 출력을 최대로 끌어 올려서 결계를 살짝 밀어냈다.

그렇게 생긴 결계의 틈으로 이공간을 연결시킨다.

시각적으로는 아무 변화가 없는 듯 여겨지니까 들키지는 않았을 거야.

게다가 들켰다고 쳐도 나중의 혼란을 감안하면 추적은 도저히 불가능할 테니까.

내 몸이 벌집이 되어 쓰러진 직후, 아까 전 내가 설치한 트랩이 덮쳐들었다.

"뭣?!"

RPG를 하는 사람에게 최강의 공격 마법이 뭐냐고 질문했을 때 몇 명은 분명히 이렇게 대답하지 않을까?

메테오라고.

질량을 지닌 물체가 대기권 바깥에서 떨어지는 그 공격은 단순하기에 파괴력 발군.

대기권 바깥에서 정확하게 낙하지점을 꼭 집어 떨어뜨리려니까 너무 어려워서 고도가 아주 높지는 않지만…….

그래서 내가 뭘 했냐고? 상공에 공간 마술을 써서 거대 암석을 출현시킨 게 전부야.

이제 아무것도 안 해도 암석이 낙하 에너지에 힘입어 전부 다 파괴해줄 거야.

작정하고 떨구면 훨씬 큰 물체를 진짜 대기권 바깥에서 추락시킬 수도 있다.

그런 짓을 했다간 피해가 너무 막대하니까 자중하겠지만…….

공룡을 멸종으로 몰아넣었던 원인은 거대 운석의 낙하라는 게 통설이잖아.

이 별을 끝장낼 마음은 없답니다.

예전에 UFO 사건 때 진짜로 별을 끝장낼 뻔한 메테오 병기를 설계했던 포티머스랑은 다르다고요! 암요, 다르죠!

암석을 적당한 높이에 던져 놓기만 해도 어지간한 건 전부 정리되니까 과하게 힘쓸 필요는 없거든.

그렇게 벌집이 되어 쓰러진 내 몸째 거대한 암석이 전부를 다 짓눌렀다.

막간 엘프는 크게 웃는다

그날 이후로 나는 분주한 하루하루를 보내고 있었다.

그러나 충실하고 의미가 있는 분주함이었다.

마족의 반란군에 우리 엘프가 가담하여 아리엘에게 소소한 심술을 감행하겠다는 계획은 완벽하게 실패로 끝났다.

반란군의 준동이 사전에 감지되어 이쪽에서 준비를 마치기 전에 습격을 받는 꼴이라니.

차마 반란군의 수괴를 탓할 순 없겠다.

나 또한 이토록 속수무책으로 역습을 당할 줄은 예상하지 못했던 터라.

나 스스로 어처구니없게도 전이진을 역이용당한 탓에 기습까지 받고 말았잖은가.

미리 준비해 놓은 인간형 글로리아 중 스물일곱 대를 잃는 손해.

요즘 들어서 신언교 교황과 용사의 활동 때문에 메인 파츠의 보충이 어려워진 상황이다.

이런 시기에 이런 손해는 솔직히 가볍지 않다.

게다가 전이진이 파괴되어버린 탓에 마족령에 오카를 남겨 두는 상황이 되고 말았다.

외면한다는 선택지도 뇌리에 스쳐 갔지만 그것이 괜히 아리엘과 접촉하여 자칫 결탁이라도 한다면 골치 아프다.

어딘가에서 객사한다면야 문제없지만 그것은 엘프의 마을과 직접 연결되는 비밀 전이진의 위치를 알고 있다.

그 정보가 아리엘에게 새어 나간다면 적잖은 위협이 된다.

최악의 경우 내가 신체를 빼앗는 것도 염두에 두었으나 회수 가능하다면 그쪽이 더욱 바람직하다.

급히 전이를 사용할 수 있는 엘프를 중심으로 구조 부대를 편성.

마족령에 파견하려고 했지만 그것은 좋은 의미에서 헛걸음으로 끝났다.

오카를 비롯한 생존자들은 아그녀의 협력을 얻어 자력으로 마족령에서 인족령까지 탈출했다.

아그녀에게 빚을 만들고 말았지만 그 정도라면 별반 문제는 아니다.

마족령과 인족령의 경계선에서 마왕의 부하, 즉 아리엘의 수하가 뭔가 움직이고 있다는 정보가 들어왔다.

그쪽은 다소 불온한 지역이기는 하나 오카가 무사히 수중에 돌아온 만큼 넘어가도록 하자.

오카 구출과 동시에 인족령에 마련해 놓았던 마족령으로 연결되는 전이진의 폐허를 조사.

흔적도 없이 파괴된 그곳을 신중하게 발굴했다.

기필코 내 눈으로 직접 확인하고 싶었기에……

그리고 나는 발견했다.

"한 건 해줬구나."

유난히 나지막한 목소리로 아리엘이 말을 건넨다.

G프리트의 사건 때 아리엘에게 회수됐던 내 보디의 머리 부분.

이미 대부분의 기능은 정지된 상태이지만 녹화 및 녹음만큼은 계속 실행했었다.

아리엘도 뻔히 알면서 방치하는 듯 내게 흘러가도 문제없는 정보, 혹은 가짜 정보를 선별하여 머리가 있는 장소에서 떠들어 댔다.

내가 미끼에 달려든다면 이용할 테고.

달려들지 않는다면 방치할 테고.

계집년이 조금은 머리를 쓸 수 있게 되었다.

그러나 이때만큼은 명확하게 나를 대상으로 말을 건넸다.

"이걸로 이겼다고 착각하지 마."

그 말을 마지막으로 음성이 두절됐다.

머리를 파괴한 듯싶다.

"훗."

무의식중에 내 입에서 웃음이 새어 나온다.

"후후, 후후후후후후!"

너털웃음까지는 아닐지언정 소리를 억누르지 못한 채 웃는다.

이토록 웃은 게 얼마 만인가?

그만큼 지금의 나는 기분이 좋다.

아리엘의 분기를 꾹 누르는 대사가 정말이지 기분 좋게 메아리친다.

전이진의 폐허에서 발견한 그것을 나는 기분 좋게 바라봤다.

"드디어 해치웠군."

그것은 본래의 형상을 거의 유지하지 못하고 있었지만 틀림없이 시로의 시체였다.

인간형 글로리아 스물일곱 대의 손해?

오카의 구출을 위해 쏟았던 노력?

그런 것은 사소한 지출이다.

지난 몇 년간 나를 귀찮게 했던 이 녀석을 결국 해치웠다는 큰 성과와 비교한다면 말이지.

본래는 반란군의 준동에 맞춰서 스무 배의 인간형 글로리아를 투입할 예정이었다.

귀환하지 못한 채 터져 나가도 어쩔 수 없음을 감수한 채…….

그런 작전이 얼마나 큰 전과를 가져다줄지는 불명확했다.

그 예정과 비교한다면 최소의 피해로 최대의 전과를 거둔 셈이나 다름없었다.

이제 아리엘의 힘은 대폭 떨어졌다.

그것에게 남아 있는 부하는 까다롭기는 해도 충분히 대처 가능한 범주.

아리엘 본인도 나의 적수는 못 된다.

마족? 그따위 것들, 단순한 쓰레기다.

이제·아리엘의 진영은 경계 수준을 낮춰도 무방할 테지.

그렇다면 골치 아픈 것은 신언교 교황의 움직임인가.

용사를 써서 이쪽의 말단 조직을 부수며 돌아다니고 있다.

그러나 그것도 이제 아무래도 좋다.

시로를 처단했잖은가.

서둘러 메인 파츠를 보충할 필요성도 사라졌다.

게다가 우선 목적이었던 전생자의 확보는 거의 완료됐다.

구태여 건달 놈들을 말단 조직으로 부려서 아이를 유괴할 필요도 낮아졌다.

이제는 슬슬 활동의 규모를 확 축소해도 문제없을 것이다.

물러날 때가 왔다.

신언교 교황의 시건방진 방해 공작만큼은 심히 거슬린지만 딱히 손쓸 도리가 없다.

섣불리 놈이 사용하고 있는 용사에게 손을 뻗쳐서 죽여버린다면 나 또한 곤란하기에…….

이레귤러였던 시로가 죽은 지금, 아리엘의 진영은 무서울 게 없다.

그러나 마왕의 위치에 있는 아리엘에게 대항 가능한 용사라는 패를 망가뜨리는 것도 주저되는 일이다.

더군다나 이번 대의 용사는 아직 어리다.

용사는 선대가 죽은 순간에 살아 있는 인족 중 총합적인 능력 및 성격 따위를 감안하여 가장 적합하다고 판단되는 인물이 선택된다.

능력적 측면에서 아직껏 발전할 길이 한참 남아 있는 어린아이가 용사로 선택되었다는 것은, 즉 달리 해석하자면 이번 대 용사보다 위쪽 세대의 인족 가운데 용사에 어울리는 인물이 없다는 의미일 테니.

이번 대의 용사가 죽어버리면 다음 용사는 더욱 어린 인족이 선택될 수도 있다.

이번 대의 용사조차 아리엘과 충돌시키기에는 너무 어리건만 이래서는 쓸모없는 패가 될 가능성이 높다.

신언교 교황의 의도대로 따라주는 것은 부아가 치밀어도 이번 대의 용사에게 손을 쓸 수는 없겠다.

그 밖에 할 일도 많지 않은가, 나머지 전생자의 회수를 마치면 그쪽은 철수하도록 하자.

다만 신언교의 와해를 위해 다른 방면에서 움직여볼까.

어쨌든 간에 시로라는 커다란 우려 중 하나를 제거한 것은 큰 성과다.

나는 다음 행동을 이행하기 위해 자리에서 일어났다. 내뻗는 걸음걸이가 유난히 가벼웠다.

5 회의를 지켜보자

나예요.

죽은 줄 알았어?

유감이네! 살아 있거든!

그 상황에서 어떻게 내가 살아남았냐고?

훗, 물론 저번에 가능하지 않을까 싶어 검증했던 분체를 쓴 유사 부활이지.

분체는 내 클론 비슷한 녀석이지만, 진짜 실태는 몸의 일부와 다름없거든.

나라는 본체에서 분리되었어도 내 일부라는 사실은 변함없는걸.

그리고 본체라는 것도 내 의식을 심어 놓았을 뿐 구성은 분체와 별로 다르지 않아.

인간형인가 거미형인가 차이는 있다지만 결국 다 사소한 거야.

중요한 건 깃들어 있는 혼이고 육체는 나중에 어떻게든 주물주물할 수 있으니까.

그리고 혼의 이동은 신화하기 이전 알 부활이라는 형태로 실천했던 경험이 있었다.

뭐, 그러니까 딱히 불가능한 게 아니었다는 말씀.

그런고로 위기에 빠졌던 나는 재빨리 쭉 써왔던 육체를 버리고 적당한 분체를 골라 옮겨 타서 부활을 이루어 냈다.

훗, 나의 목숨은 아직도 많이 남아 있다네!

녹색 버섯을 먹으면 커지는 어느 멜빵바지 아저씨를 넘어서는 기세로 목숨이 잔뜩 있거든!

나를 한 마리 발견했다면 최소한 백 마리는 더 있는 줄 알게나!

아무튼 뭐, 어지간한 사태가 일어나지 않는 한 나는 안 죽는 셈인데, 그래서 추가 목숨을 마구 소모해도 문제없냐고 묻는다면 꼭 그렇지는 않아.

어쨌든 간에 분체는 한 번 밟히면 뿍 짜부라질 만큼 약하다.

본체가 망가졌을 때는 그렇게 약한 분체로 도망쳐야 된다.

분체의 약한 강도만큼은 지금 시점에선 해결 방법을 못 찾았기 때문에 부활 직후는 부득이하게 대폭 약체화를 모면할 길이 없단 말이지.

그나마 불행 중 다행이랄까, 시간을 들여서 본래 무력을 되찾을 수 있으니까 약체화된 기간만 잘 버티면 복귀에는 큰 문제가 없거든.

손바닥 쪽 사이즈의 몸이 며칠 사이에 무럭무럭 큼지막하게 자라면서, 몸체에서는 인간 몸뚱이가 생겨나고 최종적으로는 본래의 인간 형태가 된다.

내가 봐도 엄청난 회복력, 음, 재생력이야.

생물에서 확 떨어져 나온 느낌이지만 뭐, 내가 일단은 신이잖아.

이 정도는 분명 평범한 거야.

……그건 그렇고 결국 평범한 신은 나와 비슷하거나 훨씬 더 대단한 불사신의 위용을 발휘한다는 뜻이 되니까 이보다 더 무서울 수가 없다.

뭐, 이번 소동에 한정 지어서 말하자면 부활 때문에 쓴 기간 동안

전후 처리라든가 귀찮은 일 이것저것 전부 빼먹은 관계로 괜찮다고 치고 넘어가자.

응, 일단 무사하다는 소식은 흡혈 양이랑 다른 사람들한테 잘 전해줬고, 잠깐 동안 몸을 못 움직이니까 뒷일은 맡기겠다고 다 떠넘겼더랬지.

덕분에 빈둥빈둥 놀았어.

그렇게 북쪽 도시의 전투는 내 부활 중에 끝났다.

오니 군의 활약에 힘입어 도시 하나를 함락시키는 대규모 전투였는데도 불구하고 단기간에 공략 완료.

수모자였던 북쪽 도시의 영주는 체포됐고 반란군에 가담한 병사들도 무장 해제를 당한 뒤 한곳에 격리시켰다.

아직 북쪽 도시에 도착하지 못했을 뿐 각지에 흩어져 있는 반란군은 남아 있다지만, 중추를 담당해야 했던 북쪽 도시가 이런 참상을 당한 만큼 더 이상은 대규모 행동을 벌일 힘이 남지 않았다.

내가 분체를 써서 모은 정보도 있고 각개 격파를 하든 길들여서 써먹든 자유자재.

사실상 반란군은 끝났다고 봐도 된다.

남은 건 북쪽 도시를 수복하고 새로운 영주를 임명하면 이번 문제는 해결이야.

뭐, 전후 처리가 여러모로 귀찮겠지만…….

그런 귀찮은 일거리는 발트한테 싹 맡기면 되잖아?

나는 부활한 뒤 아무렇지도 않다는 듯이 공작 저택으로 돌아가면 그만이고.

그렇게 공작 저택으로 돌아간 나를 기다리고 있던 것은 마왕의 호출이었다.

"왔구나."

호출을 받고 찾아간 마왕성.

넓은 방 안에는 이미 다수의 사람들이 모여 있었다.

상석에는 마왕이 앉았고, 방 가운데에 반란군 리더를 세워 놓았으며, 그자를 둘러싸는 모양으로 힘깨나 쓰는 면면들이 앉아 있었다.

그 광경을 보고 번쩍 떠올랐던 말은 재판소.

서 있는 피고인과 재판장, 그리고 재판관들.

뭐, 이제부터 처리할 사안을 떠올리면 재판소 같다는 내 인상은 틀리지 않겠네.

이제부터 처리할 사안이란 반란군의 리더, 본명 와키스 씨의 처우를 결정하는 재판이다.

하지만 와키스 씨의 변호인은 없다.

재판장은 물론 상석에 앉아 있는 마왕.

이미 이 시점에서 유죄 판결밖에 안 나온다는 게 뻔히 드러나는구나.

자, 이렇게 결과가 내다보이는 재판에 참가하는 사람들은 이른바 마족의 거물들이다.

마왕과 가장 가까운 자리에 앉아 있는 게 마왕군 제1군단 군단장인 대령님.

으음, 대령님의 본명이 아마 아그너였던가?

그야말로 딱 대령님 같은 관록 넘치는 외모 때문에 어린 소녀의 모습을 지닌 마왕보다 훨씬 더 위엄이 있다.

대령님의 맞은편이 발트의 자리이고, 그 바로 옆쪽에는 양아치가 팔짱을 낀 채 뚱하니 앉아 있었다.

그리고 그 뒤쪽에는 어째서인지 메라랑 오니 군이 서 있었다.

나머지 사람들은 초대면.

초대면이기는 한데 분체의 정보 수집 덕분에 누가 누구인지는 다 알아.

개중에서 제일 먼저 눈에 들어온 게 가슴이었다.

아니, 음.

나 스스로도 조금 너무한 소개 방법이라고 느끼거든.

그렇기는 한데 진짜로 어쩔 수 없단 말이야!

저거! 자꾸자꾸 거기에 시선이 가버리는걸.

도대체 뭐야, 저거?

정말로 가짜 가슴이 아니라 천연이야?

곧잘 큰 가슴을 멜론이나 수박 같은 과일에 비유하잖아?

그렇게 커다란 건 2차원 속에서만 그런 거잖아, 바보야! 살짝 따지고 싶은 마음이었는데 진짜 존재했구나 싶어서 충격을 받았습니다, 넵.

저렇게까지 큼지막하니까 이미 뭐랄까, 존재 자체가 개그스럽달까?

얼굴이라든가 다른 데 눈길이 안 가는걸.

투시를 익혀 놓아서 다행이다~.

투시 쓰면서 눈을 감고 있지 않았더라면 뚫어져라 쳐다보는 게 들킬 뻔했어.

아무튼 저 가슴 여자의 본명은 사나트리아 씨.

가슴이라는 이름의 흉기를 갖고 있는 사람답게 색기를 풀풀 풍기는 외모와 달리 마왕군 제2군을 담당하고 있는 군단장이다.

제1, 제2가 있다는 데서 이미 눈치챘을 텐데 이 자리에는 군단장이 전부 소집되어 왔다.

높은 분들은 한가하지 않을 텐데도 전원 소집했다는 게 이번 반란이 얼마나 큰일이었는지 나타내주네.

제3군단의 군단장은 가슴 여자와 정반대의 거한.

한껏 단련된 근육과 살갗에 새겨져 있는 흉터.

역전의 전사라는 말이 떠오르는 모습.

……다만 표정이 여덟팔(八) 자로 기울어진 눈썹 때문에 뭔가 못 미덥다.

이 자리에 군단장이라는 직함을 갖고 참석한 만큼 실력은 겉멋 부리는 수준이 결코 아닐 것이다.

하지만 살짝살짝 배어나는 소심함 오라 때문에 허깨비 느낌이 장난 아니야.

그렇게 겉만 우락부락한 거한 아저씨의 이름은 코고우 씨.

제4군단은 발트니까 넘어가고, 제5군단의 군단장은 다라드 씨라고 한다.

다라드 씨를 한 마디로 표현하자면 외국인의 잘못된 무사 이미지.

한 마디는 아니지만, 그래도 달리 표현할 말이 없는걸.

아니, 코스튬 플레이라든가 그런 건 딱히 아니지만 어째서인지 외모가 가부키 배우 같단 말이야.

그런데도 풍겨 나오는 분위기는 딱딱한 느낌의 무사다움이 있어.

종합하면 뭐랄까, 외국인의 잘못된 무사 이미지란 느낌이 자꾸 든단 말이지.

아마 본인은 장난치려고 저런 차림새로 다니는 게 아니라 머리 모양이라든가 복장이 묘하게 매치되는 바람에 그런 식으로 보이는 게 전부일 것이다.

실제로 이곳에 있는 사람들은 다라드 씨의 차림새를 갖고 타박하지는 않잖아.

일본의 기억을 갖고 있기 때문에 괜히 그렇게 보이는 걸까?

뭐, 어쨌든 내 마음속에서 다라드 씨를 부를 이름은 무사로 결정났네.

그리고 제6군단의 군단장은 쇼타였다.

아니, 마족은 인족보다 수명이 길어서 실제 연령보다 더 젊어 보이는 게 보통이기는 한데 그런 걸 감안해도 겉모습이 어리단 말야.

아마도 이미 성인은 됐을 테지만 진짜 아이로 보인다.

가끔 있다니까.

다 큰 어른인데도 젊어 보이는 사람.

일본인도 외국인의 눈에는 엄청나게 젊어 보인다고 들었는데, 쇼타 군의 경우는 얼굴 생김새뿐 아니라 키도 작아서 더더욱 어린애로 보였다.

어른만 잔뜩 있는 이 공간에서 쟤 혼자 어린애 같으니까 눈에 띄네.

응? 마왕?

마왕은 예외니까 신경 쓰면 지는 거야.

쇼타 군의 본명은 휴이.

그리고 다음으로 제7군단 차례군. 무엇을 숨기랴, 반란군의 리더였던 와키스 씨가 바로 제7군단의 군단장이다.

애초에 반란군의 구성원은 거의 다 제7군단 소속이었지.

대령님, 가슴, 거한, 무사, 쇼타.

거기에 반란군 리더.

와아, 뭐랄까, 다들 캐릭터가 뚜렷하구나!

거기에 비하면 나머지 제8이랑 제9랑 제10군단장은 평범하거든.

제8군단장은 소심한 인상의 아저씨이고, 제9군단장은 수완 좋은 회사원이란 느낌이고, 제10군단장은 미남이지만 왠지 불운할 것 같은 사람.

저마다 특징적이기는 한데 이제껏 본 진짜 뚜렷한 군단장들과 비교하면 역시 인상이 흐릿하다.

한 마디 더 하자면 중요도로 봐도 사실 저 셋은 흐릿하거든.

군단장의 직함은 갖고 있어도 정작 지휘할 군단이 없단 말이야.

전시 땐 제대로 조직되어 있던 군단이지만 인족과 휴전 상태에 있는 지금은 군인을 쓸데없이 놀려 둘 여유가 없으니까 병력은 해산.

일단 군단장의 직위만큼은 남아 있으나 실제로 군단을 운영하는 게 아니었다.

그러면 저 세 사람은 뭘 하냐고? 내정.

부대를 거의 양아치 동생한테 맡겨 놓은 발트와 함께 내정을 담당하는 게 바로 저 세 사람이야.

이상의 멤버가 한 공간에 쭉 모여 있는데, 이거 마족의 중진이 거의 다 집합했구나.

"시로야. 넌 이쪽. 여기에 앉아."

마왕이 권해주는 자리는 마왕의 바로 옆이었다.

엄청나게 높은 사람이 앉는 자리라는 느낌이네, 여기.

처음 만나게 된 사람들이 엄청나게 쳐다본다~.

안 돼! 날 주목하지 마요!

최대한 기척을 지운 채 스스슥 움직여서 앉았다.

"그럼 다 모였으니 시작할까."

내 속마음 따위 알 바 아니라는 듯이 마왕이 말을 꺼냈다.

그러자 시선이 마왕에게 모여들었고, 저절로 옆쪽에 있는 나도 사람들의 시야에 들어갔다.

으으, 엄청나게 거북한 느낌이군요.

"자. 저기 서 있는 와키스 제7군단 군단장이 반란을 계획했다는 사실은 다들 알 거야. 우리 시로가 사전에 낌새를 포착해준 덕택에 탈 없이 수습했지만."

마왕의 말을 듣고 몇 사람의 시선이 나와 방의 중앙에 서 있는 와키스 씨에게 쏟아졌다.

나는 상관없으니까 와키스 씨를 봐주면 안 될까?

"반란은 계획상 제7군단이 중심이 되어 일으킬 예정이었다던데, 그 밖의 군단에서도 인원이 얼마간 흘러들었더라고. 참 신기하지."

응. 마족령 각지에서 병사가 모여들었잖아.

제7군단 말고 다른 군단의 사람들도 반란군에 합류했다는 것은 확실하다.

그게 상층부의 지시를 받아서인지, 아니면 병사들의 독단인지는 알 수 없지만…….

어느 쪽이든 배반자가 발생한 군단은 추후 입장이 꽤 곤란해지겠어.

뭐, 과연 지휘관의 위치에 선 인물들답게 배반자가 나온 군단장 누구도 안색을 바꾸지 않은 채 포커페이스를 관철하고 있었다.

마왕의 책망하는 말투에도 동요하지 않아.

앗, 제3군단장 거한만 핼쑥해져서 덜덜거리네.

"뭐, 각 군단은 나중에 추궁하기로 하고, 지금은 와키스와 제7군단의 처우를 결정할 거야."

마왕이 군단장들을 둘러보면서 선언했다.

그나저나 처우를 딱히 결정할 게 있나?

"와키스는 당연히 사형이지만 말야."

응. 다른 잘못도 아니고 반란을 일으켰는데 달리 뭐가 있겠어.

"반대하는 사람 있어?"

마왕이 혹시나 싶어 물어본다는 느낌으로 말을 꺼냈지만 아무도 발언하려고 들지 않는다.

양아치마저도 불만에 찬 표정을 지을 뿐 가만히 추이를 지켜보고 있었다.

아무러면 반란 수모자를 감싸는 짓은 할 수 없겠지.

"좋아. 반대하는 사람도 없겠다, 결정."

시원스럽게, 정말이지 시원스럽게 사형이 결정됐다.

가볍구나~.

정말 이 세계에서는 목숨의 무게가 너무 가벼워.

"와키스. 뭔가 남기고 싶은 말은 있어?"

마왕이 와키스 씨에게 묻는다.

"그럼 없겠소이까."

그러자 와키스 씨는 힘 있게 목소리를 내서 답했다.

사형 선고가 막 떨어졌는데도 평정심을 잃은 모습이 아니다.

그럼에도 불구하고 남길 말은 있다는구나.

대담한 걸까, 뭘까.

오히려 이런 상황이기에 더더욱 굳은 각오를 갖고 마음속 말을 전부 다 쏟아 내겠다는 생각이 들었을지도?

"인족과 굳이 전쟁을 벌이겠다고요. 앞을 내다보지 못하는 어리석은 자는 마왕의 자리에 어울리지 않소. 따라서 행동했을 뿐."

와아~.

이 사람, 정면으로 마왕에게 시비를 걸었어.

아주 당당하구나.

"어리석은 자, 내가?"

"아무렴. 마족의 현 상황조차 파악하지 못하는 어리석은 계집이 더 이상 제멋대로 설치는 꼴을 어찌 보겠소이까."

말 잘한다~.

그러나 유감스럽게도 네가 계집이라고 말한 사람은 자네보다 훨씬 더 연상이거든.

참고로 말하자면 마왕은 마족의 현 상황을 올바르게 파악한 다음, 그럼에도 인족과 전쟁을 붙이려고 하는 것이랍니다~.

솔직히 아무것도 모르는 어리석은 사람보다도 이게 더 심하지만 말이야.

"귀하들은 나를 반역자라고 말하는군. 그러나 내가 보기에 이런 어리석은 자에게 권력을 쥐여준 채 고분고분 섬기고 있는 귀하들이야말로 마족에 대한 더욱 큰 반역자일세."

와키스 씨가 실내를 쭉 둘러보면서 군단장들에게 시선을 보냈다.

반응은 여러 가지였다.

거북해하며 시선을 돌리는 자.

정면으로 당당하게 받아 내는 자.

표정에 드러내지는 않아도 내심 이런저런 생각을 하는 자.

앗. 이봐. 양아치야. 뭘 동감한다는 표정으로 고개를 끄덕거리는 거냐, 이 녀석아?!

너는 도대체 누구 편이냐?!

"반역자. 반역자란 말이지."

와키스 씨의 강한 비난이 마왕 및 군단장들에게 쏟아졌지만 정작 마왕은 시큰둥하게 되뇔 뿐.

아예 미소를 지은 채 와키스 씨를 바라보고 있었다.

"제군들! 마족의 앞날을 염려한다면 지금이야말로 행동할 때가 아니겠는가?! 암군을 물리치고 올바른 길로 돌아가기에 아직 늦은 시기는 아닐 터이다!"

마왕이 안 받아치고 가만 놔두니까 와키스 씨는 열기를 띠며 연설한다.

흐음.

확실히 관점에 따라서는 지금 이때가 꽤 좋은 기회겠군.

마왕은 호위 한 명도 데리고 있지 않고, 이곳에는 뛰어난 무용을 지닌 군단장들이 집결했다.

군단장의 과반수가 배반할 경우 마왕은 명확한 아군이 나 하나밖에 없는 상황에서 적들을 상대해야 하는 처지에 몰린다.

그리고 군단장 몇 사람은 반란군에 병사를 합류시켰다는 전적이 있다.

그게 군단장의 의사에 따른 조치였을 경우, 그 녀석은 반란군과 한패였다는 뜻이 되겠다.

사전에 미리 뜻을 확인할 틈은 없었겠지만 와키스 씨의 호소에 부응하여 이 자리에서 검을 뽑아 든다는 것은 충분히 가능하다.

……그래서 이길 수 있느냐는 또 다른 문제지만.

"유언은 그게 전부인가?"

아이고, 일촉즉발?! 그런 분위기를 누구보다 먼저 깨뜨린 사람은 대령님이었다.

"아그너 공?!"

"와키스. 네 녀석이 이곳에서 어떤 망발을 늘어놓은들 역신의 헛소리에 불과하다. 진정 마족의 앞날을 염려한다면 순순히 단두대에 올라 머리를 숙이도록. 마족으로 태어나 마왕님께 불복한다는 것은 언어도단. 수치를 알라."

관록!

역시 대령님이야.

마족 중에서도 마왕이 인정하는 실력자인 만큼 꺼내는 말마다 엄청 관록이 있어.

그리고 거물인 대령님이 제일 먼저 와키스 씨를 싹둑 잘라서 내버리는 발언을 한 까닭에 다른 군단장은 섣부른 행동에 나서는 게 어려워졌다.

대령님의 발언은 마왕 쪽에 붙겠다는 선언과 다름없으니까.

애당초 진짜 행동에 옮겨도 되나 하며 다른 군단장의 안색을 살피는 정도였을 뿐 어느 쪽으로 굴러갈지 알 수 없는 불안정한 상황이었던 탓에, 이렇듯 대령님의 발언이 파문을 일으키면 당장은 움직이지 못하는 흐름이 되는 게 당연하다.

그런 반응을 예측해서 대령님도 곧장 입을 열었겠지만 말이야.

응, 능력 있는 남자다.

"아그너 공, 당신은……."

"마족을 염려하는 마음은 나 또한 남에게 뒤지지 않는다네. 그러나 엄연히 방법이 잘못되지 않았나. 결코 마왕님께 거역할 만한 정당한 주장은 되지 못하오."

이 자리에서 아마도 마왕 다음으로, 아니, 마왕보다 발언력이 강할지도 모르는 대령님의 동조를 얻지 못하는 상황에서 본인의 패배를 깨달았는지 와키스 씨는 어깨가 축 늘어졌다.

그리고 천장을 우러러본다.

"그럼에도 나는, 잘못된 행동을 저질렀다 여기지 않소."

결코 큰 목소리는 아니다. 그러나 힘 있는 선언이었다.

흐음.

엘프한테 멍청하게 이용만 당한 송사리인 줄 알았더니만…….

제법 강한 신념을 갖고 있구나.

반란군에 가담하고도 책임을 와키스 씨한테 떠넘기려고 몰래 수작이나 부리는 몇몇 군단장보다 훨씬 더 훌륭하잖아.

"아니. 너는 잘못됐어."

와키스 씨의 굳센 선언을 일도양단하는 목소리.

"뭘 모른다니까. 정말이지 뭘 몰라."

미소를 지은 채, 그러나 어딘가 짜증 난 분위기로 와키스 씨를 바라보는 마왕.

"마족에 대한 반역? 어휴. 작아. 규모가 너무 작다고. 바보 아니야?"

진심으로 어이없어하는 마왕의 말에 와키스 씨가 증오마저 담긴 눈빛으로 마주 바라본다.

"누구더러 반역자라는 거야? 너야말로 반역자인데. 신에 대한, 세계에 대한."

그러나 와키스 씨가 입을 열기 전에 마왕의 입에서 나지막하고 묵직한 말이 흘러나왔다.

딱히 위압적이었던 게 아니다.

마왕의 위압 스킬은 은폐 스킬로 억제되어 있기 때문에 효력은 발휘되지 않았다.

그러니까 이건 순수하게 마왕의 말에 깃들어 있는 무게.

"어리석은 자? 진짜 못 하는 말이 없구나. 이 세계에서 가장 어리석은 건 마족이거든? 신을 적대하고, 금기를 범하고, 세계를 반쯤 부숴버렸던 원흉 주제에 감히 자기들 생존권을 주장하지 마. 그딴게 있을 리 없잖아."

오싹오싹, 등줄기에 달리는 한기.

얼마나, 대체 얼마나 깊은 원념이 담겨야 이렇게 질척질척한 목소리가 나오는 걸까?

나는 마왕을 제대로 알지 못했었나 봐.

내가 가졌던 이미지에서 마왕은 한때 적대했던 나마저 자기 품에 맞아들일 수 있는 도량과, 대책 없이 선량한 포용력을 두루 갖춘 사람이었다.

그렇지만 그게 전부는 아니다.

그런 게 전부일 리 없었다.

역사의 산증인.

인류의 추함을 자기 눈으로 목격했고, 신의 헌신을 자기 몸으로 실감했고, 이 세계에서 줄곧 살아 견뎌온 가장 오래된 신수.

그 의미를 나는 마왕의 권속이었던 마더의 혼을 흡수함으로써 이해할 수 있었다.

이해하는 줄 알았다.

그러나 지식을 갖고 있었을 뿐 실감은 하지 못했었나 봐.

단지 선량한 사람은 결코 아니다.

그간 쌓아왔던 세월이 마왕을 마왕답게 만들었다.

틀림없이 마왕은 역대 최흉 최악의 마왕이다.

그럼에도 불구하고 선량한 사람이라는 게 기적으로 여겨질 만큼 마왕은 이 세계의 어두운 측면을 쭉 목격하면서 살아왔으니까.

"자! 그런 관계로~ 처형을 개시합시다!"

마왕이 설핏 드러냈던 어둠을 감추려는 듯 유난히 밝은 목소리로 무서운 말을 꺼냈다.

……저기 말이야, 명랑하게 말하면 오히려 무섭거든?

거봐, 군단장 여러분들이 아주 질겁을 하잖아!

"브로우."

"엉?"

마왕에게 이름을 불린 양아치가 정말 딱 양아치 같은 느낌으로 대답을 했다.

옆쪽에서 발트가 머리를 감싸 쥐는걸.

힘들겠다~ 됨됨이 나쁜 동생을 둔 형은…….

너 말이야, 자기 형을 스트레스로 죽일 셈이냐?

"이 자리에서 와키스를 처형하도록."

"엑?"

마왕의 입에서 나온 명령의 내용을 이해할 수 없었는지, 아니면 이해하고 싶지 않았는지 양아치가 얼빠진 대답을 했다.

"못 들었어? 지금 여기에서 저 녀석을 죽이라고."

"아니, 좀 아니잖아! 잠깐, 잠깐만! 어째서 불쑥?!"

당황한 양아치가 의자를 쓰러뜨리고 벌떡 일어나서 거친 목소리로 외쳤다.

뭐, 갑자기 죽이라는 말을 들으면 곤란하겠지.

"어째서? 그 이유는 너 자신이 가장 잘 알고 있지 않을까?"

"허! 아니, 모르겠는데!"

앗, 이 녀석 진짜로 모르는구나.

양아치는 괜히 바보가 아니었어.

뭐, 요컨대 마왕은 증명의 자리를 마련한 거야.

마왕의 방침에 납득이 가지 않는다는 태도를 숨기려고도 하지 않는 양아치에게.

실제 반역을 일으켰던 와키스 씨를 양아치의 손으로 죽이게 만듦으로써 충성을 시험하겠다는 거지.

그리고 본보기의 의미도 있겠구나.

응, 배반자는 절대 용서하지 않겠다는 뜻이야.

"브로우."

"형. 형도 뭐라고 말 좀 해봐."

발트가 양아치의 이름을 도와주려고 부른 줄 알았나 보다.

"해라."

그러나 그런 형에게서 나온 것은 마왕의 명령에 복종하라는 지시였다.

"형?"

"하란 말이다. 그리고 마왕님께 자신의 결백을 증명해라. 네가 반란군에 결코 협력하지 않았음을 행동으로 표시해라."

발트의 말을 듣고 그제야 양아치는 자신이 어떤 시선을 받고 있는지 이해가 된 모양이었다.

그야 마왕에게 반항적인 태도를 숨기려고도 하지 않고, 이번 회의가 시작됐을 때 마왕은 반란군에 병사를 합류시켰던 군단이 있다고 분명하게 짚고 넘어갔잖아.

거기에서 도출되는 것은 양아치가 반란군을 한몫 거들었던 게 아니냐는 의혹.

실제 양아치는 반란 행위를 하지 않았다.

정말 반란군을 원조했던 건 다른 군단장이다.

그것은 발트도 잘 알고 있었다.

그럼에도 불구하고 양아치한테 손을 쓰라고 명령한 이유는 발트 본인도 양아치의 태도에 염려되는 바가 있었기 때문이려나.

이대로 방치하면 괜한 불씨가 될 수 있다고…….

더 나아가서는 무엇인가 일이 터졌을 때 와키스 씨의 다음번 제물이 될 수밖에 없다고 걱정하기 때문일 거야.

실제로 희생양을 만들기에 가장 쉬운 게 양아치잖아.

평소부터 늘 태도로 드러내는 양아치라면 「음, 역시 저 녀석이었나」로 끝나니까.

"잠깐만, 형. 사형이 결정 났어도 와키스 씨를 당장에 죽이는 것은 좀 아니잖아? 뭐냐, 심문이라든가 아직 해야 할 게 많다고."

앗, 양아치야, 지금 그런 발언은 안 되잖아.

딱히 양아치는 틀린 말을 한 게 아니다.

사형하더라도 이렇게 급히 할 필요는 전혀 없고 심문해서 정보를 마구 쥐어짜는 것도 중요하다면 중요한걸.

하지만 지금 양아치가 꺼낸 발언은 주위에 「이 녀석은 와키스를 죽이고 싶지 않군」이라는 인상을 준다.

실제는 반란군과 관계가 없더라도 어쨌든 인식이 굳어질 수 있는 태도였어.

양아치도 내심 와키스 씨한테 동조하고 있을 테니까.

"브로우!"

:

그런 사실을 잘 알고 있기 때문에 더더욱 발트는 형답게 양아치를 나무랐다.

지금 동생의 의혹을 불식하지 못하면 양아치 본인은 물론이고 가족인 발트까지도 화를 못 면할지도 모르잖아.

"큭!"

이제 양아치도 발트의 다급한 질책을 듣고 자신이 잘못 대응했음을 깨달았나 보다.

그럼에도 당장에 움직이지는 않았다.

"맞다. 맨손이면 좀 불편하겠네. 이걸 써."

그런 양아치에게 마왕이 나이프를 집어 던졌다.

나이프는 양아치의 앞쪽 탁자 위에 소리를 내며 떨어졌다.

양아치가 나이프를 바라보다가 머리를 들어 와키스 씨를 바라본다.

그리고 와키스 씨는 무표정 무언으로 양아치의 시선을 받아 냈다.

"나는……."

"어리석은 것들의 경험치가 될 바에야!"

양아치가 뭔가 말하려고 했을 때 와키스 씨가 큰 목소리로 외치며 움직였다.

양아치가 있는 쪽으로 달려가서 나이프를 붙잡아 들어올린 뒤 단번에 내리찍는다.

너무 갑작스러워서 아무도 움직이지 못했다.

아니, 움직일 수 있는 사람이 몇 명은 있었지만 안 움직였다는 게 정답이겠네.

이렇게 말한 나 역시 일부러 안 움직였던 한 사람이고…….

"마족의 미래에, 행운이 있기를……!"

내리찍은 나이프는 와키스 씨의 복부에 깊숙이 꽂혀 들어갔다.

그뿐 아니라 뽑아낸 뒤 또다시 목을 베어 가르더니 결정타라는 듯 심장을 푹 찔렀다.

이 세계에서는 능력치의 존재로 생명력이 높기 때문에 자살 방법도 지구보다 과격한가 봐.

그런 만큼 와키스 씨의 죽음은 장렬한 분위기를 자아냈다.

또한 동시에 감탄스러웠다.

나는 스스로 자기 목숨을 끊는 것은 바보짓이라고 치부했다.

어떻게 누리고 있는 삶인데 스스로 생명을 내버린다는 게 생명체로서 좀 잘못됐다는 생각밖에 안 들었다.

그러니까 와키스 씨의 이 행동도 내가 보기에는 완전히 바보짓이다.

다만 이렇듯 느끼는 감정과 달리 이자의 삶에 칭찬을 보내고 싶다는 마음도 역시 있었다.

와키스 씨한테는 신념이, 긍지가 있었다.

그저 막연하게 살아 있는 게 아니라 자기 신념을 따라 목숨마저 사용했다.

자신이 믿는 정의를 위해서.

와키스 씨는 단순하게 현 상황을 바꿀 만한 힘이 없었을 뿐.

그렇지만 살아 있기만 해서는 의미가 없다.

긍지와 신념을 갖고 살아가야 한다.

그렇지만 긍지와 신념을 갖고 있어도 힘이 약하면 이뤄야 할 목표를 이룰 수 없다.

그렇지만 힘만 갖고 있어도 신념과 긍지가 없다면 단지 폭력이고 해악이다.

그래, 마치 포티머스처럼.

그놈은 힘이 있을 뿐 신념도 긍지도 없이 단지 살아만 가는 해악에 불과하다.

신념과 긍지, 그리고 힘.

양쪽을 두루 다 갖춰야 한다.

힘이 없다면 와키스 씨처럼 도중에 쓰러지게 되고, 긍지가 없다면 포티머스처럼 잔뜩 민폐만 끼치는 녀석이 된다.

세상살이가 참 쉽지 않구나.

와키스 씨는 마지막 최후의 순간까지 자기 신념을 관철하며 죽었다.

자기 목숨을 버린다는 것이 내 사고방식과 맞진 않지만 저자의 삶과 각오에는 솔직하게 경의를 표하고 싶다.

"브로우."

마왕의 목소리가 굳은 분위기 속에 울려 퍼졌다.

와키스 씨가 쏟아 낸 피를 뒤집어쓰고 멍하니 있던 양아치는 마왕의 부름에 따라 느릿느릿 얼굴을 들어 올렸다.

"와키스의 최후를 존중하는 뜻으로 오늘은 더 이상 아무런 말도 하지 않겠어."

쌀쌀맞게 내뱉는 한마디에 양아치가 얼굴을 찌푸렸다.

"마왕님의 귀한 온정을 그저 감사히 받아들일 따름입니다."

하지만 양아치가 뭔가를 하기 전에 발트가 양아치의 머리를 눌러서 함께 머리 숙였다.

양아치의 표정은 발트에게 눌린 까닭에 안 보였으나 아마도 이를 악물었을 것이라고 쉽게 상상할 수 있었다.

"응응. 그러면 와키스의 후임은 브로우한테 맡길게."

그리고 양아치한테는 엎친 데 덮친 격으로 마왕이 말했다.

심술궂은 미소를 지은 채.

"격리돼 있는 제7군단을 전부 풀어주고 맡아. 지금은 저만한 숫자의 병사를 처분하는 것도 아까우니까 말이야. 유용하게 재활용해줘야지."

요컨대 반란군이 된 제7군단을 양아치한테 고스란히 맡기겠다는 뜻이다.

마왕에게 반발심을 갖고 있는 양아치한테 실제 반란을 일으켰던 부대를 맡긴다?

와아~ 가혹한 조합이네요.

발트의 얼굴에 경련이 나서 실룩거리잖아.

"그에 더하여 브로우는 북쪽 도시를 거점으로 삼도록. 북쪽 도시의 부흥이라든가 이래저래 잘 부탁할게."

"명을 받듭니다."

양아치가 뭔가 말하기 전에 발트가 양아치를 내리누른 채 답했다.

더 이상은 양아치한테 어떤 발언도 허락하지 않겠다는 강한 의지가 느껴졌다.

"제4군단은 일단 이대로 발트가 군단장을 맡겠지만, 조만간 누군가 후임을 보낼 테니까 발트는 내정에 전념해줘야겠어."

그때 마왕은 시선을 힐끔 메라와 오니 군에게 보냈다.

발트의 후임은 메라든 오니 군이든 어느 한쪽이라는 게 지금 단계에선 유력하다는 뜻이겠네.

　아하, 그래서 메라랑 오니 군이 여기 있었던 거야.

　메라랑 오니 군의 얼굴을 다른 군단장들에게 보여주려는 의미도 있었구나.

　"제8, 제9, 제10군단도 조만간 정식 편제로 부대를 조직할 계획이야. 그래도 너희는 이제까지 맡았던 대로 내정에 힘을 쏟아줘야 하니까, 다른 인원을 군단장으로 임명하게 될 거야. 직위가 내려가서 월급은 좀 줄겠지만 용서해줄 거지?"

　마왕이 이름뿐인 군단장 세 명에게 그렇게 말하자 각자 싫은 내색도 하지 않고 고분고분 받아들였다.

　그야 월급 때문에 이러쿵저러쿵 딴말하다가 목숨을 위험하게 만들고 싶진 않겠지.

　"흠, 이제 할 말은 다 했네. 이만 해산! 맞다, 시로야? 그리고 너희 두 사람은 남아."

　마왕이 해산을 선포한 뒤 나와 메라와 오니 군을 지목해서 남아 있도록 말했다.

　대령님이 제일 먼저 일어서서 와키스 씨의 주검에 다가가려고 했다.

　"뒤처리는 내가 알아서 할 테니까 가만 놓아둬."

　마왕이 그리 말하자 대령님은 걸음을 멈춘 뒤 고개 돌렸다가, 그대로 말없이 마왕에게 머리 숙이고 발길을 돌려 방에서 나갔다.

　그 뒤를 다른 군단장들이 쫓아 방에서 떠나간다.

　양아치가 「와키스 씨의 시체를 더 욕보일 작정인가?!」라고 써 놓은 엄청나게 험상궂은 표정을 짓고 있었지만, 발트한테 목덜미를 붙들려서 결국 아무런 말도 못하고 끌려 나갔다.

군단장이 전원 퇴실하자 메라가 문을 쓱 닫았다.

그것을 확인한 뒤 마왕은 천천히 입을 벌렸다가 닫았다.

그러자 바닥에 나동그라져 있던 와키스 씨의 주검이 사라졌다.

피 한 방울도 남기지 않고.

주검은 어디로 사라졌냐고? 마왕이 오물오물 입을 움직이는 걸 보면 일목요연.

폭식 스킬을 써서 와키스 씨의 주검을 먹어 치웠다.

양아치가 목격하면 발악할 만한 광경이지만, 아니다.

융합한 전직 몸 담당, 내 병렬 의사가 융합한 마왕이 한 행동의 의미.

바로 나이기에 알 수 있는 이유이지만 마왕은 결코 와키스 씨의 주검을 능욕한 게 아니었다.

오히려 반대이지.

경의를 표하고 싶기 때문에 피 한 방울도 남기지 않고 먹어 치웠음을 나는 안다.

말없이 입을 움직여 씹는 마왕의 옆얼굴에는 회의 중 보여줬던 히죽히죽하는 웃음은 없었다.

방금 전 모습과 정말 동일 인물이냐고 의문이 들 만큼 표정에서 감정이 싹 떨어져 나갔다.

비장감마저 감도는 모습이다.

"괜찮아?"

그래, 내가 무심코 입을 열어버릴 만큼은…….

마왕이 내 발언에 깜짝 놀란 표정을 짓고는 입안에 넣고 있었던 것을 꿀꺽, 엉겁결에 삼켜버렸다.

메라와 오니 군도 의외라는 표정을 지은 채 나를 보고 있었다.

나, 나도 가끔은 말을 하거든! 다른 사람 걱정도 하거든!

그렇게 하늘도 놀랄 일이라는 표정으로 쳐다보면 은근히 충격인데요!

"풉!"

내 불만이 전해졌는지 마왕이 뿜었다.

"아하하핫. 후, 후후훗."

웃음을 터뜨리는 마왕.

점점 더 얼굴을 찌푸리는 나.

그리고 어떻게 해야 하는가 알지 못한 채 무반응을 고수하는 메라와 오니 군.

"아, 아냐. 웃어서 미안, 미안해. 와아, 응. 걱정해줘서 고마워."

한바탕 웃어 젖히다가 마왕이 고맙다는 말을 해줬다.

"응. 괜찮아. 나는 괜찮아. 각오는 벌써 옛날부터 다져 놓았는걸."

그렇게 말하고는 평소처럼 미소 짓는다.

괜한 허세가 아니라는 것은 저 힘 있는 눈의 광채를 보면 전해진다.

……강하구나.

능력치나 스킬만 갖고 하는 이야기가 아니야.

오히려 그런 요소마저도 마왕을 강하게 만드는 일부분에 불과할지도?

마왕이 지닌 의지의 근간에는 저 마음이 있었다.

마족을 막다른 길에 몰아넣을 수밖에 없다는 데서 죄책감을 느끼면서도, 그럼에도 끝까지 관철하는 신념과 긍지.

사람으로서 올바르다 할 만한 다정함을 지녔으면서도, 그럼에도 가시밭길을 끝까지 뚫고 나아가는 각오.

자기가 자신의 양심을 짓밟아서 상처받으면서도, 멈춰 서지 않는 굳건한 마음.

와키스 씨에게는 신념과 긍지가 있었지만 힘이 없었다.

그리고 마왕에게는 와키스 씨보다 더욱 단단한 신념과 긍지가 있고 힘도 가졌다.

그러면, 나는?

힘은 있다.

그렇지만 신념이나 긍지는?

……나는 이제껏 되는대로 살아왔었다.

내 생명을 위협하는 상대와 맞서 도망치지 않고 싸울 수 있도록.

나 나름대로 긍지를 갖고 살아왔다 여겼다. 그렇게 여겼었다.

그러나 와키스 씨와 마왕의 마음가짐을 보다 보니까 그 확신이 자꾸 흔들린다.

나도 결국은 신념이나 긍지를 지니지 못한 채, 살기 위해서 살아가는 게 전부가 아니었을까.

그렇지 않다고 잘라 말할 수 없는 까닭은 마왕이 반짝반짝 빛나 보이기 때문이려나.

언제나 항상 확고한 신념을 갖고 행동하는 모습이 눈부시게 느껴지고 만다.

눈부시게 느껴진다는 것은 즉 나보다 마왕이 더 빛나 보인다는 뜻이잖아.

그 광채에 자꾸만 끌려가게 된다.

"자. 시로야, 남아달라고 말한 이유는 정보 공유를 하기 위해서야. 살짝 까다로운 안건이 될 것 같거든."

흠흠.

마왕에게도 까다로운 안건이라고?

그럼 꽤 큰일이 난 거 아니야?

음, 그나저나, 마왕이 까다롭다고 말할 안건이 막 튀어나오지는 않을 텐데.

혹시 있다면 역시 엘프와 엮인 문제겠지만 그쪽은 나도 대강 파악하고 있고…….

애당초 포티머스의 거점에 치고 들어갔던 게 나잖아.

동반 폭사 비슷한 형태였지만 북쪽 도시와 연결돼 있던 거점은 포티머스까지 함께 부숴버렸다.

뭐, 어차피 포티머스는 본체가 아니었을 테니까 나중에 또 불쑥 나타나겠지.

마왕이 멋지게 연극을 해준 덕분에 포티머스는 내가 죽은 줄 착각할 거다.

기회라는 판단에 쭉 공세를 펼쳐서 치고 들어올 가능성이 아예 없지는 않지만, 포티머스의 성격을 감안했을 때 확률은 낮다고 생각된다.

그 녀석은 득실을 따져 움직이니까.

반란군의 발호를 틈타 이쪽에 타격을 가하러 왔을 테지만, 정작 반란은 불발로 끝난 데다가 내게 기습을 받아 거점이 박살 나는 큰 손해를 받았잖아. 당분간 얌전히 지낼 거라는 생각이 드네.

귀중한 전이진이 망가진 탓에 마족령에 진입할 발판을 잃은 셈이고…….

역시 물리적 거리라는 게 꽤 중요하달까, 세계의 구석에 위치하는 마족령에서 이방인인 엘프가 뭔가 하려고 들기는 무척 힘들단 거지.

안 그래도 지금은 마왕의 명령 때문에 마족령에서 엘프를 몰아내고 있는 와중이고.

그렇게 되면 마족령에서 엘프가 몰래 행동하기는 난이도가 높아.

어쩌면 다른 전이진이 또 있을지도 모르겠는데, 이번 건에서 포티머스는 정보가 누설됐다는 사실 때문에 경계심이 더욱 강해졌을 거야.

귀하디귀한 전이진의 장소가 발각될 만한 행동은 삼가지 않을까 하는 희망적 관측.

뭐, 아무러면 귀중한 전이진이 몇 개씩 막 있지는 않을 거 아냐.

……없겠지?

일단 조사는 분체를 써서 진행하자.

아무튼 이래저래 총합적으로 판단하면 더 이상 마족령에서 엘프가 활동하기는 곤란해.

즉 들인 노력에 대해 얻을 수 있는 성과가 적어.

득실로 행동하는 포티머스에게는 가장 싫은 상황이지.

나를 토벌했다는 성과를 거둔 이상 거기에서 만족하고 깊이 관여하지는 않을 거라고 생각한다.

뭐, 실제로 나는 이렇게 팔팔 살아 있지만!

그래, 엘프 관련은 아닐 것 같은데 결국 까다로운 일이라는 게 뭘까?

"새로운 전생자를 발견했다더라."

아하, 그랬구나.

맞네, 굳이 이 멤버만 남겨 둔 의미를 알겠어.

메라는 흡혈 양을 통해서 간접적으로 전생자와 인연이 있고, 오니 군은 본인이 전생자잖아.

"소피아는 나중에 따로 전달해주자. 이 자리에 불러오기는 무리가 있었거든."

그야 군단장이 다 집합한 회의에 유녀를 데려오기는 좀 뭐하지.

"자세한 내용은 실제 만났던 라스가 해줄 거야."

그렇게 말한 뒤 마왕은 오니 군에게 시선을 보냈다.

응? 오니 군이 만났다고?

어라? 어디에서?

곰곰이 돌이켜보자. 오니 군은 이런 시기에 대체 어디에서 전생자를 만났던 거야?

반란군과 한판 벌이는 상황에서 어떻게?

게다가 전생자를 발견했다는 게 확실히 우리 당사자들 입장에서는 까다로운 안건이겠지만, 마왕이 보기에는 전생자가 특별히 중요 안건이 아니지 않나?

왜냐하면 마왕이랑 별 관계 없잖아.

그런데 까다롭다는 표현을 쓴 이유는 대체 왜?

아, 뭔가 엄청나게 불길한 예감이 든다.

"내가 만났던 사람은 선생님이야. 그리고 만난 시기는 저번 전투 때. 북쪽 도시에서 반란군에 가세했더라. 엘프의 일원으로."

……네?

……네에?

네엥?!

여담 형과 동생

브로우의 목덜미를 붙잡은 채 마왕성에서 내가 숙박을 위해 사용하는 개인실로 빠르게 향했다.

브로우는 저항하지 않고 나를 따라서 걷고 있었다.

나도 공작가의 가주답게 얼마간 단련은 쌓았지만 군대를 지휘하여 실전을 거듭 치러온 브로우에게 능력치로 당할 순 없다.

마음먹고 저항한다면 내가 붙들고 있는 손을 뿌리치는 것 따위 간단할 텐데도 굳이 붙잡힌 채 가만히 있는 까닭은 브로우 본인도 실수했다는 사실을 깨달았기 때문인가.

이 기회에 자기 행위를 반성해서 마음을 고쳐먹고 마왕님에게 충성을 맹세해준다면 좋겠지만, 오랜 세월을 함께 지내온 만큼 그런 것은 안 된다고 단언할 수 있겠다.

개인실에 도착한 나는 거칠게 문을 열고 안으로 브로우를 밀어 넣었다.

곧이어 방에 들어온 뒤 소리를 내며 문을 닫는다.

만약 이곳에 다른 사람이 있었다면 평소와는 다른 나의 모습에 놀랐을 것이다.

나는 어지간히 친한 사람이 아닌 한 기본적으로 정중하게 대하도록 항상 주의하고 있다.

대화를 나눌 때는 일인칭을 「나」가 아니라 「저」로 바꿀 정도로…….

이런 거친 행동은 평소였다면 절대 하지 않는다.

이곳까지 아무하고도 만나지 않고 온 덕분에 내 이미지는 지켜지겠지.

사람들 눈에 띄지 않도록 회의실에서 이곳까지 최단 거리로 이동했지만 아무하고도 마주치지 않았던 것은 행운이었다.

이런 모습을 내보인다면 내일부터 성내에 소문이 퍼질 게 틀림없잖은가.

그 이상으로 이제부터 이야기할 내용은 아무도 들어서는 안 된다.

내 소문 따위는 이에 비하면 아무래도 좋은 범주다.

다른 사람이 아무도 없는 내 개인실이라면 아슬아슬한 주제를 이야기해도 괜찮다.

"형······."

방금 방 안에 밀어 넣었던 브로우가 한심한 표정을 짓고 고개 돌린다.

나는 일단 전력으로 동생의 낯짝을 후려갈겼다.

"윽!"

브로우는 한 걸음 뒤로 물러났을 뿐 쓰러지지는 않았다.

과연 잘 단련했군.

서류 업무만 잔뜩 처리하는 나로서는 능력치의 차이 때문에 전력으로 때려도 별반 타격을 못 주는 듯싶었다.

오히려 때린 내 주먹이 더 아프다.

"바보 녀석아!"

그러나 그런 아픔을 신경 쓸 때가 아니다.

아픈 손으로 곧장 브로우의 멱살을 거머쥐었다.

"너, 자신이 어떤 입장에 서 있는지 알고 있나?!"

"혀, 형⋯⋯."

"모르지는 않을 터인데?! 어디 모른다는 소리를 지껄여봐라! 이미 넌 준반역자 취급이다! 조금이라도 엇나간 짓을 하면 처형대에 올라갈 거다!"

"형, 나는⋯⋯."

"그런 뜻은 없었다고 말할 작정이냐?! 바보 자식! 네 마음 따위는 관계없다! 네가 이제껏 보인 언동 때문에 너는 마왕 반대파의 상징으로 떠받들기에 최적의 인물이 됐단 말이다! 네가 마음속으로 어떤 생각을 하든 주변의 사람들이 알아주기나 할 것 같나! 그러니까 그토록 태도를 고치라고 말했던 거다!"

나는 지긋지긋하게 만날 때마다 줄곧 타일렀다.

끝끝내 충고를 안 듣고 마왕님께 불손한 태도를 쭉 취해왔던 대가가 이렇게 되돌아왔다.

나는 거머쥐었던 멱살을 난폭하게 놔주고 의자에 털썩 허물어지듯 앉았다.

브로우는 어쩔 줄을 몰라 하면서 우두커니 서 있었다.

"어째서 당장에 와키스를 처형하지 않았지?"

브로우에게는 절대 불가능함을 뻔히 알면서도 묻고 말았다.

그래, 알다마다.

브로우는 와키스의 주장에 더 동조하는 입장이고 와키스에게 동료 의식을 가지고 있을 터.

애당초 와키스와 브로우는 오랜 세월에 걸쳐서 함께 각자의 부대를 이끌었던 전우다.

동료 의식을 넘어 진정한 전우이니까 처형하라는 명을 들었다고 네, 알겠습니다, 당장에 행동하기는 불가능할 게 뻔했다.

그럼에도, 그럼에도 그때 당장에 행동했더라면 조금 더 상황이 나아졌으련만…….

"형, 나는, 난 도저히 할 수 없었어."

"그래, 그랬을 테지."

마왕님도 뻔히 알았기에 더더욱 과한 명령을 내렸던 거다.

브로우를 다음 제물로 만들기 위해.

마왕님의 정책은 결국 대다수에게 받아들여질 수 없다.

그러니까 늦든 빠르든 마왕님에게 반기를 드는 세력이 나타났을 것이다.

와키스는 어쩌다가 선두에 서게 된 것에 불과하다.

와키스는 성실했고 또한 너무나 우직했다.

그 탓에 이용당하여 반란군의 리더로 떠받들어졌다.

그리고 다음은 그 대상이 브로우가 되었다는 것.

"브로우, 이제 넌 마왕 반대파의 필두가 됐다. 이미 너 하나가 어찌 여기든 뒤집히지 않아. 다른 뜻이 없더라도 네 주위에 마왕 반대파에 속한 인물들이 모여들 거다. 여기까지는 알겠지?"

"……그래."

이것은 이미 결정 사항이다.

반란군이었던 제7군단을 고스란히 거느리게 되었고 또한 마왕님에게 평소부터 반항적인 태도를 숨기지 않았다.

그리고 결정타가 된 것이 방금 전 회의다.

와키스의 비호 덕택에 최악은 모면했지만 브로우는 분명 처형하라는 마왕님의 명령에 등을 돌리고자 했었다.

그 처신은 마왕님에게 복종하지 않겠다는 의사를 표시할 뿐 아니라 반란군에 가담하고 있다 받아들여져도 어쩔 수 없는 큰 실수였다.

실제로 다른 군단장들은 그렇게 판단했을 테고 그렇게 판단하도록 마왕님이 조장했다.

아무렴, 그렇고말고.

방금 전 회의는 촌극이었다.

오로지 브로우에게 추후의 마왕 반대파 세력을 떠안기기 위한…….

군단장 중 진정 와키스에게 협력했던 인물이 있을 것이다.

와키스를 전면에 내세운 채 자신은 뒤에서 지원하는 데 머물렀고, 결정적인 증거를 남기지 않게 움직였던 배반자가…….

그 녀석, 혹은 그 녀석들에게 와키스의 후임자를 브로우로 마왕님이 직접 공인했다는 게 방금 전 회의의 본질.

브로우에게 실제 반역할 의지가 있든 없든 마왕 반대파 세력은 브로우의 주위로 모여든다.

그리되도록 마왕님이 판을 만들었다.

그래야 관리가 더욱 편해지기에…….

"알겠나? 너에게 남은 선택지는 단 하나뿐이다. 집결한 마왕 반대파 세력을 어떻게든 휘어잡아서 폭발하지 않도록 단속해라. 네가 놈들을 억누르는 데 실패한 그때가 네 목이 날아가는 순간이니까. 너 하나뿐이 아니야. 이번에야말로 대숙청이 벌어질 거다."

이제 와서 자신이 처한 상황과, 그리고 실패했을 때의 무거운 책임을 자각했는지 브로우가 침을 삼켰다.

"어째서, 도대체 왜 이렇게 된 거야."

내가 하고 싶은 말이다.

그러나 결국은 어쩔 수 없었다.

브로우는 마왕님의 목적에 너무 딱 맞아떨어졌다.

마왕님에게 반항적인 태도를 숨기려고도 하지 않았던 브로우는 마왕 반대파의 기수로 만들기에 적격이잖은가.

게다가 정작 실제로는 반역에 나서지 않고 억지든 뭐든 지시를 따랐었다.

마왕 반대파의 기수로 만드는 한편 그들을 통제하여 정리하기에는 더할 나위가 없는 인선이다.

그러나 착각하면 안 되는 것은, 마왕님은 결코 브로우가 끝까지 완수하기를 기대하고 있지는 않았다.

성공한다면 성공하는 대로 좋고, 실패해도 딱히 개의치 않을 것이다.

그때는 집결해 있는 마왕 반대파 세력을 전부 쓸어버릴 뿐.

어떤 결과를 맞이하든 마왕님에게는 이득만 된다.

브로우가 임무를 잘 완수하면 불필요한 숙청을 안 해도 되고, 실패하면 불온 분자를 전부 쓸어버릴 수 있다.

브로우에게는 마왕 반대파 세력을 통제하는 한편 마왕님에게 복종해야 한다는 진퇴양난의 상황.

한 발자국 잘못 내디디면 나락 밑바닥으로 굴러떨어지게 될 험난한 길이지만, 살아남기 위해서 그 길을 극복하고 나아가야만 한다.

브로우의 과거 태도가 불러일으켰던 자업자득일지언정 도대체 왜 이렇게 됐나!

"이봐, 형. 정말로, 다른 길은 없는 거야?"

"브로우. 더는 말하지 마라. 말해서는 안 된다."

브로우가 하려는 말은 안다.

마왕 반대파 세력을 데리고 정말 마왕님을 토벌하겠다는 생각이라도 떠올렸을 테지.

그러나 그게 가능하다면 고생은 안 한다.

"거듭 말했었고, 네가 이해할 때까지 앞으로도 거듭거듭 말해주겠는데 마왕님은 결단코 당할 수 없다. 마왕님에게 반역한다? 내가 단언하건대 자살에 불과하다."

브로우는 내 말에 납득이 안 간다는 표정을 짓고 있었다.

그러나 납득을 하든 말든 분명한 사실이다.

브로우 역시 마왕님이 흔한 강자가 아니라는 사실쯤은 짐작하고 있을 것이다.

그러나 그럼에도 믿기 어려울 테지.

마족의 총력을 기울여도 마왕님에게는 이길 수 없다는 말 따위…….

나도 실제로 목격하지 않았더라면 아마도 믿지 않았을 테니까.

아니, 믿지 않았었다.

그따위 황당무계한 말을 어떻게 믿을 수 있겠는가.

"브로우. 네가 마주친 마물 중 단독으로 가장 강한 게 뭐지?"

브로우는 내 갑작스러운 화제 전환에 당황하면서도 잠시 생각한 뒤 대답을 내놓았다.

"무리 지었을 때를 가정하면 틀림없이 아노그래치지만, 단독이라면 오브록이나 데름베이크겠군."

브로우가 제일 먼저 거론한 아노그래치는 마의 산맥에 서식하는 마물이다.

별명으로 복수 원숭이라고 불리기도 하고 무리를 지어 행동한다.

저 별명이 나타내주듯 놈들은 무리의 일원이 살해당하면 복수에 나선다.

게다가 무리가 전멸하는 사태를 아랑곳 않는 기세로…….

그 때문에 아노그래치를 한 마리라도 죽이면 즉각 대참사가 터진다.

들이닥치는 무리를 격퇴하면 또 새로운 아노그래치를 죽이는 셈이기에…….

그렇게 복수의 연쇄가 발생하고 아노그래치 무리가 전멸할 때까지 쭉 이어진다.

그것만으로도 까다롭건만 아노그래치는 정기적으로 숫자를 불려서 마의 산맥 바깥으로 넘쳐 나온다.

매번 아노그래치가 쇄도를 벌일 시기가 되면 군대를 동원하여 요격에 나서야 할 정도였다.

까다롭다는 점을 들어서 말할 때 이보다 더한 마물은 마족령에 달리 없었다.

브로우가 언급한 오브록과 데름베이크는 각각 거대한 괴조와 거수를 말한다.

양쪽 다 특수한 능력은 없을지언정 거체와 어울리지 않는 민첩한 움직임과, 반면에 거체에서 비롯된 파워로 적대자를 압살하는 마물이었다.

단독으로도 강한 마물이지만 단독인 까닭에 대처 방법이 있었다.

단독으로 비교했을 때는 아노그래치보다 위협적이라도 아노그래치가 위험한 까닭의 본질은 무리를 짓는다는 것.

어느 쪽이 까다롭다고 묻는다면 단연코 아노그래치다.

"브로우, 너는 오브록과 데름베이크를 혼자서 쓰러뜨릴 자신이 있나?"

"조건에 따라. 함정 및 사전 준비를 철저하게 갖추면 못할 것도 없지. 그럼에도 목숨을 건 전투가 되겠지."

목숨을 걸어야 한다 말하면서도 얼굴에는 자신감이 엿보였다.

해낼 자신은 있는가 보다.

"그러면 갑자기 맞닥뜨려서 너 혼자였을 경우는?"

"그렇다면, 무리일 테지."

브로우는 일순간 말문이 막혔다가 자신의 패배를 인정했다.

일순간 말문이 막힌 까닭은 스스로 인정하기 어려워서였을까.

"그러면 오브록과 데름베이크가 아노그래치와 비슷할 만큼 무리를 지어 쳐들어온다면 어떻게 될 것 같나?"

"으음, 꽤 힘든 전투가 되겠군."

오브록도 데름베이크도 한 마리라면 대처는 가능하다.

브로우는 함정 따위를 활용하면 혼자서도 쓰러뜨릴 수 있다고 자신감을 보였지만, 다수의 인원이 동원되면 희생자를 만들지 않고 사냥할 수 있었다.

그러나 그런 마물이 아노그래치처럼 떼를 지어서 나타난다면?

아노그래치는 한 마리여서는 오브록에게도 데름베이크에게도 뒤떨어지는 마물이다.

그러나, 그럼에도 아노그래치의 쇄도 때에는 적지 않은 희생자가 발생한다.

만약 아노그래치보다 강한 마물이 그와 같은 규모의 무리를 지어 덮쳐든다면 피해는 예사롭지 않을 것이다.

그야말로 마족의 존망을 건 대규모 전투가 벌어질지도 모르겠다.

"상상해봤나? 그런데 말이다, 마왕님은 그런 마물 무리마저도 콧노래를 부르며 섬멸할 수 있다."

브로우는 내 말을 듣고도 회의적인 시선을 보내왔다.

아차, 실수했나.

나는 단지 사실을 말했을 뿐이지만 비유의 규모가 너무 큰 탓에 반대로 현실성이 사라져버렸다.

"믿기지 않나? 그러나 사실이다."

"형이 한 말이라면야, 믿어야지."

애써 대답하면서도 브로우는 납득한 분위기가 아니었다.

"아무튼. 마왕님을 거역한다는 바보 같은 생각은 하지 마라. 네가 처한 상황은 최악에 가깝지만, 아직 최악에 다다르지는 않았다. 나도 최대한 힘껏 거들어주마. 그러니까 잘 버텨다오."

그래.

상황은 나쁘지만 아직 손쓸 도리가 없는 지경은 아니었다.

가느다랗지만 아직 길은 남아 있었다.

"부탁한다. 나에게 네가, 가족이 죽어 가는 모습을 보여주지는 마라."

"형."

내 본심을 듣고 브로우는 말을 잇지 못했다.

"미안해. 알았어. 제대로 해볼게."

결의에 가득 찬 동생의 말을 나는 믿을 수밖에 없었다.

여담 마족 노인은 패배를 깨닫는다

"멈춰라."

회의실을 나와서 빠른 걸음으로 떠나가려고 하는 몇 사람에게 말을 건넨다.

불러 세운 저들은 제2군단장 사나트리아, 제6군단장 휴이, 제9군단장 네레오.

"아그너 공, 무슨 용무십니까?"

"말하지 않아도 알 터인데? 아니면 말을 해줘야 알아듣는가?"

대표로 네레오가 내게 묻는다.

그러나 이 면면이 모여 놓고서 내 용건을 못 알아들을 리 없었다.

"흠. 저로서는 무슨 용무이신지 알 도리가 없군요."

그러나 네레오는 시치미를 뗐다.

이렇게 나올 줄 뻔히 알지 않았던가. 시치미를 떼겠다면야 이쪽은 이쪽대로 용건만 통보할 뿐.

"파악을 끝내고도 눈감아주셨음을 자각하라. 이미 목구멍에 마왕님의 칼날이 와 닿아 있단 말이다. 명심하도록, 섣부른 짓을 저질렀다가는 다음 날을 맞이하지 못할 것이다. 마왕님은 불필요한 자를 최후까지 아껴줄 만큼 자비로운 분이 아니시다."

네레오는 표정이 흔들리지 않았지만 사나트리아와 휴이는 살짝 얼굴을 실룩거렸다.

이 셋은 반란군에 가담했었던 군단장.

증거는 없다.

그러나 안다.

마왕님 역시 마찬가지.

브로우를 전면에 세웠지만 결국 이 셋을 낚아 올리기 위한 미끼이기도 했다.

방금 전 회의에서 자신들의 이름이 언급되지 않았다 하여 방심하고 꼬리를 드러냈다가는 마왕님은 가차 없이 처단하리라.

"나의 당부를 듣든 듣지 아니하든 자유일세. 그러나 듣지 않을 경우는 피하지 못할 파멸이 기다리고 있을 뿐. 아무쪼록 명심들 하게."

나는 혼자서 말을 마친 뒤 셋에게서 등을 돌리고 걸음을 뗐다.

충고는 했다.

그럼에도 기어이 마왕님을 거역하겠다면 그때는 녀석들의 책임이다.

나는 구해줄 수 없다.

애당초 군대를 보유하지 못한 네레오는 가능한 일이 제한되고, 사나트리아와 휴이와 같은 젊은이는 무엇인가 시도한들 금세 꼬리를 드러낼 것이 뻔하다.

네레오가 두 사람에게 꾀를 빌려줘도 결과는 바뀌지 않는다.

이렇게 단언할 만큼 마왕님은 내 상상 이상의 거물이었다.

겨우 저 셋으로는 승산을 기대할 수 없다.

입을 다물고 있는 셋을 가만히 내버려 둔 채 나는 걸음을 옮겨 떠나갔다.

내게 배정된 마왕성 안쪽 개인실에서 의자에 몸을 푹 파묻고 사색한다.

사색의 주제는 이제부터 어찌 처신해야 하냐는 것.

그렇다 해도 대답은 고민할 필요가 없을 지경인가.

고민한들 어쩔 수 없다는 말도 될 터이나 그럼에도 무엇인가 돌파구가 없는지 상념에 잠기고 만다.

헛된 발악임을 안다 하여도, 꼴사나운 짓이라 안다 하여도……

그러나 아무리 사색을 거듭한들 명안은 떠오르지 않았고 결국 처음의 결론에 다다랐다.

즉 더 이상은 어떤 수단도 없노라고.

포티머스 놈.

조금 더 쓸모가 있을 줄 기대했건만 아무것도 못한 채 격퇴당하다니.

계획이 다 어긋나버렸다.

거기까지 생각하다가 말고 나는 자조한다.

외부의 타 종족에게 문제 해결을 사주했던 주제에 결국 실패하니까 마음속이라 한들 불만을 늘어놓는 나 자신의 뻔뻔함이여.

무엇보다도 포티머스에게는 잘못이 없다.

놈은 차근차근 마왕님에게 타격을 입히기 위한 준비를 진행했다.

준비가 다 갖춰지기 전에 박살을 낸 마왕님의 수완이 너무 뛰어났을 뿐.

그런 마왕님의 움직임을 방해는커녕 알아차리지도 못한 나야말로 훨씬 무능하다.

그래, 인정할 수밖에 없겠구나.

내가 철저하게 패배했음을…….

마왕님과 포티머스의 충돌을 유도하여 쌍방을 약화시키겠다는 계획.

실패했다.

공들여서 준비를 거듭해왔다.

와키스 휘하 반란군이 마왕님을 토벌하는 결과는 만에 하나라도 어림없었다.

마왕님도 잘 아는 사실이기에 반란군을 박살 냄으로써 반대 세력을 단번에 치워 내려는 의도라는 것이 나의 생각이었다.

그 방심과 자만함을 노려서 포티머스라는 예상 바깥의 칼날을 움직여 마왕님을 몰아친다.

네레오, 사나트리아, 휴이.

그 셋에게 잘난 척 말을 늘어놓았지만 결국은 기만에 불과할 뿐.

내가 바로 반란군의 진정한 수모자였으니.

그 셋은 자신들이야말로 반란을 뒤쪽에서 조종한 줄 착각하고 있을 테지만 놈들을 유도하여 움직인 것은 다른 누구도 아닌 나였다.

증거가 없음에도 알고 있는 이유가 무엇이겠는가.

사나트리아와 휴이는 내 의도대로 움직여줬다.

네레오 역시…….

네레오만큼은 자신들의 뒤에 다른 누군가가 또 있다는 사실을 알아차렸을지도 모르겠으나 그것이 누구인지까지는 확증을 얻지 못했을 터이다.

비록 어렴풋이 예상은 했을지라도…….

그런 경우는 방금 전 접촉에서 내 뜻을 헤아려주었을 테지.

그 뒤에 네레오가 어떤 선택을 할지는 내가 관여할 수 있는 사안이 아니다.

마왕님이 인족령에서 외유를 하던 몇 년 동안 용의주도하게 준비해왔다.

와키스를 부추겨서 반란군을 조직시켰고, 와키스와 포티머스의 관계를 두텁게 하여 귀하디귀한 공간 마법 술사를 써서 엘프와 공동으로 전이진을 설치했고…….

그것들을 내가 주도했음을 눈치채이지 않았고 증거도 남기지 않은 채 완수했다.

더욱이 각 군단에서 반란군에 보낼 병사의 숫자를 싸움에서 전멸하더라도 어떻게든 재건할 수 있도록 조정했다.

너무 늘어난 반란군이 마왕님에게 전멸당한 뒤, 마족이 생활마저 제대로 유지하지 못하는 끔찍한 사태가 벌어지지 않도록…….

그런 까닭 때문에 네레오와 다른 인물들은 철저하게 뒤에서 움직이도록 만들었다.

놈들이 전면에 나섬으로써 제2군단과 제6군단까지 반란군에 합류했다면 다른 군단까지도 촉발되어 전군이 한데 모였을 가능성이 있었다.

그렇게 되면 마족을 이분하는 대규모 내전으로 발전한다.

그런 사태만큼은 피해야 했다.

신중하게, 전멸되어도 허용 가능한 범위로 제한하여 반란군을 조직시켰고 그런 다음에 포티머스를 유도했다.

마침 마왕님에게서 엘프를 마족령 바깥으로 몰아내라는 지령을 받은 까닭도 있어, 마족령에 있던 엘프를 은밀하게 처리.

그 사실을 나는 포티머스에게 아무것도 모르는 양 전달했다.

최근 마족령에서 엘프의 행방불명 사건이 자주 발생한다고…….

무언가 알지 못하나? 천연덕스럽게.

포티머스라면 짧은 단서만 갖고 마왕님이 암약하고 있음을 알아서 깨달아준다.

그리고 그때 와키스에게 원조 요청을 받는다면 마침 잘되었다고 행동에 나설 게 당연했다.

그것은 일방적으로 피해 입기를 싫어한다.

다소 어린애 같은 기질을 지녔기에 자신이 1등이 아니면 납득하지 않는 작자다.

마왕님에게 낭패를 당한 이상은 앙갚음할 수 있는 좋은 기회를 가만히 두고 볼 리 없었다.

마왕님과 포티머스가 충돌할 경우 어떠한 결과가 나올 것인가.

이것만큼은 천운에 맡길 수밖에 없었지만 애당초 포티머스라는 부외자를 이용할 수밖에 없는, 나의 책략이라 말할 수 없는 책략.

기도해서 좋은 결과가 나온다면 남의 눈 따위 개의치 않고 기도에 전념했으리라.

그렇게 갖춘 무대는 내가 막을 올리기 전에 마왕님에 의하여 결단

났다.

신중하게 각 군단에 잠입시켰던 부하를 통해 활동하고 정보를 모으고 조작해왔다.

그랬던 내가 마왕님의 움직임을 전혀 파악할 수 없었다.

언제, 반란군의 움직임이 들통났단 말인가?

반란군의 움직임을 엉성하다 말할 순 없었다.

마왕님에게 존재가 알려질 만한 시기는 더욱 훗날이었을 텐데.

그랬는데 허망하게, 게다가 어떤 전조도 없이 간파당했다.

그게 전부였다면 아직은 마왕님의 손이 내 상상보다 더욱 폭넓게 뻗어 나갔다는 증거로 납득할 수 있었을 테지.

그러나 엘프의 협력을 받아 냈다는 사실까지 새어 나갔다.

마왕님에게 제대로 타격을 가할 수 있는 유일하게 유효했던 비장의 수단.

그런 까닭에 엘프 관련의 내막은 절대 바깥에 새어 나가지 않도록 세심하게 주의를 기울였다.

설령 반란군의 존재가 노출되더라도 직전까지 엘프가 미리 합류해 있다는 사실은 알지 못하도록…….

마왕님도 조만간에 반란이 일어난다는 것은 상정했을 테니까.

그렇다면 반란군이 조직된들 당황하지는 않는다.

여유를 갖고 격퇴에 나섰을 터.

그때 마왕님조차 위협할 수 있는 엘프라는 칼날을 휘두르자는 심산.

반란 계획이 알려지더라도 엘프의 존재만 은닉할 수 있었다면 충분했건만…….

그러나 어김없이 엘프의 존재도 사전에 알려져 있었다.

그게 아니라면 전이진을 써서 역침공하는 처사가 어찌 가능하겠는가.

오히려 엘프의 존재를 미리 파악했기에 선공에 나섰을지도 모르겠다.

그 결과, 반란군은 맥없이 진압되었고 엘프는 아무것도 하지 못했다.

훗. 웃음밖에 안 나오는군.

쓸 만한 수단은 전부 썼다.

압도적인 힘을 보유한 마왕님을 어떻게든 배제하겠다고…….

애당초 확실성 따위 없는 도박이었지만, 이토록 힘을 다하고도 얻은 결과는 마왕님이 나 따위의 상상을 아득하게 초월하는 신산귀모의 소유자라는 사실을 알게 되었을 뿐.

그것을 알게 된 것만으로도 대단히 큰 성과이기는 하나, 이토록 철두철미하게 몇 년을 들여 숙성시켰던 계획이 결딴나고 보니까 낙담을 초월하여 묘한 웃음이 치밀어 오른다.

그리고 깨닫는다.

깨달을 수밖에 없다.

이제 마족이 살아남을 방도는 마왕님에게 복종하여 인족과 싸워 승리하는 것밖에 없노라고…….

마왕님을 무력으로 당할 순 없다.

마왕님을 계략으로도 당할 수 없었다.

힘으로 당할 수 없는 시점에서 이미 절반쯤 외통수였다.

그럼에도 어떻게든 길을 찾아내고자 발버둥질 쳤지만 결국은 발악의 영역을 벗어나지 못했구나.

아니.

최악의 사태는 이미 각오했었다.

포티머스가 제아무리 솜씨를 부린들 마왕님을 해칠 지경에는 못 이르리라는 예감을 받고 있었다.

잘해 봐야 마왕님의 측근을 제거하는 것, 반란군 발생에 따른 혼란을 이유로 인족과의 전쟁을 늦출 수 있다면…….

그 정도가 기대할 수 있는 최대의 성과였다.

막상 뚜껑을 열어 보니 그것이 얼마나 분에 넘치는 바람이었는지 절절히 깨닫게 되었다.

당할 수 없다.

온갖 계책이 바닥났기에 이제 취할 수 있는 방법은 마왕님에게 순종의 뜻을 표하고 불필요한 분쟁으로 인한 피해를 억제하는 것뿐.

그 때문에 굳이 네레오와 군단장들에게 충고를 했다.

지금 시점에서 마왕님에게는 반란군에 가담했던 군단장들을 처분할 뜻이 없는 듯싶었다.

손쓰려거든 벌써 손을 썼을 테니까.

그토록 신중하게 줄곧 숨겨왔던 엘프의 정보를 포착한 마왕님에게 저 셋의 관여가 새어 나가지 않았다는 게 말이 되는가.

섣부른 움직임을 보이지 않는 한 당분간은 목숨을 부지할 수 있을 것이다.

문제는, 나군.

시선이 느껴진다.

검은 바로 곁, 손 닿는 위치에 있다.

그러나 굳이 손을 뻗지는 않았다.

느껴지는 시선이 하나둘, 점점 늘어 간다.

눈이다.

무수히 많은 붉게 빛나는 눈이 이쪽을 쳐다보고 있었다.

문은 여전히 닫혀 있거늘.

그러나 저것들은 공간을 무시하고 이 방을 들여다보고 있다.

하얀 거미 떼.

거미들이 사방팔방에서 나를 주시하고 있었다.

기묘한 광경.

심장이 경종을 울린다.

귓가에 심장 소리가 들리는 경험은 꽤 오랜만이군.

단단히 쥔 주먹이 땀에 젖어 드는 것을 눈치채이지 않도록 표정을 단속하고자 노력했다.

그리고 눈앞에 하얀 그림자가 나타났다.

"어서 오십시오. 한 말씀 드리자면 여성분이 남자의 방에 혼자서 방문하심은 별로 바람직한 행동은 아니군요."

목소리가 떨리지는 않는가, 오직 그것이 걱정스러웠다.

동요를, 공포를, 드러내지 마라.

이제 마지막일지도 모르지만 내게도 끝까지 관철하고 싶은 고집은 있는 법이다.

마지막일 수도 있기에 더더욱 꼴사나운 모습을 내보이고 싶지 않은 것인가.

"이런, 혼자가 아니셨지요."

주위에 떼 지어 있는 하얀 거미들을 보고 야유하듯 얼굴을 비뚤어뜨린다.

농담이라도 입에 담지 않으면 비명이 나올 것 같아 두려웠다.

"아무튼, 무슨 용무십니까?"

나타난 인물. 마왕님의 측근 중 한 사람으로 짐작되며 시로라고 불리는 소녀에게 물었다.

눈이다.

확신한다.

이 소녀야말로 마왕님의 눈일지니.

반란군의 움직임뿐 아니라 엘프의 동향마저도 어김없이 포착했던 감시의 눈.

그리고 저 눈을 활용하면 나의 지난 행적마저도 꿰뚫어 볼 수 있었으리라.

그게 아니라면 이런 시기에 이러한 상황에서 만나러 올 리가 없었다.

하얀 소녀는 말없이 서 있다.

비록 눈은 감겨 있음에도 주위의 하얀 거미가 시선을 대신하겠다는 듯이 내 얼굴을 빤히 응시했다.

마치 마음속을 들여다보려는 것처럼…….

"지령이야."

얼마나 시간이 흘러갔을까.

짧은 듯, 긴 듯 느껴지는 시간. 지난 삶에서 최악으로 마음 거북한 시간을 보낸 뒤 소녀가 겨우 입을 열었다.

그리고 곧이어 짧게 더듬거리는 말투로 지령의 내용을 통보했다.

"그 말씀은, 마왕님의 의향입니까?"

하달받은 지령은 다소 의문이 생겨나는 내용이었다.

마왕님이 지시했다기에는 의도를 짐작하기 어려웠다.

내가 질문하자 주위의 하얀 거미들이 움직이며 불쾌함을 드러낸다.

일제히 덮쳐들 것 같은 광경에 간담이 서늘해졌다.

"궁금해?"

저 반문은 어떤 의미를 갖고 있는가?

내 질문에 대하여 감히 궁금하냐고 되묻는 것인가.

아니면 궁금해하지 말고 묵묵히 지령을 수행하라는 의미인가.

이런 분위기라면 후자겠군.

한 번만, 위쪽을 우러러봤다.

시야에 들어오는 것은 천장, 천장이어야 할 텐데. 그러나 눈에 들어오는 광경은 이쪽을 빤히 내려다보는 하얀 거미 떼였다.

그것들이 마치 도망칠 곳은 없노라고 선언하는 듯 느껴졌기에 저절로 자조의 웃음이 새어 나왔다.

"인정하겠습니다. 나는, 철두철미하게 패배했습니다. 이제는 어쩔 도리가 없군요. 그리고 패자는 승자에게 복종하는 것이 마땅한 법. 나는 마왕님에게 한 목숨을 바치겠노라 맹세하겠습니다. 쓰다 버리든 없애든 자유롭게 하십시오."

나는 똑바로 소녀의 얼굴을 마주 바라보면서 선언했다.

"당장 없애지 않겠다면 그 지령, 삼가 받들겠습니다."

숙청당하는 것도 각오했다.

나는 그만한 짓을 저질렀다.

"그래."

그러나 돌아온 답은 맥 빠질 만큼 짧은 한 마디뿐.

그리고 그 말을 마치 신호 삼아서 주위에 있던 하얀 거미들이 잇따라 사라져 간다.

공간 마법, 게다가 내가 몰라볼 만큼 고도의 술법을 사용했는가.

혹시 전설로 전해 내려오는 공간 마법의 진화 스킬, 차원 마법인가?

마왕님뿐 아니라 거둔 수하도 역시 괴물이군.

"잘 부탁해."

그렇게 말한 뒤 소녀 본인도 자취를 감췄다.

마법이 발생하는 순간도 알지 못할 만큼 홀연히 자취를 감췄다.

남은 것은 변함없는 내 개인실의 광경.

평소와 전혀 다를 바 없는 광경인 터라 방금 전 만남이 꿈이나 환상의 부류가 아니었을까 착각이 들 정도였다.

그러나 피가 배어나도록 꽉 쥐었던 주먹이, 그렇게까지 하지 않으면 평정심을 유지할 수 없었다는 사실이, 모두 현실이었음을 자각시킨다.

숙청당할 각오를 다졌을지라도 그럼에도 공포를 느끼지 않기란 불가능했나 보다.

떳떳하게 목숨을 던진 와키스가 나 따위 보다 훨씬 더 훌륭한 인물이군.

……결국 나의 계략은 와키스만 희생양으로 만들고 끝났는가.

그 우직한 남자를 잃고도 얻은 게 아무것도 없다니.

어리석은 자.

저 말은 마왕님이 아닌 바로 나 자신이 들어야 했던 매도일 테지.

마왕님에게 반역자라며 경멸을 당했을 뿐 아니라 스스로의 행적이 한심했음을 자각하는 한편, 그럼에도 구태여 마왕님에게 반기를 들었으니까.

진정 어리석은 자에게 남은 길은 단 하나뿐.

마왕님의 주구가 되어 조금이라도 마족이 살아남을 수 있도록 노력할 뿐.

결단코 와키스의 희생을 헛된 죽음으로 만들 순 없다.

그 녀석의 죽음을 본보기로 내세워서 더 이상의 반란이 일어나지 않도록 다른 군단장을 다잡아 보이겠다.

혹여 조짐이 보이거든 나 자신의 손을 더럽히는 사태도 주저하지 않으리라.

브로우에게는 엉뚱한 남의 뒷수습이라는 싫은 역할을 짊어지우고 말았다.

그는 평소의 언동에서 비롯된 자업자득이라 말할 수 있을 터이니 정작 불쌍한 녀석은 발트인가.

두 형제가 불행해지지 않도록 조력을 아끼지 않으련다.

내가 한 발악의 뒷수습은 나 자신이 수행해야 하지 않겠나.

목숨을 붙여주겠다는 것은 아직은 내가 마왕님에게 유익하다 판단되었다는 뜻.

그 판단에 어긋나지 않도록 유익함을 증명하고 비위를 맞춰드려
야겠구나.

수치도 명성도 내버리자.

나는 비참한 패자답게 머리 숙이고, 용서를 청하고, 마왕님의 눈
치를 살펴야만 한다.

그렇게 온정을 구걸하도록 하자.

나의 목숨이 아니다.

마족이라는 종족의 존명을…….

설령 얼마나 험난할지라도 해내야 한다.

그 밖에 길이 남지 않은 바에야…….

우선은 하달받은 지령을 수행하는 것부터 시작해야겠군.

6 클레임을 걸자

선생님.

전생자들에게 저 단어가 나타내는 인물은 한 명밖에 없다.

우리가 전생하는 계기가 됐던 교실의 폭발.

그때 수업은 고전 문학.

그리고 고전 문학 수업을 담당했던 분이 바로 오카자키 카나미 선생님이다.

나라는 예외를 제외하면 유일하게 전생자 중 학생이 아니었던 사람.

그런 선생님과 오니 군이 조우했다.

여기까지는 괜찮다.

다만 조우했던 장소와 상황, 그리고 무엇보다도 선생님의 종족에 문제가 있었다.

오니 군은 반란군에 가담한 선생님을 발견했어.

이미 이 시점에서 여러모로 「어?」 소리가 나올 텐데 왜 하필이면 선생님이 엘프야.

엘프, 그래, 포티머스와 같은 종족이다.

망했어~.

최대급으로 망했어요~.

안 되겠다, 이거!

잠깐만 머리 굴려도, 아니, 딱히 안 굴려도 망한 게 맞잖아!

진짜 뭐랄까, 이것저것 다 말도 안 된다! 어쨌든 답답해도 가만히 놔둘 순 없어.

이래서야 마왕이 까다로운 사태라고 말할 만하네!

마왕이 까다롭다는 말을 쓸 경우는 대체로 엘프 관련이거나 전생자 관련인 줄은 알았는데, 설마 양쪽 다 한꺼번에 세트로 엮였을 줄은 예상을 못 했다고!

오니 군의 이야기에 따르면 선생님은 놓쳤다고 한다.

선생님과 대화 나누던 때에 사이보그 엘프 놈들에게 습격당했고, 그 틈에 다른 엘프에게 안긴 채 도망쳤다던가.

그리고 반란군 포로 중에도 선생님의 얼굴을 찾아볼 수 없었다고…….

아니, 엘프가 아예 포로 중 한 명도 없었댄다.

전원이 죽었거나 도망쳤나 봐.

한 사람도 붙잡히지 않았다는 건 아무래도 이상하니까 포로로 잡힐 것 같은 엘프는 자해한 게 아니겠냐더라고.

적에게 잡힐 바에야 죽겠다는 느낌?

진짜 포티머스다운 사고방식이지만 그런 걸 실제로 실행해버리는 엘프, 무시무시한 녀석들.

뭐, 죽은 녀석들은 아무래도 좋으니까 넘어가자고.

어쨌든 살아남은 엘프들이 뭘 어쩌고 있냐면 아무래도 한데 모여서 마족령의 바깥으로 탈출을 시도하는 것 같아.

걔네가 북쪽 도시에 있었던 건 전이진을 썼기 때문이잖아.

그 전이진이 내 메테오로 폭삭 날아가버린 지금은 도보로 돌아갈 수밖에 없어.

뭐, 전이진이 무사히 남아 있었더라도 정규군이 북쪽 도시를 점령한 상황이니까 돌아갈 방법이 없고 말이야.

그러나 도보로 마족령에서 탈출한다는 게 쉽지는 않아.

일단 갑자기 집단으로 이동한다면 들키지 않을 리 없잖아.

보급도 해야 하는 데다가 일단 마족과 접촉하지 않고 탈출하기는 불가능해.

엘프가 반란군에 가담했다는 정보가 얼마나 퍼져 나갔는지 모르겠는데, 그게 세간에 쭉 전해졌다면 곧장 신고나 당한 뒤 끝장이다.

하지만 이 세계는 인터넷이라든가 통신 수단이 대중화되지 않은 곳이니까 정보의 전달 속도는 느리거든.

그래서일까, 엘프들은 상당히 서둘러서 남하하는 중이었다.

정보가 퍼져 나가기 전에 가능한 한 멀리 이동하자는 계획일까.

그럼에도 북쪽 도시에서 인족의 국경선까지는 상당한 거리가 있다.

마족의 협력 없이 그 거리를 끝까지 이동하기는 버겁다.

그리고 고생해서 도착한 국경선이야말로 최대의 난관.

마족과 인족은 오랜 세월에 걸쳐 서로를 적대하고 싸워왔다.

국경선을 넘는 사람은 다짜고짜 처죽일 만큼 양쪽의 관계는 냉담하기 짝이 없었다.

맞아, 국경선을 넘어가면 인족의 손에 죽어 나간다고.

국경선에도 넘어갈 만한 포인트라는 게 존재하는데 그런 위치에는 인족이 세운 요새가 자리를 잡고 있다.

그곳을 넘어가기는 일단 불가능해.

그럼 다른 데로 피해서 가면 되지 않냐고?

그렇게 만만한 곳이 아니랍니다.

일단 지형적으로 이동이 곤란한 곳은 제외하고…….

거기에 가장 잘 맞는 예시라면 우리가 지나왔던 마의 산맥이지.

그런 델 평범한 사람들이 돌파한다는 게 말도 안 되잖아.

그리고 다른 곳, 길은 없지만 못 지나다닐 정도는 아닌 곳.

그런 지역에는 도적이 나옵니다.

정확하게는 인족 공인의 노상강도 집단이…….

하는 짓은 죽이고 빼앗는 전형적인 도적이지만 그들은 인족 측 국가와 제국에서 허가를 받아서 약탈 행위를 하는 거죠.

국가가 도적을 인정한다니 세상 참 말세다? 꼭 그렇지는 않아.

그 사람들도 국방에 제대로 공헌을 하고 있거든.

국가가 미처 다 관리하지 못하는 샛길을 감시하면서 마족령 쪽의 침입자를 격퇴해주니까.

그 사람들은 그런 포인트에 마을을 건설하거나 이동식 촌락을 만들어서 먹잇감을 찾고, 발견한 침입자에게서 빼앗을 수 있는 물건을 모조리 빼앗을 뿐 아니라 국가로부터 보수를 받아 생계를 꾸려나간다.

하는 짓은 약탈이라도 이렇게 하면 마족령에서 넘어오는 침입자를 거의 다 격퇴할 수 있지.

뭐, 요컨대 엘프들이 마족령에서 탈출하겠다면 그 사람들에게 횡액을 당한다는 거지.

엘프도 반격하면 격퇴는 가능할지도 모르지만, 애당초 마족령에서 넘어온 침입자를 죽이는 위험한 일을 생업으로 갖고 있는 그 사람들은 강하다.

마족령을 강행군으로 돌파해서 소모된 엘프들에게 승산이 있냐 묻는다면 미묘하겠네.

지면 몰살이고 이긴들 상당한 피해가 발생할 것을 예상할 수 있겠다.

참고로 교섭은 아예 무리야.

왜냐하면 걔네가 본질은 도적이잖아.

먹잇감이 지나가면 냅다 덮치는 거야.

그런고로 교섭을 하고 싶어도 일단 교섭을 시작하는 게 곤란하고 교섭의 기회를 가져 봤자 어지간한 조건이 아니라면 결렬이다.

이러니저러니 해도 그 사람들은 마족령에서 넘어온 인물을 죽이는 게 자기들 일이니까.

그럼으로써 국가의 보상도 받을 수 있고 그쪽 사람들은 자기 나름대로 자기들 일에 긍지를 갖고 있었다.

인족을 위해 마족의 침입을 막고 있다는 거지.

하는 짓은 도적이지만!

그러니까 설령 엘프일지라도 마족령에서 넘어오는 대상은 먹잇감으로 간주한다.

애당초 인족과 마족은 외견적인 차이가 없으니까.

응? 너 마족령에서 넘어왔냐? 좋아, 일단 처죽여라! 이렇게 되는 거죠.

엘프?

마족령에서 넘어왔다면 마족 편이겠지?

처죽여라!

이런 흐름이 됩니다.

넵, 그런고로 선생님과 엘프 일행이 무사히 마족령을 탈출할 수 있을 확률은 상당히~ 낮습니다.

프로 야구 선수의 타율이랑 비교해도 프로 야구 선수한테 실례잖아! 이렇게 소리칠 만큼 낮다고요.

뭐, 선생님 말고 다른 엘프가 어떻게 되든 알 바 아니지만…….

그러나 유감스럽게도 엘프들이 무사히 탈출해주지 않으면 내가 곤란합니다.

선생님을 우리가 보호하는 게 빠르지 않냐고?

그야 나도 생각했지.

그래도 그게 불가능한 이유가 있어.

그런고로 선생님과 엘프 무리가 무사히 마족령을 탈출할 수 있도록 서포트를 해줘야 한다.

이게 다 내가 오니 군한테 사정을 듣는 한편 탐지의 응용으로 선생님의 수색을 마친 뒤 상황을 파악한 다음 즉각 판단한 결론이랍니다.

"이렇게 됐다는데 어떻게 할까?"

오니 군이 대강 설명을 마치자 마왕이 내게 물었다.

그때는 벌써 선생님을 찾아내고 추후의 예정까지 세워 놓은 나, 완전 유능함.

"맡겨줘."

일단은 선언.

쇠뿔도 단김에 빼라고 행동을 개시.

일단은 국경선까지 엘프들을 지원할 인물, 거기에 최적의 인물을 찾아가자.

물론 최적의 인물이란 바로 마족 쪽 국경선을 지키고 있는 영주, 즉 대령님이다.

와, 대령님은 강적이었죠.

넵.

그런고로 대령님에게 엘프의 지원을 맡기고 왔습니다.

설명한다고 고생 좀 했어.

"엘프가 있어."

"반란군이었다가 도망쳤고."

"이리로 지나갈 테니까."

"인족령에 넘어갈 수 있게."

"지원해줘."

나요, 이 말을 전하기 위해 힘냈어요.

갑자기 되묻길래 대답은 좀 이상해졌는데 뭔가 대령님이 혼자서 납득하고 승낙해주더라고. 잘됐다, 잘됐어.

역시 대령님이야.

의지가 된다니까.

응, 대령님은 막 대놓고 위압했는데도 여유로운 태도가 안 무너지던걸.

굉장해요~.

정확하게 우리 쪽 으름장의 의미도 알아들은 걸 보면 역시나 머리 돌아가는 게 다르다니까.

자네가 반란군의 흑막이라는 사실을 나는 알고 있다네~ 요런 메시지.

굳이 말을 안 꺼내도 정확하게~ 이해해주더라.

대령님한테 이용만 당한 송사리 셋보다는 훨씬 더 유능해.

그 셋과 비교하면 몸소 전면에 나섰던 와키스 씨가 훨씬 더 거물이지.

후후후.

내가 아무런 의미도 없이 분체를 전원 집합시켜서 괜히 째려보기나 할 리 없잖아.

그게 다 자네는 감시당하고 있는 상태라네~ 라는 메시지를 주기 위해서이고, 즉 자네의 속셈도 다 알고 있다네~ 요런 의사 표시였던 거야.

어째서 쓸데없이 돌려 말하는 짓을 하냐고?

말수를 줄이기 위해서랍니다. 넵.

말하지 않아도 눈치채주시죠.

그런 절실한 소망이 담겨 있답니다.

유능한 대령님이 소망을 이뤄줘서 나는 기쁩니다.

뭐, 대령님이 반란군의 흑막이라는 사실을 아는 건 나쁘지만…….

대령님은 증거가 남을 행동은 일절 안 했다.

신뢰할 수 있는 부하를 써서 그 녀석들을 각 군단에 잠입시켰고 행동시켰다.

거기까지 판을 만드는 데 상당한 세월이 걸렸겠지만 그 부분은 수명이 긴 마족이니까 인내할 수 있었을 거야.

그렇게 갖춘 밑바탕을 써서 군단장들을 움직였고 반란군을 조직시켰다.

대령님의 뛰어난 부분은, 대령님 본인은 거기에 전혀 관련되지 않은 채 군단장들이 자기 의지에 따라 행동하도록 유도해 냈다는 것.

내가 똑같은 재주를 부려보고 싶어도 절대 불가능하다.

인심을 장악하고 전부를 계산한 뒤에 절묘한 밸런스로 상황을 조율하지 않으면 불가능한 곡예야.

그렇게 말하자면 포티머스마저도 대령님한테 놀아난 게 아닐까 의문이 든다.

음, 아마도 맞을 거야.

대령님쯤 되는 인물이라면 마족들만 나서서 마왕님에게 승리할 수 없단 사실을 잘 알았을 테니까.

포티머스라는 외부인이라도 끌어들이지 않는 한…….

반란군의 준동을 틈타 포티머스를 불러들여서 마왕과 충돌시킨다.

그게 성공했을 경우를 상상하면 오싹하네.

작전의 핵심을 외부인에게 맡긴다는 대담한 전법.

돌이켜보면 마족이 엘프에게 지원을 받아 부흥을 이루었던 것도 대령님이 그런 상황을 조장했을 가능성이 있겠다.

포티머스, 은근히 쉬운 놈 같단 말이지~.

막 칭찬해서 기분 좀 띄워주면 은혜를 입히기 위해서라는 둥 마족은 인족과 싸울 여력을 가지는 게 좋다는 둥 뭔가 이유를 갖다 붙여서 지원해줄 것 같아.

곰곰이 잘 생각하면 지원을 보낼 여력을 다른 쪽으로 돌리는 게 훨씬 효율이 좋을 테니까 엘프가 마족을 도울 의미는 별로 없잖아.

그렇게 생각하면 대령님이 말재주 하나로 포티머스의 충동심 스위치를 눌렀다는 설이 점점 더 유력해지네.

그게 가능하다면 반란군에 포티머스를 합류시키는 것도 절대로 못 할 일은 아니었을 거야.

스킬에는 반영되지 않아도 무시무시한 역량의 소유자구나.

나도 분체를 쓴 첩보라는 반칙 기술이 아니었다면 대령님의 암약을 알아내지 못했어.

그래도 뭐, 결국 대령님도 이번 건으로 마왕한테 거역해 봤자 소용없다고 깨달았나 봐.

그토록 유능한 인물이 전면적으로 협력해준다면 이보다 더 든든할 수가 없다.

처형하는 것보단 유익하게 잘 활용하는 게 단연코 이득이다.

뭐, 이상한 짓은 안 하도록 감시는 꼬박꼬박 해야겠지만 말이야.

그런고로 대령님에게 선생님과 엘프 녀석들의 지원은 일임했다.

미리 포티머스와 연줄을 만들어 놓은 대령님이라면 엘프한테 은밀하게 지원을 보내줘도 부자연스럽지 않아.

절박한 상황에 처한 엘프들은 분명히 혹할 지원이다.

딱히 함정이 아니라 진짜 지원이니까 안 혹하면 내가 곤란하거든.

이제 일단은 마족령의 여정은 안녕하겠네.

국경선 쪽은 또 뭔가 수를 내야 할 텐데. 거기까지 선생님 일행이 이동하는 데 시간도 걸리잖아.

그렇게 빈 시간 동안 나는 해야 할 일이 있었다.

클레임을 걸러 가야 하거든.

공중에 전이.

곧~바~로~! 드롭킥!

그러나 상대도 내 행동을 예측했을까, 킥을 날린 곳에서 벌써 피한 까닭에 헛발질.

기세를 주체 못 했던 나는 그대로 벽에 돌진했고, 다리가 벽을 관통해서 꽂히고 말았다.

……바로 얼마 전에도 벽에 다리가 박힌 사건이 일어났던 것 같은데 분명 착각일 거야.

나는 과거에 매달리지 않는 여자!

"어서 와요. 그나저나 좀 조용히 와줬으면 싶네요."

등장하자마자 불쑥 벽면을 뚫고 틀어박히는 기묘한 방식으로 나타난 내게 방 주인이 핀잔을 준다.

나는 불평을 묵살하고 벽에서 다리를 잡아 뽑았다.

벽의 수리비?

물론 지불할 맘 없음!

나는 벽에 뚫린 구멍에서 눈을 돌리고 새삼 이 방의 주인과 마주 섰다.

색채를 제외하면 거울을 가져다 놓은 듯 나와 꼭 닮은 여자에게
로…….

저 여자, 말하지 않아도 알 수 있는 나의 오리지널이자 저쪽 세계
의 시스템을 만들어 낸 신, D는 무표정으로 나를 마주 바라봤다.

그리고 부리나케 이동.

중단했던 게임을 다시 시작한다.

내 드롭킥을 피하기 위해 게임을 잠시 중단했었나 봐.

저 천연덕스러운 행동이 짜증스럽다.

일단 어깨를 붙잡아 이쪽으로 돌려세운 뒤 두 손으로 멱살을 쥐고
들어 올렸다.

드라마 같은 데서 자주 보는 그거야.

방송과 다른 부분은 내 힘이 마술로 강화되어 있기 때문에 D의
몸까지 공중에 떠올랐다는 것.

마술로 완력을 강화하면 이쯤이야 별거 아니다.

내가 얼마나 화가 났는지 이걸로 깨달아라!

그러나 찌직, 혹은 투둑투둑, 같은 불온한 소리가 들리더니 갑자
기 손이 가벼워졌다.

어? 어리둥절해서 내려다보니 척 봐도 무참하게 뜯어진 옷을 걸
친 D가 여기에 있네.

앗, 그야 그렇지.

아무리 D의 체중이 가벼워도 사람 한 명의 무게가 옷 한 부분에
집중되면 뜯어질 수밖에…….

그리고 옷이 뜯어져서 받치는 힘이 사라졌고 들어 올렸던 D의 몸

은 아래로 떨어진 거네.

옷이 왕창 뜯어진 바람에 이래저래 막 보이는 단정하지 못한 차림새가 됐지만 D의 표정은 변함없었다.

이때 수치심에 휩싸여 얼굴을 살짝이라도 붉혔다면 좀 귀여웠을 텐데, 완전한 무표정이라서 색기보다 오싹한 느낌이 더욱 앞선다.

끙, 한밤중에 알몸 마네킹을 보면 이런 기분이 들지 않을까.

"조금은 부끄러워하자."

"다른 사람에게 보여줘서 곤란한 몸이 아니니까요. 세계 제일의 육체미라고 자부하는걸요."

불쑥 자연스럽게 자아도취 발언이 나왔다.

아, 뭐냐. 응, 뭐야.

묘한 분위기에 독기가 쭉 빠져나갔다.

한 차례 한숨을 쉬고 옷장에서 적당한 옷을 꺼내다가 D에게 휙 집어 던졌다.

D의 기억 일부를 이식받은 나는 이 방의 어디에 뭐가 있는지도 대충 알았다.

D는 내가 집어 던졌던 옷을 받아 들고는 뜯어진 옷 대신 갈아입었다.

"게임 할래요?"

게다가 입을 열자마자 하는 소리가 대체…….

너무 천연덕스러워서 괜히 나만 기운이 쭉 빠지잖아!

정말 뭐랄까, 이래저래 막 체념하게 되서 어깨만 축 쳐졌다.

애당초 힘의 차이 때문에 D한테 이러쿵저러쿵, 불만을 늘어놓은들 결국은 어쩔 도리가 없다는 걸 물론 잘 알지만, 진짜 뭐랄까, 그 이전의 문제란 말야.

힘의 차이든 뭐든 관계없이 뭔 소리를 하든 소용없다는 심정이 들 줄이야.

분명 대화는 잘 나누고 있는데도 의사소통은 성립하지 않는다는 느낌이야.

느낌이랄까, 실제로 그렇다는 생각이 진지하게 치민다는 데서 역시나 D는 상식의 범위 바깥에 있다는 걸 재인식.

근본 자체가 생물의 범주에서 정신적으로 일탈한 거야.

"안 해. 오늘 목적은 클레임을 걸러 온 게 전부니까."

따져 물어도 소용없다고는 하나 그럼에도 이곳에 온 목적은 달성해야겠다.

"오카자키 선생님 말이군요. 나도 언제 당신들이 마주칠까 제법 기대했었는데 말이죠, 다른 사람한테 들어서 알게 됐다는 게 적잖이 실망스러워요. 더욱 극적인 만남을 연출할 순 없었던 건가요? 오히려 나야말로 클레임을 걸고 싶은 기분이에요."

"뭔 소리래?!"

어째서 나한테 제멋대로 엉뚱한 기대를 하고 제멋대로 실망하는지 대체 영문을 모르겠네?!

선생님이 어디에서 뭘 어쩌고 사는지도 몰랐는데 극적인 만남인지 뭔지를 연출하라는 게 말이나 되냐!

게다가 미리 알았다면 극적인 만남은 아예 불가능하잖냐!

일기일회(一期一會)라든가 운명의 만남이라든가 말들은 자주 하지만 말야, 보통은 그런 극적인 방식으로 만나지 않는다고!

부르짖는 나를 아랑곳 않고 D는 옆쪽에 놓아둔 포테이토칩 봉투를 손에 들더니 바들바들 떨면서 뜯었다.

아, 진짜, 왜 이리 천연덕스러운데!

나는 D에게서 봉투를 빼앗아 내용물을 한 번에 먹었다.

공간 마술의 응용으로 마왕의 폭식 비슷하게 따라 할 수 있지 않을까 시험해봤더니 진짜로 됐던 기술이다.

물론 내 본체의 위장은 극소 사이즈라서 실제로 먹은 건 한입.

나머지는 싹 분체 쪽으로 보내줬다.

앗, 오랜만에 먹는, 아니지, 태어나서 처음으로 먹는 포테이토칩이 맛있다.

와카바 히이로로 먹은 기억도 있기는 한데 결국은 전부 D가 준 가짜 경험이니까.

실제 내 전세에서는 포테이토칩을 먹을 기회가 아예 없었잖아.

나의 전세는 거미니까.

포테이토칩을 빼앗긴 D는 아메리칸 스타일로 호들갑스럽게 어깨를 으쓱이고는 어휴, 쯧쯧, 리액션을 했다.

물론 무표정으로…….

어떡하지, 엄청나게 짜증이 난다.

때려주고 싶어, 저 무표정한 얼굴.

"선생님을 엘프로 태어나게 한 이유가 무엇인가? 그 질문을 하러 온 것 아닌가요?"

맞아! 맞아, 맞다고!

내가 D에게 클레임을 걸러 온 이유는 어째서 왜 하필이면 선생님을 엘프로 태어나게 했냐는 것 때문이야!

우리 전생자는 D의 손에 의해서 저쪽 세계로 전생하게 됐다.

그리고 전생할 곳은 D가 골랐다.

즉 선생님이 엘프로 태어난 것은 D가 의도적으로 선택했기 때문이라는 말밖에 안 된다.

인족이나 마족이라면 괜찮다.

흡혈귀도, 뭐, 괜찮아.

나랑 오니 군처럼 마물은? 으음~! 아주 관대하게 진짜 관대하게 아웃에 가까운 세이프라고 치고 넘어가자.

그래도 엘프, 요 녀석은 안 된다!

그야 엘프인걸?

엘프는 결국 포티머스의 노예나 다름없는 종족이잖아.

아니, 어떤 의미에서는 노예보다 더 심하단 말야.

자각이 있든 없든 상관없이 엘프는 전부 다 포티머스의 장기짝, 꼭두각시니까.

그런 종족으로 전생이라니 당연히 안 되잖아!

"이유는 하나밖에 없네요. 그래야 더 재미있을 테니까요."

나왔다, D가 애용하는 유열 발언.

"저쪽 세계에서 엘프는 무척 중요한 역할을 담당하고 있어요. 그렇다면 이야기의 등장인물 한 사람 정도는 엘프로 살아가는 게 맞지 않을까요?"

안 맞는다고.

그딴 짓, 엘프로 살아야 하는 사람이 불행해지는 게 전부잖아.

이 경우는 선생님이고…….

그래도 하나의 세계마저 장난감으로 갖고 놀면서 오락이라고 단언하는 D의 입장에서는 사람 한 명이 불행해지는 것 따위 어떠한 감흥도 들지 않는가 봐.

오히려 타인의 불행은 꿀맛이라는 말이라도 꺼낼 것 같다.

"또한 엘프가 전생자의 존재를 알게 해주면 무척 재미있어지죠. 더욱 재미있어질 만한 요소로 선생님에게는 특이한 스킬을 선물했답니다."

D가 재미있어진다고 말한 시점에서 이미 제대로 된 스킬은 아니라고 예상할 수 있겠다.

그리고 그 예감은 배반당하지 않았다.

"선생님에게 준 스킬은 출석부예요. 전생자의 정보를 단편적으로 알 수 있는 스킬이죠."

엥?

에엥?!

잠깐, 뭐야, 잠깐만.

그러면 결국 뭐야?

포티머스가 흡혈 양을 노렸던 게 혹시 그 스킬을 악용했기 때문인가?

"지금 당신이 추측한 게 맞아요."

윽! 마음을 읽혔나?!

"마음은 읽지 않았어요. 단지 예측했을 뿐이죠."

확실히 D의 말대로 뭔가 술법이 발동된 흔적은 없었다.

심안이라든가 어떤 수단으로 엿본 게 아니라 D는 단순히 내 사고를 짐작한 것에 불과하다.

그게 또 은근히 소름 끼치지만…….

"네. 그 엘프 남자의 행동력은 내 기대 이상이었어요. 설마 전생자 중 대부분을 자기 수중에 거두어들일 줄은 몰랐죠."

엉?

잠깐, 자, 자, 자!

엉? 잠깐. 뭔데, 잠깐만?

그게 뭐야? 진짜 뭔데 그게?!

너무나 큰 충격에 어휘력이 떨어졌지만 그런 데 신경 쓸 때가 아니다.

"무슨 뜻이야?!"

"무슨 뜻이긴요, 이미 들었잖아요. 모은 전생자를 이용해서 무엇을 할 의도인지는 역시 못 알려주겠지만요. 나와 당신은 보통 사이가 아니니까 특별 서비스로 가르쳐주는 시크릿 정보랍니다?"

제일 중요한 부분은 얼버무렸으나 포티머스가 얽혀 있다면 뭐든 젠장맞을 목적이라는 것은 확정적.

그나저나 이 녀석, 특별히 가르쳐줬다고 되게 생색내서 말하는데 분명히 더 재미있다는 이유 때문에 나한테 가르쳐준 게 틀림없다.

D는 그런 녀석이니까.

"어른이고 양식이 있고, 아울러 학생들에게 제법 책임감을 갖고 있죠. 그렇게 교사의 귀감 같은 인물에게 사망 예정 시기를 비롯한 정보가 표시되는 출석부라는 스킬을 주면 어떻게 될까요?"

큭! 도대체 뭐야. 웬 터무니없는 스킬을 준 거야, 이 자식!

그런 정보를 보면 예정된 사망을 어떻게든 회피하고자 나설 게 뻔하잖아.

나라면 상관없다고 무시했을지도 모르겠지만, 양식 있는 성인 여성이고 게다가 교사였다면 학생의 생명을 구하기 위해 이리저리 뛰어다니는 게 정상이란 말이야.

그리고 포티머스가 그런 마음을 이용해서 못된 계획을 꾸민다는 상황은 포티머스니까 충분히 납득이 된다.

진짜냐.

예상했던 것보다 선생님이 처한 상황이 훨씬 지독하다.

너무 끔찍해.

어느 마법 소녀처럼 말하자면 너무해, 정말 너무해. 이런 건 끔찍하잖아!

아냐, 농담 아니야.

"참 갸륵하죠. 학생을 위해, 본인도 어린 몸으로 고생하는데도 불구하고 위험을 무릅쓰며 온 세상을 돌아다니잖아요. 그러고는 자기 손으로 구하려고 했던 학생을 최악의 상대에게 맡기고 있는 거예요. 네, 몹시 사랑스러워요."

"윽! 이 자식!"

이번 발언은 짜증을 훌쩍 뛰어넘어서 분노를 불러일으켰다.

번쩍 쳐든 주먹을 D에게 휘두르려고 했을 때—

"당신은 어째서 그렇게까지 선생님에게 마음을 주고 있는지 자각은 하나요?"

그 말이 나를 멈췄다.

무슨 소리를 하는 걸까? 이 녀석.

어째서냐니, 당연한 반응이잖아.

"당신은 다른 전생자가 불행에 빠져도 특별히 신경 쓰지는 않을 테지요?"

그렇지 않다고, 차마 단언할 순 없었다.

"신경 쓰지 않아요. 당신은 전생자가 있는 줄 알면서도 눈에 띄지 않으면 그들의 존재를 전혀 신경 쓰지 않았잖아요. 신이 된 이후에 도 적극적으로 찾아 나서지는 않았다는 게 좋은 증거죠. 당신은 흡 혈귀든 오니든 눈에 띈 전생자에게는 손을 내밀었지만, 그것도 가 능한 범위 안에서예요. 보고 못 본 척은 안 할지라도 딱히 전력을 다해서 구하려는 마음까지는 없죠. 딱한 처지를 다소 동정은 해도 분노하지는 않아요. 그런 당신이 어째서 선생님의 처지만큼은 이토 록 분노를 느끼게 됐을까요?"

물으나 마나 한 질문이다.

당연히, 으음, 당연히…… 당연히?

사람으로서 가만히 두고 볼 수 없으니까?

그런 고상한 이유는 절대 아니야.

애당초 나는 사람이 아니니까 딱히 사람다운 감정을 갖고 있지도 않잖아.

D의 말대로 나는 전생자에게 특별히 관심이 없다.

같은 지구 출신이니까 눈에 보이면 도와주겠다는 수준의 그런 마음밖에 갖고 있지 않았다.

흡혈 양과 오니 군은 단순히 눈에 띄었던 탓에 관계됐을 뿐.

우연하게 마주친 게 아니었다면 분명히 나는 거들떠보지도 않았다.

만약 흡혈 양이 포티머스에게 죽었어도 흡혈 양과 만나지 않았다면 나는 「흐음~」으로 끝냈을 것이다.

물론 지금의 나는 흡혈 양과 그런대로 오랫동안 알고 지내서 애착도 생겼으니까 흡혈 양이 살해당하면 아마도 미친 듯이 화낼 거야.

그래도 그건 만났던 기간이 있고 관계가 깊어졌기 때문이지.

만난 경험도 없는 전생자가 죽든 말든 아무런 느낌도 안 받는다.

선생님 역시 현 상황을 알게 되기는 했지만 특별히 직접 대화를 나눈 게 아니니까 만났다고 말하기는 어렵다.

그런 상황이니까 깊은 관계를 맺을 여지조차 없다.

그런데도 나는 일부러 D에게 클레임을 걸겠다고 날아올 만큼 분노했다.

어째서? 적대 관계에 있는 포티머스의 아래로 엘프 전생자가 태어났기 때문에? 그렇지도 않은데……

선생님이 아니었다면 분명히 「또 D의 짓인가!」 으얏~ 하고 한숨은 쉬었겠지만, 클레임을 걸겠다고 직접 들이닥칠 정도는 아니었을 텐데.

맞아, 선생님이니까.

그게 선생님이었기 때문에 나는 이렇듯 이곳에 왔다.

"재미있어요. 네, 정말 재미있네요. 거미였던 시절의 기억 따위야 거의 없어서 은혜든 뭐든 기억하지 못해야 할 텐데. 혼에 각인된 마음일까요? 정말 재미있어."

맞아, 맞다.

내게는, 전세에서 거미였던 시절의 기억이 거의 없었다.

그럼에도 와카바 히이로의 기억과 함께 무시할 수 없는 기억이 분명 있었다.

『으앗! 이 거미 더럽게 크네!』

『징그럽잖아. 야, 빗자루 좀 갖다줘라. 뭉개버리겠어.』

남학생들이 등교해서 교실에 집을 지어 놓았던 나를 뭉개려고 했다.

그 광경을 와카바 히이로, 즉 D는 가만히 바라봤다.

『잠깐만, 멈추세요옷!』

그때 선생님이 서둘러 달려와줬다.

『작은 벌레도 엄연한 생명이라고요. 죽이면 불쌍하잖아요.』

『아, 네…….』

빗자루를 한 손에 들고 떨떠름하게 대답하는 남학생.

『잘 들으세요. 거미는 있죠, 익충이거든요? 다른 해충을 잡아먹어 준다고요. 게다가~ 이렇게 귀엽잖아요오.』

『별로 귀엽진 않은데요…….』

불평을 늘어놓으면서도 마지못해 선생님의 말을 따라주는 남학생.

『여러분, 이 아이는 죽이면 안 돼요. 알았죠?』

『예이, 예~.』

『후후, 다행이에요. 너도 열심히 힘껏 살아가세요.』

맞다.

그 도움이 있었던 덕에 내게 교실에서 살아갈 권리가 주어졌다.

그 도움이 있었기에 나는 간신히 삶을 허락받았다.

선생님은 내 생명의 은인이었어.

그 기억은 와카바 히이로의 시점에서 본 광경이고 거미인 내 전세의 기억은 아니었다.

그렇지만 기억에 남지 않았어도 혼이 은혜를 기억하고 있다.

그러니까 나는 이 은혜를 갚아드려야 한다.

목숨에는 목숨의 은혜를…….

"먼저 말해 두겠는데요, 지금 나를 어떻게 한들 선생님의 현 상황이 바뀌지는 않는답니다?"

"알아."

그래도 책임은 물어야겠다.

휘두르다가 말고 도중에 멈췄던 주먹을 날린다!

D의 안면에 꽂혀 들어가서 관통한 내 주먹은 넘치는 위력으로 머리를 깨부쉈다.

"분이 좀 풀렸나요?"

그러나 팔을 빼내는 다음 순간에는 고속으로 되감기를 한 것처럼 D의 머리가 원래대로 돌아왔다.

징그러워라?!

대체 뭔 재생력이래?

살짝 질겁할 수준인데요.

그리고 재생이 이루어질 때 D에게서 한순간만 새어 나왔던 마력의 편린은 나를 공포에 휩싸이게 만들기에 충분했다.

마치 죽음 자체가 흘러넘치는 것 같은 불길한 기척이······.

최악의 사신을 자칭하는 녀석인데도 정작 이름이 위세를 잃을 만큼 D 본인은 훨씬 더 아찔했다.

분명히 나 따위는 눈 깜짝할 사이에 죽여버릴 수 있을 거야.

분체를 쓴 부활?

그딴 잔재주, D를 상대로 통할 리 없잖아.

분명하게 확신이 드는 순간이었다.

그래도 기적은 금세 거짓말이었던 것처럼 사라졌다.

"앗. 실수했어요. 방금 마력 때문에 아마 눈치챘겠네요."

D가 불쑥 영문 모를 소리를 했다.

"응?"

"신경 쓰지 마세요. 개인적인 얘기니까요."

뭐, D에게 수수께끼가 많다는 게 어제오늘 일도 아니고, 신경 쓰지 말라는 데 신경 써 봤자 분명히 시간 낭비다.

"선생님을 구하겠어."

"네, 그렇게 해요. 나는 단순한 방관자예요. 당신이 무엇을 어찌하든 자유롭게 하세요. 나는 어떤 강제도 하지 않을 테고 방해도 하지 않아요."

일단 선언부터 했는데 D는 선뜻 허락해줬다.

그렇겠지.

D는 본인도 말했듯 방관자다.

내게는 자주 간섭했어도 어쨌든 소소한 도움 수준이었고······.

예지를 받았던 게 가장 컸지만 반대로 말해 그걸 제외하면 기껏해야 조언이 고작이었다.

그리고 도움받은 적은 있어도 방해받은 적은 아직껏 없다.

……우리 전생자가 대상일 때는.

엘로 대미궁에서 나를 만나러 왔던 규리규리에게는 뭔가 말해서 돌려보내줬잖아, 이 녀석.

그런데 또 UFO 사건 때에는 규리규리의 발을 묶었어.

그러니까 방관자라고 말은 해도 완전한 부외자는 또 아니란 말이지.

분명히 나를 방해하지 않는다는 말은 진짜가 맞을 거야.

하지만 다른 부분에서는 보증할 수 없겠구나, 아마도…….

"그렇군요. 기껏해야 선생님의 출석부에 거짓 정보를 흘린 정도일까요. 아무도 진실이라고 써 두지 않았는데 꼭 믿고 우왕좌왕하는 선생님은 꽤 볼만했어요."

일단은 냅다 후려갈겼다.

이 녀석이 진짜!

성격이 너무 고약하잖아!

또 머리가 폭발했고 다음 순간에는 완전 재생을 마친 D.

"걱정 마세요. 이제부터는 장난치지 않을 거예요. 음, 장난을 못 친다는 말이 정확하겠군요."

야, 이제부터는 안 한다고? 이제까지는 했단 소리냐?

한 방 더 후려갈겨줄까?

그건 그렇고 더는 장난을 못 친다는 말이 뭔 뜻이래?

"이제야 찾았군요."

답은 금방 알 수 있었다.

나도 D도 아닌 제삼자의 목소리가 들려옴으로써.

고개 돌렸을 때 보인 것은 메이드 언니.

응? 메이드?

메이드 언니가 생긋 웃으면서 D를 바라본다.

뭘까.

무척 상냥하고 청초한 분위기에 요조숙녀 느낌의 미인 언니인데, 저 미소 띤 얼굴이 무섭다.

어째서인지 엄마라는 단어가 머릿속에 떠올랐다.

뭐랄까, 거스르면 안 되는 그런 의미로…….

뺨에 손을 가져다 대고 「어머, 어머나」라든가 「우후훗」 같은 대사를 치면 엄청나게 잘 어울릴 상냥한 인상의 언니인데도 도대체 왜 이리 무서운 걸까요?

앗, 이 언니도 흉부 장갑은 별로 강하지 않구나.

아차, 괜한 잡생각은 위험을 불러온다.

메이드 언니의 분노가 이쪽으로 옮겨붙지 않도록 숨을 죽여야지.

"경솔했어요. 내 위치를 숨기기 위해 애써서 이것저것 공작을 벌였는데도 방금 전 재생 때문에 들켜버렸습니다."

"당신은 최상위 신으로서 자각이 부족합니다. 이번 가출은 여기에서 끝이에요. 자, 돌아가죠."

아이고, 이 사람은 가출 소녀 D를 데리러 왔던 건가.

거역하지 못할 분위기가 느껴질 만도 하구나.

"게다가, 뭡니까? 이것은."

메이드 언니가 나를 돌아봤다.

이것인가요, 그런가요.

이것 호칭에 살짝 발끈했지만 그래도 당할 자신이 전혀 없거든.

애당초 나는 메이드 언니가 나타났다는 걸 눈치도 못 챘고…….

그나저나 이렇게 미인인데도 존재감이 엄청나게 희박하다.

마술? 음, 아닌데.

그런 부자연스러운 부분은 보이지 않아.

그런데도 말이 안 될 만큼 존재감이 없다.

아마도 내가 모르는 미지의 기법으로 존재감을 지웠을 텐데, 까딱하면 이렇게 눈앞에 있는데도 못 보고 놓쳐버릴 것 같아.

즉 달리 말하면 상대의 술법에 빠져 있다는 뜻.

이렇게 간단히 나를 술법에 빠뜨릴 수 있는 상대가 약할 리 없었다.

"이것은 나의 새로운 장난감이에요."

너도 이것 호칭이냐, 게다가 장난감 취급이냐.

아니, 본심이겠지만 말이야.

본심이라서 더욱더 용서가 안 된달까, 뭐랄까.

"단순한 분신체는, 음, 아니군요. 뭡니까? 이건."

사람을 물건 취급하지 말아주죠.

앗, 나는 사람이 아니라 거미였네요.

"당신의 눈을 속이고자 머릿수 맞추기로 만들어 냈던 게 뜻밖에도 신이 된 돌연변이 거미예요."

"……영문을 모르겠군요."

정말이지 저 말은 다시 들어도 나 역시 영문을 모르겠구나.

나 역시 기적적으로 이런저런 경위를 거쳐 신의 위치까지 올라섰으니까.

스스로도 지난 경력을 돌아보면 요것이 대체 뭔 일이다냐, 핀잔을 놓고 싶거든. 이러니까 다른 사람이 알게 된다면 핀잔은커녕 당혹감만 잔뜩 들 거야.

"아무튼 돌아가죠. 일거리가 쌓일 대로 쌓였다고요."

"돌아가고 싶지 않아요. 일하고 싶지 않아요. 이대로 평생 놀면서 살고 싶어요."

D가 생떼를 부리고 있었다.

유감스럽게도 저 모습을 보면 아, 이 녀석은 내 오리지널이 맞구나~ 확신이 드네.

"투정 부리지 말아줄래요? 당신이 일을 안 하면 누가 대신 명계의 관리를 맡아야 하죠?"

"거기."

메이드 언니를 가리키는 D.

와아.

미소 띤 메이드 언니의 이마에 핏대가 서는 환각을 봤어.

"저는 지옥의 관리 때문에 바쁩니다만?"

"불가능한 것은 아니잖아요?"

"가능 불가능의 문제가 아닙니다. 노동은 의무예요. 자, 돌아가죠."

결국 메이드 언니가 실력 행사에 나섰다.

D의 목덜미를 붙잡아 질질 끌어낸다.

원시적인 방법으로 데려가는구나.

"미안한데 사정이 이리돼서 당분간 이쪽에는 못 돌아올 것 같아요. 따라서 저쪽 세계에 간섭도 못 하겠죠. 시스템이야 내가 간섭하지 않아도 문제없고요."

질질 끌려가면서 말하는 D.

"네. 시스템에 **나는** 간섭할 수 없어요. 즉 외부에서 간섭을 해도 방어할 수 없다는 거죠."

야, 야!

"이 집에 있는 물건은 원하는 대로 써도 좋아요. 혹시 편리한 아이템이 숨겨져 있을지도 모른답니다?"

어라?

그거 이른바 전별품이라는 걸까?

써도 된다면 마음껏 갖다 써주겠어.

"아, 그리고요. 내가 간섭은 못 하겠지만, 훔쳐보기는 앞으로도 쭉 할 거예요. 그럼요, 당연하죠."

엥~ 됐어, 별로 필요하지 않은 정보라네~.

"그럼요, 지켜볼 테니까 열심히 나를 즐겁게 해주세요. 그럼 **또** 봐요."

"과연 훔쳐보기를 할 짬이 날까요?"

메이드 언니가 멋진 미소로 D에게 핀잔을 놓고 방 바깥으로 나갔다.

살짝 방 바깥을 내다봤더니 거기에는 이미 아무도 없었다.

신의 세계에도 뭔가 사정이 많은가 봐.

응, 언젠가 진짜 신의 세계에 발을 들여놓게 될지도 모르겠지만 지금은 일단 D가 과로사하기를 기원하면서 넘어가자.

흠. 내가 D의 머리를 날려버려서 재생의 힘을 쓴 탓에 메이드 언니한테 이 장소가 들통났다면 어쨌든 D한테 한 방 먹이는 데 성공한 셈일까?

선생님, 원수를 갚아줬어요!

그래 봤자 선생님의 현 상황이 안 좋다는 것은 변함없지만…….

그것을 어떻게든 수습하는 게 나의 책임이다.

목숨의 은혜는 동등하거나 더한 보답으로 갚아줘야지.

……그래, 은혜야.

그렇잖아~?

그렇잖아~.

그렇게 생각하면 역시 내게는 한 명 더 은혜를 갚아줘야 하는 상대가 있단 말이지.

처음에는 적대 관계였고, 상황이 어떻게 흘러가다 보니까 함께 행동하게 되었고, 도움을 주거나 도움을 받거나 했고.

그리고 또 신화 직후에 약해졌던 나를, 한때는 적이었던 만큼 당장에 죽였어도 불평을 못 하는 사이였던 나를 내버리지 않고 도와준 특별한 은인이…….

지금도 힘을 보태주고 있지만 받은 은혜를 다 돌려주려면 멀고 멀었다.

목숨을 구해줬다면 그와 동등하거나 더한 보답으로 갚아주는 게 맞아.

응, 결심했어.

선생님을 도울 거야.

그리고 마왕을 도울 거야.

내 힘이 닿는 최대한, 목숨껏 온 힘을 다해…….

그쯤은 해야 은혜를 갚는 것 아니겠어?

일단 지금은 이 집을 뒤져보자!

우헤헷.

최상위 신 D가 남긴 초 레어 아이템 득템이닷!

뭐가 나올까? 뭐가 나올까아?

여담 흡혈 종자의 섬멸전

아비규환.

밤의 어둠을 화재의 불꽃이 비춘다.

불타오르는 온갖 냄새에 섞여 피 냄새가 여기저기에서 풍겨 나왔다.

이곳에는 분명 지옥이 도래했다.

라스의 말을 들었던 시로 님께서는 어딘가로 전이를 써서 사라졌다.

금방 돌아올 분위기가 아니었던 터라 모임은 일단 파장했지만, 다음 날 아리엘 님께 호출을 받아 또 어제와 마찬가지로 회의실에 가게 되었다.

내가 회의실에 도착했을 때 그곳에서는 이미 아리엘 님과 시로 님까지 두 분이 기다리고 있었다.

"죄송합니다. 제가 방문이 늦었습니다."

"응? 아냐, 괜찮아. 나도 시로한테 설명을 막 듣던 참이었거든."

송구하여 사죄하는 내게 아리엘 님은 너그럽게 고개를 끄덕여줬고, 시로 님 또한 신경 쓰는 기색도 없이 살짝 고개를 끄덕였다.

시로 님의 반응은 알아보기 어렵지만 요즘 들어서는 다소나마 어떠한 심정인가 짐작할 수 있게 되었다.

정말 다소인지라 아직은 모르는 부분이 더 많지만…….

"그러면 일단 시로야, 설명부터, 응? 뭐야? 내가 해야 돼? 뭐, 상관없지만."

아리엘 님이 시로 님에게 설명을 재촉하고 정작 시로 님은 아리엘 님의 귓가에 대고 작은 목소리로 말했다.

흡혈귀가 되어 청각이 강화된 내 귀에는 시로 님의 작은 목소리도 들려온다.

「마왕이 설명해줘」라고…….

작은 목소리일지언정 비교적 힘 있는 말투였다.

별일이군.

시로 님은 과묵하다.

저런 면모가 초연한 분위기의 요인이 될 터인데, 과묵함이 아닌 말주변이 없을 뿐이라는 것을 몇 년간 알고 지내면서 알아차릴 수 있었다.

말을 안 하는 것이 아니라 말하는 게 서투름을…….

그런 시로 님이 떠듬떠듬이나마 우물거리지 않고 말을 이어 나가고 있었다.

꺼내는 말도 결코 길다고 말할 순 없었지만 그럼에도 평소의 시로 님이라면 한 단어씩 잘라서 간격을 두고 간신히 말을 이었을 텐데.

……설마 싶기는 한데 술을 드셨나?

시로 님은 어째서인지 취하면 말수가 많아지지 않던가.

그것이 안 좋은 버릇인가 묻는다면 술에 취한 상태에서 흡혈귀가 되어 침울해하던 나를 꾸짖고 격려해줬던 만큼 꼭 나쁘다 말할 순 없겠다.

그때의 꾸짖음과 격려 덕택에 나는 이렇듯 긍정적인 생각을 가지고 아가씨를 지켜 나가겠노라 결의를 다질 수 있었으니까.

……최근 아가씨께서 너무 강해지신 까닭에 나의 손 따위는 필요하지도 않은 듯싶지만.

"그러면 설명할게."

이런, 낙담할 때가 아니잖은가.

아리엘 님의 말씀을 정신 차려서 들어야 한다.

그러던 중 오늘 이 자리에는 어제 있었던 또 한 명의 인물이 보이지 않는다는 데 생각이 닿았다.

"라스는 괜찮겠습니까?"

라스. 아가씨와 마찬가지로 전생자 중 한 사람.

그 또한 나름대로 복잡한 내력을 지니고 있다.

아가씨와 비슷할 만큼 만신창이의 인생을 살아왔던 라스에게 나는 은근한 친밀감을 품고 있었다.

그런 이유도 있어, 똑같이 군대에 소속된 이후부터는 여러모로 친밀하게 지내왔었다.

자기 나이가 더 적으니까 편하게 불러달라기에 라스로 호칭도 정리됐고 마냥 대등한 관계라기보다는 아우를 둔 기분이 든다.

아직 인족이었던 시절에는 종자 후배도 있었으나, 나 자신이 풋내기였고 아울러 주인님의 직속이었던 터라 다른 종자와 접촉할 기회가 적어서 아우라고 부를 만한 상대는 두지 못했었다.

그렇게 생각하면 나쁜 기분은 들지 않는다.

일찍이 나와 아가씨를 죽일 뻔했던 상대임을 떠올리면 다소 복잡한 기분이 드는데, 엄연한 사정이 있었던 만큼 이제는 잘 매듭지었다.

그런 라스의 모습이 이곳에는 없었다.

"응. 이번에는 라스를 참가시키지 않을 거야. 뭐, 실력 면이야 아마 문제없을 테지만, 만에 하나의 사태는 조심해야지. 게다가 얼굴을 내보이면 안 된다는 게 제일 곤란하거든."

얼굴?

라스의 얼굴에 어떤 곤란한 이유가 있나?

거기까지 생각했을 때 번뜩 깨달았다.

"전생자 관련입니까?"

"딱 맞혔어."

라스의 얼굴은 전세 때 용모와 같다고 했다.

즉 아가씨를 비롯한 전생자들은 얼굴만 봐도 라스의 정체를 파악할 수 있다.

일전의 반란군과 전투를 벌이던 중 우연히 조우했던 선생님이라는 인물도 얼굴을 보고 라스가 전생자라는 사실을 알아차렸다던가.

선생님, 즉 저쪽 세계에서 전생자들을 가르쳤던 사람이다.

이런 타이밍에 전생자 관련의 이야기가 나왔다면 역시 선생님이 관련되어 있을까?

"선생님이란 분과 관련된 사안입니까? 음, 아니겠군요. 라스는 이미 선생님에게 얼굴을 내보였으니까요."

말한 다음에 내 발언이 잘못됐음을 깨달았다.

아리엘 님은 얼굴을 내보이면 안 된다고 말했지만 선생님은 이미 라스의 얼굴을 목격했다.

그렇다면 앞뒤가 맞지 않는다.

"으음. 상관없는 건 아닌데 말야. 그래도 뭐, 별개라고 하자면 별

개니까. 어쨌든 아예 상관없는 것은 또 아니야. 음, 상관이 많기는 하네."

저 애매한 설명 때문에 결국 어느 쪽인지 아리송해진다.

그러나 아리엘 님은 장난치는 분위기가 아니었고 어떻게 설명해야 할까 고민하는 모습이었다.

시로 님과 달리 아리엘 님은 설명이 필요한 사안이라면 하나부터 열까지 꼼꼼하게 가르쳐주신다.

설명할 만한 때가 아닌 경우는 미소 지으며 얼버무리기에 지금 상황에는 맞지 않는다.

이렇듯 말을 어려워할 때는 대체로 설명하기 어렵고 복잡한 사정이 있는 경우다.

하지만 그러한 경우, 가만히 기다리면 아리엘 님은 본인의 머릿속을 정리한 뒤 알기 쉽게 사정을 풀어서 설명해주셨다.

그러니까 지금은 묵묵히 아리엘 님이 머릿속을 정리하기를 기다리면 된다.

"뭐, 맨 처음부터 설명하는 게 이해하기 편하겠네."

그렇게 아리엘 님이 고민했던 시간은 아주 잠깐뿐.

곧 설명을 시작해주셨다.

역시 사고 초가속 스킬의 보유자다운 신속한 사고력이구나.

"일단, 선생님. 아마도 말은 들었을 텐데, 전생자이고 그중에서 유일하게 원래 어른이면서 교사였던 사람이야. 아무튼 뭐, 라스가 목격한 대로 엘프로 전생했고. 목적은 다른 전생자의 보호. 아무래도 소피아가 나한테, 마왕한테 납치된 줄 착각해서, 정확하게는 포티머스한테 그런 식으로 속아 넘어간 것 같아. 그러니까 위험을 무릅쓰고 반란군에 가담했던 거야. 여기까지는 알겠어?"

"네."

여기까지는 나도 들었던 이야기다.

이때 말씀을 한 번 멈춘 까닭은 이제부터 다음 이야기가 아직껏 듣지 못했던 새로운 정보라는 뜻일 터이다.

"그리고 선생님을 포함한 엘프 집단은 전투 뒤 몸을 **빼내는** 데는 성공했거든? 시로가 조사한 결과, 지금은 남하 중이고 걸어서 인족령으로 넘어가려나 봐."

"저런 정말입니까? 꽤 무모한 짓을 하는군요."

"그러게. 하지만 녀석들에게는 달리 도망칠 길이 없다는 이유 때문이기도 하니까. 뭐, 보통은 안 잡고 도망친다는 게 말이 안 되는데, 곤란하게도 살려서 보내줘야 하는 이유가 생겼어."

살려서 보내줘야만 하는 이유?

평범하게 생각하자면 그런 이유는 없을 터……

엘프는 번번이 적대 관계로 마주쳤던 원수.

아가씨를 노렸고 주인님과 사모님을 해쳤다.

그때의 원통함, 그리고 엘프에 대한 증오는 지금껏 역시 나의 가슴속에서 이글거리고 있다.

그러한 개인적 원한을 제외하더라도 엘프는 아리엘 님에게 적대자이기에 살려 돌려보낼 이유가 없었다.

굳이 있다면 거기에 끼어 있다는 전생자, 선생님의 존재일 텐데 역시 포로로 잡아들임으로써 돌려보내지 않고 살려서 주위에 두는 방법은 있다.

굳이 살려서 돌려보내는 것이 훨씬 더 번거롭다.

"포티머스는 물론 알겠지? 그 녀석이 때때로 얼굴을 비추기는 하는데, 그게 사실은 본인이 아니라 포티머스에게 의식을 강탈당한 다른 사람이거든. 그 녀석은 그런 힘을 갖고 있어. 그러니까 아무리 우리 앞쪽에 튀어나온 포티머스를 죽인들 의미가 없는 거야. 결국 본인이 아니니까."

그 남자의 비밀을 알게 된 나는 적잖은 충격을 받았다.

기껏해야 의사를 지니지 않은 기계라는 물건을 조작하는 정도라고 짐작했었기 때문이다.

기계에 대해 말하자면 나의 변변찮은 머리론 미처 다 이해할 수 없는 분야이지만 생물이 아닌데도 움직이는 장치로 인식하고 있다.

기계는 생물이 아닌 도구의 일종.

그 남자의 몸은 도구의 일종에 해당하는 기계를 사람과 비슷하게 만들어 원격으로 조작하고 있을 터.

그렇게 짐작했었다.

그러나 설마 사람의 모습과 비슷하게 만든 기계가 아니라 진짜 사람이었을 줄은, 어떻게, 너무나도 역겨운 처사가 아닌가.

"사람을 사람으로 여기지도 않는 마귀의 소행이군요."

"그러게나 말이야."

요컨대 그 남자는, 본인은 안전한 장소에서 여유롭게 상황을 주시하는 한편 신체를 강탈당한 가엾은 다른 사람을 꼭두각시로 부려왔단 말인가.

근본부터 썩을 대로 썩은 남자다.

"뭐, 강탈이라고 말은 했는데 아무한테나 다 가능한 게 아니야. 꽤 엄격한 조건을 갖춰야 하거든. 어느 날 갑자기 아는 사람 누군가가 포티머스한테 빙의당했다! 이런 황당한 일은 없을 테니까 안심해도 돼."

아리엘 님의 말씀을 듣고 나는 자신의 상상력이 얼마나 빈약한지를 절감해야 했다.

그렇군. 만약 포티머스가 조건도 없이 다른 사람의 몸을 내키는 대로 강탈할 수 있었다면 저런 경우도 가능했겠군.

나는 그 가능성에 전혀 생각이 닿지 못했다.

만약 아가씨가 포티머스에게 몸을 강탈당하면?

아니, 아가씨가 그리 쉽사리 몸을 넘겨줄 리 없다.

오히려 나야말로 꼭두각시 신세가 된 끝에 이 몸이 악의를 갖고 아가씨를 공격한다면…….

만약 그런 사태가 벌어진다면 죽어도 원통해서 죽지 못하리라.

그리 생각하면 그 남자의 힘은 내가 상상했던 이상으로 악랄할 뿐 아니라 아울러 구역질 나는 부류였구나.

다행히 그것은 무리라는 아리엘 님의 보증이 떨어진 만큼 걱정은 없겠군.

그나저나 다른 사람의 몸을 강탈한다는 것은 내가 생각한 이상으로 사악한 능력이라는 인식은 갖게 되었다.

"하지만 말이야. 그 조건을 선생님은 벌써 채워버렸어."

아, 그렇군.

이렇게 연결되는가.

그 남자의 능력과 방금 전 설명이 어떻게 연결되는가 의문이었는데 이제야 알겠다.

"한번 포티머스에게 몸을 빼앗기면 사실상 시체가 되는 셈이야. 사용할 수 있는 스킬은 몸 주인의 혼에 의존하니까 혼이 파괴되지는 않아. 그렇지만 일단 포티머스의 꼭두각시로 이용당하면 두 번 다시 본인의 의식이 돌아오지 않아. 즉 맞이하게 될 삶은 오로지 포티머스의 꼭두각시로 살아야 하는 한평생이야."

어찌, 이리도 끔찍할 수가.

"그렇다면, 만약 저희가 선생님이라는 분을 보호할 경우……."

"틀림없이 포티머스는 선생님을 사용할 거야."

사용이라는 표현은 마치 사람을 도구처럼 다루는 남자에게 어울린다고 여겨졌다.

그렇군, 그게 엘프들을 쉽사리 섬멸할 수 없는 이유였군. 납득할 뻔하다가, 그러나 문득 신경 쓰이는 사안이 있어 입을 열었다.

"그러나, 이래서는 결국 문제를 뒤로 미루는 것에 불과하지 않겠습니까?"

지금 놓아줘도 결국은 그 남자를 어떻게든 처리하지 않는 한 근본적인 문제에 이르지는 못한다.

게다가 포티머스가 언제든 선생님이라는 분의 신체를 강탈할 수 있다는 것은, 어쩌면 지금 이 순간에도 만사가 끝났을지 모르는 법이잖은가.

문제를 뒤로 미룬들 별로 좋은 결과가 나올 것 같지는 않군.

"그게 맞기는 한데 말이지. 다만, 뭐, 우리 쪽에서 이렇게 움직임으로써 선생님한테 인질의 가치가 있다는 인식을 주면 포티머스도 섣불리 선생님을 건드리지는 않을 테니까. 음, 희망적 관측이야."

아리엘 님은 내가 드러냈던 우려에 떨떠름한 표정을 짓고 대답했다.

아리엘 님 역시 아마도 나와 같은 의견으로, 지금 엘프를 놓아 보내는 것이 좋다고 여기지는 않는 듯싶었다.

그렇다면 엘프의 도주를 허락하겠다는 판단을 내린 사람은 이 자리에 있는 다른 한 명의 인물, 시로 님이라는 말이 되는군.

"뭐라더라. 선생님이 시로의 은인이래. 그러니까 가능한 한 돕고 싶다나."

시로 님에게 시선을 보내자 아리엘 님이 대답해줬다.

은인이라.

짐작하건대 시로 님은 분명히 전세의 예전 삶에서 선생님이라는 분과 깊은 관계에 있었을 테지.

내 경우로 말하자면 주인님 및 사모님에 해당하는 사람인지도 모르겠다.

그렇다면 시로 님이 선생님을 구하려고 하는 이유도 납득이 된다.

만약 아가씨가 비슷한 입장에 처한다면 나 또한 시로 님과 똑같이 행동했을 테니까.

"그러한 사정 때문이라면 저 또한 엘프를 보내주는 데 이견은 없습니다."

"고마워."

막 들려온 감사 인사에 일순간 놀라서 몸이 멈췄다.

지금 말씀은, 시로 님인가?

무슨 당연한 소리를. 아리엘 님이 아니라면 시로 님밖에 없잖은가.

불쑥 의문부터 들 만큼 시로 님에게서 감사의 말을 들었다는 게 무척 뜻밖이었다.

아리엘 님도 놀라서 시로 님을 쳐다봤다.

혹시 쑥스러움을 숨기려는 행동일까, 시로 님이 아리엘 님의 얼굴을 붙잡아 억지로 나를 보도록 돌려놓았다.

"아, 아얏?!"

별로 좋지는 않은 둔탁한 소리가 아리엘 님의 목 부분에서 들렸다.

"어? 아파? 어라? 통각 무효는? 어라?"

아리엘 님이 목을 문지르면서 이상하다는 표정을 짓고 있었다.

아픔이 느껴졌다는 말인가?

시로 님은 어떠한 방법을 써서 아리엘 님의 통각 무효를 무시한 채 아픔을 가한 듯싶다.

"으음, 응! 뭐, 선생님 본인은 이런 방침이면 돼. 이미 시로가 손을 썼다니까 인족령과 맞닿은 경계선까지는 안전히 보장된 상태라더라."

목을 문지르면서 계속 설명한다.

선생님 본인이라고 따로 짚어서 말한 이유는 달리 또 무엇인가 있기 때문일 테지.

"문제가 더 있다면 국경선이랑 국경을 넘은 다음 인족령 진입이야. 넘어간 다음이라면 그때부터 나랑 시로가 움직이도록 할게. 이쪽은 교섭 결과에 따라 달라지겠지만, 뭐, 어떻게든 되지 싶네. 아무튼 메라조피스한테 처리를 부탁하고 싶은 건 국경선 쪽이야.”

드디어 본 주제에 들어가는 분위기였기에 마음을 다잡았다.

“음, 잘 알다시피 마족령이랑 인족령 사이 국경선은 엄청난 위험 지대야. 마족도 인족도 저마다 적이 침입하지 못하도록 눈을 번뜩 이는 곳이니까. 우리가 지나왔던 마의 산맥 같은 예외를 제외하면 어디에 가도 감시의 눈이 붙는다고 생각하는 게 좋아. 그런 지역을 엘프 집단이 지나다니면 어떻게 될까? 뭐, 굳이 말을 안 해도 뻔하 지. 아, 참고로 달아난 엘프들은 그냥 평범하게 강한 녀석들이야.”

“전멸하거나, 잘해 봐야 절반은 나가떨어지겠군요.”

“정답.”

기계를 사용한다면 결과가 달라질 터이나 아리엘 님이 평범하게 강한 축이라고 말씀한 만큼 그것들은 소지하고 있지 않으리라.

“엘프라고 말은 똑같이 해도 두 종류로 나뉘거든. 하나는 포티머 스처럼 기계를 펑펑 쓰는 우리가 잘 아는 녀석들. 다른 하나는 기계 의 존재를 전혀 모른 채 엘프가 표면상의 구호로 내세우고 있는 세 계 평화의 이념을 진지하게 믿는 녀석들. 선생님이 있는 집단은 물 론 후자란 말이지.”

“그 말씀은, 으음.”

후자에 속한 엘프들은 진실을 알지 못한 채 전자의 엘프에게 이용 당하는 처지가 아닌가?

그렇게 생각하면 비록 엘프일지언정 가엾군.

“응, 나는 바보파라고 불러.”

너무하다면 다소 너무한 호칭이지만 더욱더 연민의 정이 강해진다.

"뭐, 호칭은 일단 넘어가고. 아무튼 걔들끼리 국경선을 무사히 넘어가는 건 불가능하거든. 그래서 시로가 타개책을 마련하려고 국경선을 뒤져봤더니, 우연히 발견해버렸다더라. 다른 전생자를."

여기에 와서 모든 이야기가 연결된 듯 느꼈다.

확실히 전생자 관련의 문제이기는 하나 선생님과는 다른 사안이고, 그러나 아주 무관계하지도 않군.

아리엘 님이 설명하는 데 시간이 걸렸던 까닭도 이제 수긍이 된다.

"그러면 제가 가서 그 전생자를 데려오면 되겠습니까?"

"엥? 아냐, 아냐."

내 예상을 아리엘 님은 손을 흔들며 부정했다.

"메라조피스, 너에게 맡길 임무는 그 전생자들, 아, 전생자가 두 사람 있다더라. 암튼 전생자 두 사람이 있는 국경선의 마을을 괴멸하는 거야."

"예? 예에?"

아리엘 님의 말씀이 뜻하는 바를 이해할 수 없었던 내가 얼빠진 목소리로 대답한 것은 어쩔 수 없다고 여겨진다.

그렇게 나는 지금 국경선을 향해 달리고 있었다.

올라탄 것은 기승용 마물 페네시스트.

일찍이 아리엘 님을 비롯한 일행들과 마족령을 목적지로 여행하던 때에 마차를 끌어줬던 지룡(地竜) 중 한 마리다.

당시에는 하위 용 페네러시였는데 진화를 거쳐 페네시스트가 됐다.

페네시스트는 페네러시와 체격은 거의 비슷하지만 단순하게 능력치가 올랐을 뿐 아니라 흙 마법을 구사함으로써 기승자를 서포트하는 데 뛰어나다.

물론 능력치가 내게 한참 못 미치기 때문에 내려서 싸우는 편이 더 좋았다.

그 부분은 페네시스트의 추후 성장에 기대하도록 하자.

마물은 스킬이 적은 반면에 능력치가 높다.

레벨을 올려서 더욱 진화를 거듭한다면 내 능력치를 넘어설 날이 올 수도 있겠지.

페네시스트에 올라탄 채 달리는 나와 나란히 달음박질치는 저 녀석은 또 한 마리가 진화한 모습.

페네시스트와 달리 기승의 이점을 포기하고 단순하게 강화를 목적으로 하는 진화 루트를 선택한 페네글러드이다.

페네글러드의 무기는 본연의 거체.

외형에 걸맞는 강한 완력이 있고 네 다리에서 이족 보행으로 바뀐 덕택에 앞다리를 무기로 휘두를 수 있도록 변화됐다.

그리고 언뜻 둔중해 보이는 외형으로는 상상도 못 할 만큼 민첩하다.

또한 지룡이기 때문에 방어력은 그야말로 견고.

페네시스트처럼 흙 마법을 사용할 수는 없지만 단순한 전투 능력이라는 의미로 보면 페네글러드가 우위를 점한다.

두 마리 모두 여행을 하던 시절부터 도움을 받았기에 내게는 매우 소중한 동료였다.

지룡의 다리를 빌리면 엘프 집단을 앞질러 가는 것쯤은 수월하다.

이미 그들을 뒤쪽에 남겨 놓은 채 이제 곧 국경선 근처까지 와 있는 상황이었다.

　거기까지 도착한다면 다음은 지시받은 대로 행동할 뿐.

　나는 아리엘 님에게 이번 지령을 받았을 때의 대화를 떠올렸다.

　"전생자를 우리가 직접 보호하자는 방법은 무리가 좀 많아. 왜냐하면 장소가 엄청 안 좋거든. 국경선에 있는 인족의 결속은 단단해. 동료이자 가족이니까. 그런 녀석들한테 아이를 돌봐주고 싶다는 말을 해 봤자 넘겨줄 리가 없잖아. 아니지, 괜히 말 잘못했다간 당장에 칼 휘둘러서 죽이려 들걸. 그쪽 지역은 거기 사는 녀석들이 곧 규칙이고, 이방인은 전부 다 적이라 간주하는 게 기본이야. 그러니까 외지인이 교섭을 시도한들 시간 낭비지. 평화적인 방법으로 전생자를 보호하기는 거의 불가능하다고 판단하는 게 옳아. 포티머스도 그 탓에 건드리지 않았을 테니까."

　국경선에서 사는 사람들의 삶은 도적에 가깝다고 들었던 적이 있었다.

　그 인식은 아주 틀리지는 않은 듯하지만 그들에게는 마족의 침입을 막아 낸다는 자부심이 더해졌을 것이다.

　그리고 마족은 인족과 외모가 비슷하다.

　따라서 낯선 인물은 다짜고짜 죽여버린다.

　그런 관습이 대대로 이어진 탓에 자연스럽게 가족을 중시하게 됐고 외지인을 싫어하는 폐쇄적인 부족으로 굳어졌을 테지.

　가족이라면 잘 알고 있기 때문에 적이 아니고, 외지인은 마족일 가능성이 있기 때문에 죽인다.

황당한 명제라 여겨짐에도 그것이 아무렇지도 않게 통하는 곳이 국경선이라는 장소다.

　"그래서 말야. 메라조피스한테 전생자들이 있는 부족을 처리해달란 이유는 두 가지가 있어. 일단 거기를 없애버리면 엘프 집단을 무사하게 보내줄 수 있다는 것. 그리고 또 하나는 전생자를 거기에서 떼어 놓자는 것. 방금 전 말했던 대로 국경선에서 사는 녀석들은 동료 의식이 강해. 그리고 동료가 다른 곳으로 떠나는 걸 싫어하지. 거기에서 태어난 이상은 죽을 때까지 국경선을 벗어나지 못하는 게 보통이야. 그래서 가만 놔두면 결국 내가 인족과 전쟁을 벌일 때 걔네가 제일 먼저 죽게 될 거야."

　아리엘 님은 인족과 전쟁을 벌일 계획이다.

　이것은 결정 사항이며 뒤집힐 수 없다.

　그리고 그때가 오면 마족의 군대가 국경선을 넘는다.

　국경선에 있는 인족과 전투가 벌어질 테지.

　승패는, 굳이 말할 필요도 없겠다.

　"뭘 어쩌든 결국 평화적으로 전생자를 보호하는 게 불가능하다면 아예 박살을 내서 전생자 두 사람만 놓아주고, 그다음은 자유롭게 살아갈 수 있도록 해주자는 거야. 어차피 강압 수단으로 데려와 봤자 좋은 감정을 품을 리가 없잖아? 그렇다면 화근은 결국 남게 될 테니까 쓸데없는 불씨를 주변에 놓아둘 바에야 멀리 쫓아내서 원하는 대로 살아가게 만들어주는 게 그나마 괜찮잖아. 고육지책이기는 해도 엘프가 지나갈 길을 만드는 한편 전생자를 미리 피난시켜서 미래의 전화에 말려들지 않게 하려면 이 방법밖에 없어. 일석이조,

음, 이 말은 좀 아닌가?"

자조감 서린 미소를 짓는 아리엘 님.

그러한 수단밖에 선택할 수 없는 모자란 자기 자신을 한탄하는 듯 보였다.

아리엘 님도 가능하면 이런 수단을 선택하고 싶지는 않았을 테지.

그러나 부득이한 사정이 있었다.

"덧붙여 말하자면 자칫 잘못돼서 선생님이 걔네랑 접촉하면 또 일을 처리하는 게 복잡해지거든. 그렇게 되기 전에 우리 쪽에서 먼저 해치우고 선생님과 걔들을 떼어 놓아야 해."

그리고 계획의 실행 담당으로 지목되어 발탁된 것이 나였다.

라스에게 같은 전생자에게서 원한을 사게 될 임무를 맡기기에는 아무래도 꺼림칙하다.

당장 움직일 수 있고 국경선의 부족을 괴멸할 수 있는 무력을 지니는 것이 이번 임무를 수행하기 위한 최저 조건.

군대를 동원하려고 들면 엘프 집단을 앞질러서 국경선에 도착하는 것이 불가능하다.

단출하게 홀로 움직일 수 있다는 점에서 나는 확실히 적임자였다.

그에 더하여 이미 사정을 알고 있다는 것도 중요하다.

나에게 그 부족을 괴멸할 만한 힘이 있는가는 의문스럽지만…….

"메라조피스는 자기를 너무 과소평가하는 거야. 주위가 다 괴물뿐이라서 자각하기는 좀 힘들겠지만, 평범한 인간이 보기에는 너도 충분히 괴물 축에 들어가고도 남거든?"

음, 저러한 말씀을 듣고 말았다.

정말, 나 역시 괴물인가?

솔직히 말을 듣고도 실감은 별로 들지 않았다.

군대에 소속되어 훈련 따위를 겪은 덕분에 다른 사람과 비교해서 자신이 생각보다 더 강하다는 자각은 갖고 있었다.

그러나 나는 자신이 괴물이라는 말은 차마 할 수 없었다.

내게는 재능이 없다.

아가씨를 지킬 수 있도록 강해지기 위한 노력을 게을리한 적은 없다고 자신한다.

시로 님이 여행 중 부과해줬던 훈련은 상궤를 벗어났었지만 그럼으로써 강해질 수 있기를 바랐던 터라 지금껏 쭉 계속해왔다.

그뿐 아니라 자기 나름대로 더욱더 고된 단련을 실시했다.

그럼에도 아가씨와의 차이는 줄곧 벌어지기만 했다.

단련의 양이 아가씨보다 적은 게 아니다.

어른과 아이라는 성장기의 차이도 작용했을 터이나 그 이상으로 재능이라는 타고난 자질의 차이가 나와 아가씨의 사이에 있었다.

아가씨는 특별하다.

전생자에 흡혈귀의 진조이고 아울러 내가 경애하는 주인님과 사모님의 따님.

그에 비하여 나는 근본부터 보잘것없는 종자에 불과했다.

스스로에게 재능이랄 것이 없다는 사실을 흡혈귀가 되기 전부터 잘 알고 있었다.

무엇이든 남들만큼 따라 해내는 것은 가능했지만 더한 경지를 추구할 때는 언제나 좌절했다.

어릴 적부터 사모님을 뒷받침하기 위하여 다양한 분야에 손을 뻗쳤고 의욕적으로 학습했다.

그 덕분에 수행 가능한 분야는 늘어났으나 결국 하나의 길을 나아가는 전문가에게는 무엇 하나 미치지 못한다.

가사 전반은 메이드에게 뒤떨어지고, 정무에서는 주인님의 보좌가 한계이고, 호위 실력은 도적 한 명도 물리치지 못했다.

잔재주가 많을 뿐 아무리 노력해도 일정 수준을 넘어서지 못했다.

그것이 나다.

흡혈귀가 되어 능력치가 대폭 향상된 이후에도 저런 태생의 성질은 바뀌지 않았다.

그래서일까.

아리엘 님에게 문제없다는 말을 듣고도 좀처럼 믿기지 않는 까닭은……

"내일이면 도착하겠군. 오늘은 이만 이곳에서 쉬도록 하자."

페네시스트와 페네글러드의 걸음을 멈추게 한 뒤 야영 준비를 했다.

"내일은 고된 싸움을 치러야 할 테지. 녀석들, 많이 도와다오."

나는 두 마리의 머리를 쓰다듬어주며 각각 먹이를 줬다.

시로 님에게 받은 가방, 이공간에 대량의 물품을 가득 담을 수 있는 보물 덕분에 화물의 부피가 커지지 않는다는 것이 감사하다.

시로 님의 실로 제작됐고, 시로 님이 마법을 부여한 아이템.

본인은 가볍게 쓱 건네주셨지만 이것이 얼마나 큰 가치가 있는 보물인지는, 아리엘 님이 가방을 보고 뺨에 경련을 일으켰던 터라 나의 상상을 뛰어넘는 것은 분명했다.

정말이지 헤아릴 수가 없는 분이시다.

힘을 잃어버렸던 기간에 시중을 들어드림으로써 다소 은혜를 갚았다 말할 수 있겠지만, 그분에게서 받은 것들이 훨씬 많다.

받은 은혜에 보답하자는 의미로도 그분에게 도움이 되어드리고 싶은 마음이지만, 나 따위의 힘을 필요로 하는 상황은 거의 없지 않을까.

그러니까 이번 사안은 몇 안 되는 기회인 만큼 빈틈없이 완수하여야 한다.

그러나 역시 부족하다.

내게는 힘이 부족하다.

너무나 부족할 따름이다.

그럼에도, 노력을 거듭해도 나는 자꾸자꾸 뒤처지기만 할 뿐…….

"언젠가, 너희들에게도 추월을 당할 날이 올지 모르겠구나."

페네시스트와 페네글러드에게 가만히 말을 건넸다.

두 녀석은 곤란해하는 표정을 지었다.

그리고 서로의 얼굴을 마주 바라본다.

그 동작에 무심코 웃음이 새어 나왔다.

언젠가 추월을 당할 수도 있겠지만 영리한 두 녀석들은 한심한 주인인 나를 따라와주리라.

미래가 어찌 될지 알 수 없어도 내게 가능한 일은 지금 이 순간을 전력으로 살아남는 것뿐.

그것이 재능 없는 나에게 허락된 유일한 방법.

노력으로 재능의 차이를 뒤집을 수는 없을 것이다.

그러나 노력하지 않는 한 무대에 설 자격도 얻지 못한다.

이미 아가씨는 나의 힘 따위 필요로 하지 않을지도 모른다.

그럼에도 하다못해 걸림돌 신세가 되는 추태만큼은 부리지 않으려다.

"아리엘 님은 나라면 가능하다고 말씀해주셨다. 그렇다면 그 기대에 부응할 뿐."

그렇게 분발하며 나는 내일의 전투를 대비하고자 정신을 집중했다.

"적습! 적습이다!"

"상대는 한 명이라고? 건방진 놈!"

"뭐냐?! 뭐냔 말이다, 저놈?!"

"젠장! 눈이 못 좇아간다. 너무 빨라!"

"이봐, 이게 뭔 농담이냐? 뭐야, 어째서 사람이 두 동강이 나지? 이봐, 응? 이게 다 꿈이지? 그냥 다 꿈이지?"

"바보 자식아! 정신 차려라!"

"싫어! 죽고 싶지 않아!"

"여자와 아이들을 피난시켜라! 도저히 막을 방법이 없어!"

"아버지! 말도 안 돼, 아버지!"

"멈추지 말고 움직여라! 표적이 된다!"

"젠장! 젠장맞을! 괴물 놈! 괴물 놈아아!"

"카아아아아아!"

"제발, 멈춰라! 멈춰다오! 나는 괜찮으니까! 저 녀석에게는 손을 쓰지 마라!"

"도망쳐! 도망쳐라! 어서 도망치란 말이다!"

"하하. 저런 건 인간이 아니야. 마족도 아니라고. 사람의 탈을 쓴 다른 무언가다."

"사악한 놈! 커헉!"

"……신이시여."

전생자 두 명이 있는 부족의 섬멸은 탈 없이 완료했다.

예상과 달리 무난하게 끝났던 터라 안심하는 반면, 이렇듯 안도할 만한 마음의 여유가 있다는 데서 복잡한 심정을 느낀다.

아가씨를 지켜드리겠노라 결심했을 때부터 나는 흡혈귀가 되었다는 사실을 받아들였고, 매일 밤마다 사람을 덮쳐서 피를 빨아 마시는 데 망설임을 느끼지 않게 되었다.

사람의 마음을 잃어버리지는 않았다고 생각했지만 이토록 학살을 저지르고도 평정심을 유지할 수 있다니…….

이것은 적응인가, 각오를 다졌다는 증거인가. 혹은 마음까지 흡혈귀라는 괴물로 전락해버린 까닭인가.

고민한들 도리가 없긴 하군.

아가씨를 위해서라면 어떤 행위라도 완수하겠다는 각오가 있었다.

그러나 막상 실행하면 조금 더 마음이 뒤흔들릴 줄 여겼다.

……안 되겠군.

각오를 단단하게 다질 수 있다면 이미 족하잖은가.

그러나 혹여 사람의 마음을 완전히 잊어버린다면 그것은 좋지 않다.

아가씨의 곁에 머물며 쭉 모시기 위해 흡혈귀가 된 사실을 받아들였으나 마음까지 괴물로 전락해버릴 수는 없는 노릇이었다.

그래서는 차마 주인님과 사모님을 뵐 낯이 없다.

흡혈귀인 이상 인간과 다른 삶을 살아가는 것은 부득이하다.

그러나 그 속에서도 주인님과 사모님이 슬퍼하지 않도록 아가씨가 살아갈 길을 모색하는 게 나의 역할이다.

내게는 아가씨가 잘못된 길을 나아가려고 한다면 바로잡을 의무가 있다.

정작 나부터 올바른 길을 나아가지 못한다면 어찌 아가씨에게 간언을 올릴 수 있겠는가?

……어쩌면 이미 때를 놓쳤는지도 모르겠군.

이미 나는 몸과 마음이 인간에서 동떨어졌는지도 모르겠구나.

설령 그러할지라도 스스로를 부끄러워할 삶만큼은 안 된다.

이 손은 이미 피투성이로 젖었다.

주인님과 사모님은 지금의 나를 보면 슬퍼하실까?

그러나 나는 흡혈귀로 살아가겠다고 다짐했다.

피에 젖을지라도 아가씨와 함께 살아가겠다고…….

인간이 아닌 흡혈귀로서, 그럼에도 죽는 그때까지 부끄러워하지 않고 살아가야 한다.

제법 어려운 일이다.

애당초 정답이 없는 길이니.

하다못해 아가씨에게 모범이 될 수 있도록 걸어 나아갈 수밖에 없다.

"으, 으윽!"

그러니까 망설임을 보이지 마라.

내 눈앞에는 아이가 둘.

남자아이가 여자아이를 감싸고 있었다.

승산 따위는 없음을 절절하게 깨달았을 테지.

그럼에도 저 작은 등 뒤에 여자아이를 보호하는 남자아이는 무척 훌륭하다.

"어린아이인가."

가능한 한 냉담하게 들리도록 목소리를 냈다.

고작 한 마디의 말에 여자아이는 벌써 정신을 놓으려고 할 만큼 얼굴이 핼쑥해졌고, 남자아이도 부들부들 몸을 떨었다.

이 아이들의 앞에는 포개어져서 쓰러진 두 명의 여성이 있었다.

아마도 두 아이의 어머니들.

마지막까지 아이를 지키려고 했다.

"흥이 깨졌다."

그 모습을 흘낏 본 뒤 어머니들의 헌신에 마음이 흔들려서 살육을 멈추는 듯 연기했다.

실제로는 똑같은 다른 부모를 이 손으로 해쳤음에도 불구하고.

일부러 살려 보내는 까닭은 두 아이가 전생자이기에…….

그렇게 아이 둘에게 등을 돌리고 페네시스트와 페네글러드를 이끌며 그곳에서 떠나려고 했다.

"잠깐!"

그러나 뜻밖의 사태가 벌어졌다.

놀랍게도 남자아이가 나를 불러 세웠다.

"이름이 뭐냐?!"

일순간 무슨 소리를 들었는가 알 수 없었다.

그러나 곧 내 이름을 묻고 있다는 데 생각이 미쳤다.

"메라조피스."

용기를 쥐어짜서 원수의 이름을 묻는 남자아이에게 나는 숨김없이 본명을 알려줬다.

그리고 이번에야말로 아이들에게서 등을 돌리고 떠나간다.

아리엘 님은 저 아이들을 자유롭게 살게 하리라 말씀하셨다.

그러나 분명 저 아이들은 자유롭지 못할 것이다.

복수라는 삶 이외의 자유가…….

혹시나 또 다른 길이 있다면 그것은 분명 저 두 아이가 함께 서로를 지탱해주는 삶일 것이다.

내게는 아가씨가 계셨다.

그러니까 복수가 아닌 다른 방향을 우선할 수 있었다.

저 두 사람도 마찬가지일 수 있기를 바란다.

그러나 방금 전 남자아이의 기개를 떠올리면 아마도 어렵지 싶다.

분명 장래에 내 앞을 저 남자아이가 먼저 나서서 가로막을 것이다.

그때는 원수의 입장에서 상대해주마.

그러나 일부러 패배하는 짓은 하지 않는다.

내게는 나의 신념이, 살아가야 할 의미가 있다.

그것을 위해서라면 증오스러운 원수, 그 남자와 똑같은 짓이라도 해 보이겠다.

나를 원수로 삼아 복수의 길을 선택하겠다면 마음이 내키는 대로 하거라.

　나는 그 남자, 포티머스처럼 강하지는 않다.

　그러나 나의 흔들리지 않는 신념만큼은 그 남자보다 아득하게 위에 있다고 자부한다.

　설령 너희의 복수가 정당한 행위일지라도 나는 흔한 악역처럼 스러지지는 않겠다.

　나를 죽이려거든 걸맞은 무력을 갖춰 도전하여라.

　나 역시 그때는 전력으로 저항할 테니.

　설령 아가씨와 같은 재능을 지닌 전생자가 상대일지라도—.

　쉽사리 꺾여주지는 않으리라.

　주인님.

　사모님.

　저는 이제 두 분께 웃으며 자랑할 수 있는 삶을 살지 못하고 있습니다.

　그럼에도 제 나름대로, 흡혈귀로서, 이 손이 피투성이가 된다 하여도 살아 나가겠습니다.

　아가씨를 지켜드리고 큰 은혜를 입은 아리엘 님과 시로 님에게 보은을 거듭하면서…….

여담 아사카와 쿠니히코

내 이름은 쿠시타니 아사카.

이쪽 세계의 이름도 물론 갖고 있지만, 그 이름으로 불릴 날은 더 이상 오지 않는다는 막연한 예감을 느낀다.

그 이름을 불러주는 건 같은 부족의 사람들뿐이고 같은 전생자인 타가와 쿠니히코와는 서로 전세의 이름으로 부르는 사이인걸.

그리고 쿠니히코 이외의 부족 사람들이 모두 죽어버린 지금은, 분명 더 이상 이쪽 이름을 불릴 일은 없으리라.

전생이라는 경험을 했다.

어쩌다가 이렇게 되었는지 나는 잘 모르겠어.

쿠니히코의 말로는 라이트 노벨이라든가 이세계 전생물에서는 흔한 소재라던데 직접 체험을 하게 되니까 나쁜 꿈이거나 장난질이라고 생각하고 싶었다.

그래도 정신을 차렸을 때는 낯선 세계에서 갓난아이가 되어 내동댕이쳐졌다.

그때 느꼈던 혼란은 이루 말로 표현할 수가 없었어.

한마디 더 하자면 마구 우는 모습을 바로 옆쪽에 있던 쿠니히코가 마음껏 목격했던 것은 살짝 죽고 싶어지는 흑역사야.

그래도 곁에 똑같은 처지의 쿠니히코가 있다는 게 마음의 버팀목이 돼줬다.

나와 쿠니히코가 태어난 부족은 도적 집단이었다.

몽골의 유목민처럼 천막생활을 하고 사냥감을 찾아 마족과 맞닿은 국경선 부근을 떠돌아다닌다.

그러다가 마족을 발견하면 습격해서 소지품을 전부 빼앗을 뿐 아니라 나라에 보고를 올려 보상금을 받는다.

즉 합법 도적단.

나는 그런 부족에서 빨리 떠나고 싶었다.

그리고 평범하게 살아가고 싶었다.

쿠니히코는 모험에 나서고 싶어했지만 나는 평범한 게 최고야.

어딘가 안전한 나라에 가서 자리를 잡고 싶었다.

그런데 설마 이런 형태로 부족을 떠나게 될 줄은 상상하지 못했다.

"저기 보이네."

"……그래."

내 시선의 저편에서 도시가 살짝 보였다.

부족은 괴멸했지만 다행히도 우리가 탈 만한 마차와 앞쪽에서 끌어줄 말은 무사했다.

그러니까 부족 사람들을 모두 구덩이를 파서 매장하고 명복을 빌어준 뒤, 우리는 짐칸에 실을 수 있는 짐을 가득 실어서 도시로 떠나왔다.

기약도 없이 폐허에서 머물러 봤자 뭐가 달라지지는 않잖아.

도시의 문을 지키는 위병 아저씨에게 사정을 설명했다.

위병 아저씨는 난감한 표정을 짓고 말을 들어주다가, 사정이 그렇다면 통행세는 됐으니까 교회에 가는 게 좋다는 말을 덧붙이며 도시 내부로 들여보내줬다.

교회라.

이제부터 우리가 어떻게 될진 잘 모르겠다.

그래도 지금은 알려준 대로 교회에 가는 게 좋을까?

"고트 씨. 이제 의뢰 해치우러 갑니까?"

"그래."

마차를 천천히 몰아 나가던 중 대화 나누는 두 사람의 남성이 눈에 들어왔다.

쿠니히코도 같은 사람들을 보고 있었다.

"앗!"

"어라, 애! 뭐야!"

쿠니히코가 느닷없이 마차에서 뛰어내렸다.

그리고 방금 전 남성들 중 한 사람에게 달려가 팔을 붙잡는다.

"엉? 뭐냐? 꼬마야."

"카타나! 방금 고토라고, 일본 이름이잖아?!"

"으응?"

쿠니히코가 또 불쑥 소리 지른다.

고토? 고트, 고토?

고트 씨라고 불렸던 남성의 허리에는 쿠니히코가 말했던 대로 카타나 비슷한 검이 꽂혀 있었다.

그렇게 쿠니히코가 불쑥 소리쳤던 의미를 뒤늦게 깨닫고 깜짝 놀라서 숨을 멈췄다.

고토는 일본식 이름이고 카타나를 갖고 있다.

혹시 일본인?

겉모습은 일본인과 거리가 멀지만 그야 우리도 마찬가지니까.

어쩌면 우리와 마찬가지로 전생자일지도 모른다.

"으음, 꼬마야. 무슨 소리냐?"

그러나 우리의 옅은 기대는 배반당했다.

고트라는 이름의 아저씨는 정말로 당황하고 있었다.

그 후에도 쿠니히코가 흥분해서 일본어를 섞어 말을 붙여도 고트 씨는 역시나 기대했던 반응을 보여주지 않았다.

"제자로 받아주십시오!"

그러나 일본인이 아니라는 사실을 알고 나서도 쿠니히코는 이 만남에서 뭔가를 느꼈나 보다.

초대면의 사람에게 느닷없이 제자 입문을 요청했다.

"으음, 뭐냐. 잠깐 기다려봐라. 이런 때 어떻게 해야 되지? 난 이제부터 의뢰를 처리하러 가야 되는데? 이봐들, 어쩌라는 거야, 이거."

진심으로 곤란한 표정을 짓는 고트 씨.

그래도 끝내 우리에게 매몰차게 대하지 않는 태도 덕분에 긴장이 가득 차올랐던 마음이 단번에 풀어져버렸고, 정신을 차렸을 때는 뚝뚝 눈물이 맺혀 떨어지고 있었다.

"엉? 이봐, 어이구. 꼬마 아가씨, 울지 말라고. 응?"

허둥거리면서도 어떻게든 달래주고자 손을 내밀어주는 고트 씨의 다정한 마음씨가 절절히 느껴졌다.

영문도 모른 채 갑자기 부족이 괴멸당했고—.

이제부터 어떻게 해야 할까 알 수가 없어서 무작정 이 도시까지 찾아왔지만 역시나 어찌할 바를 몰랐고—.

그래도 고트 씨의 다정한 마음씨를 느낀 덕분에, 앞으로도 버텨서 살아갈 수 있다는 기분이 들었다.

이 세계는 분명 잔인한 세계이지만 그럼에도 아주 몹쓸 세상은 아닐지도 모르겠다.

다만 지금은 괜히 복잡하고 어려운 생각은 다 떨쳐 버린 채 머릿속을 새하얗게 비워서 울부짖고 싶었다.

분명 나중에 다시 떠올리면 또 흑역사가 될 테지만 무슨 상관이야.

결국 그 후 소동을 전해 듣고 온 위병 아저씨가 직접 교회의 사람을 데려와줬다.

그렇게 당분간은 교회가 우리 신변을 돌봐주기로 결정됐다.

고마운 일이었다.

"나는, 강해질 거야."

"응."

"그 녀석, 마족이겠지? 내가 강해져서 그 메라조피스를 무찌르겠어. 기필코."

"응."

가능한지 불가능한지는 알 수 없으니 나는 싸우지 않고 한가롭게 살고 싶었다.

그래도 그 이상으로 쿠니히코와 떨어지고 싶지 않았다.

그러니까 쿠니히코가 세운 목표대로 나도 따라서 끝까지 쫓아갈 테야.

하지만 지금은 어린아이답게 부끄러움 없이 실컷 울도록 하자.

아사카 & 쿠니히코

본명 쿠시타니 아사카, 타가와 쿠니히코. 이쪽 세계 에서 갖게 된 이름도 있지만, 서로 간에 전세의 이름으로 부르고 있고 또한 이번 삶의 이름을 불러줄 인물이 모두 사라진 까닭에 이후 아사카, 쿠니히코라고 자칭한다. 마족령과 인족령의 경계선, 통칭 인마 완충 지대 의 부족

출신. 부족은 마족령에서 인족령으로 넘어온 침입자를 막기 위한 역할을 담당하면서 경계선에 나타난 낯선 인물을 가차 없이 습격했다. 그런 관습상 안면이 있는 사람에게는 관대하지만 다른 외지인 에게는 철저하게 배타적. 아사카는 그런 부족에서 빨리 떠나고 싶은 마음 이었고 쿠니히코는 마족과 싸우는 전사들에게 동경심을 갖고 있었다. 두 사람은 전세에서도 사이가 좋은 소꿉친구였고 이번 세상에서도 똑같은 처지에 놓인 소꿉친구인 터라 서로를 둘도 없는 파트너로 인식하고 있다. 부족 괴멸이 라는 재난을 경험함으로써 둘의 결속은 보다 단단해졌고 추후 서로를 도우며 살아가게 된다.

7 겁주러 가자

D에게 클레임을 걸고자 갔던 결과, D가 메이드 언니의 손에 붙들려 연행당했다.

이게 무슨 소리인가 꽤나 당황스러울 텐데, 나도 뭐가 어떻게 된 건지 모르겠거든.

뭐, 어쨌든 이제 D의 간섭은 사라졌다고 봐도 되니까 예전보다 훨씬 제멋대로 날뛰고 다닐 수 있다!

게다가 D가 남기고 갔던 아이템도 몇 개 슬쩍 챙겨서 가지고 왔고…….

……전부 재미만 있는 잡동사니 비슷한 장난감이었지만.

뭐어, 효과의 세기는 과연 신의 아이템인 만큼 확실하다. 쓸모 있을 거야. 아마도.

있어! 분명히 있어!

아무튼 나는 돌아와서 쉬지 않고 곧바로 조사를 시작했습니다.

엘프들의 국경선까지 여정은 대령님한테 의뢰했으니까 문제없지만 국경선부터 다음은 아직 더 손을 써야 한다.

아무리 대령님이 마족의 중진이라고 한들 결국 마족령에서만 힘쓸 수 있는 위치니까.

인족령으로 넘어가면 대령님의 위광도 닿지 않는다.

그런 까닭에 인족령에서 엘프의 안전을 확보할 만한 방법을 또 마련해야 했다.

우선은 국경선의 도적을 처리하는 게 먼저겠구나.

그 녀석들 「못 보던 얼굴이군. 반갑다, 죽어라!」가 기본인 위험 생물이니까.

웬만한 마물보다 훨씬 더 무시무시하다.

특정 위험 생물로 지정해야 할 안건이라고 생각한다.

게다가 부족끼리 연계도 잘하니까 없애는 데 시간을 들이면 다른 부족이 냅다 원군으로 달려온다더라고.

또 그런 식으로 야단법석 규모가 커지면 인족의 요새에서도 제대로 된 정규군이 달려온다.

공략하려면 신속하게 하나의 부족을 재깍 없애야 된단 말이지.

인족령에서 이쪽으로 올 때 마왕이라면 섬멸이 가능했겠지만 굳이 소동까지 일으키면서 그곳을 돌파하자는 생각은 안 했을 뿐이야.

그러나 엘프들은 이곳을 돌파할 수밖에 다른 길이 없잖아.

따라서 없애기에 적당한 부족을 찾아봐야겠다.

그리고 분체와 본체 양쪽을 다 써서 국경선 조사 중 뜻밖의 대상을 발견.

일본어로 말하는 남자아이와 여자아이.

어라라~.

쟤네 누가 어떻게 봐도 전생자잖아.

서로의 이름을 쿠니히코, 아사카라고 부르는걸.

으음, 아, 와카바 히이로의 기억을 뒤져보면 해당하는 인물은 타가와 쿠니히코, 쿠시타니 아사카인가?

흠, D는 포티머스가 상당한 수의 전생자를 납치했다고 말했는데,

아무래도 저 두 사람은 손을 대지 않았나 보다.

뭐, 장소가 장소니까 말이지.

섣불리 건드렸다가 국경선의 부족을 적으로 돌리면 꽤 귀찮아질 테고…….

그게 싫어서 위치를 뻔히 알면서도 방치한 패턴일까?

아니, 방치할 수밖에 없었다는 게 맞는 느낌이야.

저 두 사람을 데려가겠다면 부족을 싹 없애버리는 방법밖에 없는걸.

물론 포티머스는 충분히 가능하겠지만 비용 대비 효과를 감안하면 도저히 수지가 안 맞아서 손해를 볼 것이다.

이래서는 포티머스도 효율을 운운하며 방치했겠네.

그나저나 곤란하게 됐어.

선생님 문제만 갖고도 곤란한데 거기에 또 괜한 녀석들을 찾아버렸잖아.

그렇다 해도 발견한 이상은 무시할 수 없는데 말야.

기분은 그냥 휙 무시하고 싶은 상황이지만 쟤네를 방치하면 좋은 결과는 없을 테니까.

이대로 방치했다간 마왕이 전쟁을 일으켰을 때 휘말려서 죽는 미래밖에 안 보이는걸.

어떻게든 방법을 찾아 보호하든가, 아니면 저곳이 아닌 어딘가 다른 장소로 보낼 필요가 있겠다.

그렇기는 한데……, 진짜 보호하려면 부족을 아예 싹 없애버려야 하거든.

그따위 짓을 하면 최악의 인상을 주는 만남이잖아.

기껏 보호해 봤자 몸에다가 폭탄을 달고 다니는 셈이다.

에잇, 진짜! 까다롭네!

부족을 확 없애버릴까? 뒷일은 몰라! 이럼 편하잖아!

……차라리 이게 괜찮은데?

아니, 이거밖에 없는데?

가만히 두면 훗날 전쟁에 휘말려서 죽고, 보호하자면 부족이 절대 거부하며 달려들 테고, 어떻게 발버둥 치든 무난한 해결 방법은 없는 거잖아.

거친 수단이든 뭐든 막 동원해서 일단은 다른 데로 쫓아낸 다음 본인들끼리 자유롭게 살게 놔두면 되지 않을까?

뒷일은 자기 책임이라고 치고.

엘프가 괜히 끼어들지 못하게 역시 그것만큼은 뭐든 수를 내야겠지만…….

응, 결정.

선생님을 위한 대응과 차이가 좀 나지만 어쩔 수 없지.

그리고 선생님은 확 없애버린 부족의 영역을 지나가면 되겠어.

이렇게 해치울 수밖에 없겠군.

그렇다면 섬멸을 담당해줄 적임자는, 음, 메라구나.

오니 군도 실행할 수는 있겠지만 능력적으로 살짝 불안한 것과, 아무래도 같은 전생자에게 전생자의 가족 및 이웃을 죽이라고 보내기는 꺼림칙하다.

그런 점에서 메라라면 능력도 충분.

뭐, 거절당하면 그때는 그때 가서 생각하자.

흡혈 양이 나중에 어떤 길을 나아갈지 모르겠는데, 엄연히 주인을 둔 메라가 우리에게 전면적으로 협력할 의무는 없는 거잖아.

이런저런 이유를 갖다 붙여도 시키는 짓은 학살인걸.

고향을 전쟁으로 잃고 포티머스한테 소중한 사람들을 살해당했던 경험이 있는 만큼 메라의 트라우마를 자극할 수밖에 없는 행위.

같은 소행을 메라 본인의 손으로 실행하라는 셈이니까 거절당해도 어쩔 수 없지.

그때는 조금 번거롭겠지만 내가 움직이자.

자, 국경선은 이렇게 처리하기로 하고 국경선을 넘은 다음이 또 문제거든.

이쪽만큼은 나 하나의 손 갖고 어떻게 할 수가 없다.

국경선을 넘어간 곳, 인족령의 지배자와 약속을 잡아야겠어.

설명 끝, 교섭을 하러 갑시다.

인족의 실질적인 지배자, 신언교 교황의 거처로······.

"설명 끝."

"아, 그래, 응."

"뭐야? 대답에 힘이 없네."

내가 이렇게 이것저것 궁리해서 대책을 마련했는데도 설명을 다 들은 마왕의 반응이 미묘했다.

"아니, 그게, 음. 으응?"

"말하고 싶은 게 뭐야. 또박또박 말해."

"평소에 늘 또박또박 말 안 하던 녀석한테 들으니까 엄청나게 울컥하는 건 나쁜가? 아니, 이게 뭔 깜짝 파티야! 시로야, 캐릭터가 너무 확 바뀌지 않았니? 아니, 시로는 분명히 이런 캐릭터였지만! 이런 아이였지만, 이건 좀 아니잖아!"

뭐지, 갑자기 울컥한다.

"엥?"

"엥? 얘가 진짜! 나야말로! 엥? 나야말로 되게 황당하거든! 왜 갑자기 수다쟁이가 된 건데?! 평소의 사이비 과묵 미스터리 캐릭터는 어디에 갔어?! 술 마셨어? 술 마시고 왔구나?!"

아뇨, 맨정신이에요.

응. 이유는 잘 모르겠는데 마왕이 상대라면 긴장하지 않고 말할 수 있게 됐답니다.

뭐, 마왕은 내 병렬 의사 중 전직 몸 담당을 흡수하기도 했고, 혈연을 봐도 할머니뻘에 해당하기도 하고, 가족이라면 가족이니까 마음 편하게 말이 나오는 게 별로 이상하지는 않거든!

가장 큰 이유는 아마 내 심경의 변화지만…….

그런 사실은 일절 모르는 마왕은 갑자기 재잘재잘 말을 늘어놓는 내가 많이 혼란스럽나 봐요.

"뭐, 그런 사소한 일은 넘어가고."

"사소한 일?!"

"교황한테 겁주러, 으흠, 교섭하러 가자."

"지금 겁주러 가자고 말하려는 거 아니었어?! 저기요?!"

"아, 먼저 메라한테 국경선의 부족을 없애버리고 와 달라고 부탁해야 돼."

"맙소사! 이 녀석, 다른 사람의 말을 전혀 안 들어! 너무 자유분방

하잖아?! 알고 있었지만! 알고 있었지만 말이야!"

갑자기 꽥꽥 떠들어 대는 마왕을 내버려 둔 채 메라를 호출해서 불러온 다음 마왕한테 설명해달라고 부탁했다.

응? 네가 직접 설명하라고?

아니, 난 사이비 과묵 미스터리 캐릭터니까 그런 건 조금…….

마지못해서 설명 역할을 맡은 마왕에게 이런저런 말을 들은 뒤 메라는 부족을 섬멸하러 가는 임무를 선뜻 수락해줬다.

조금이라도 망설이는 기색을 내비치면 억지로 강요하지 말고 내가 나설 작정이었는데 괜한 걱정이었나 봐.

뭔가 자기 힘으로 가능할까 걱정하지만 그거 완전히 기우거든.

자네, 마왕도 말했지만 자기 평가가 너무 낮지 않은가?

분노가 봉인돼서 메라보다 더 약해진 오니 군이 반란군 상대로 무쌍을 벌였다는 걸 벌써 잊으셨는가?

뭐, 이제 국경선 쪽 걱정은 해소된 거나 마찬가지.

메라의 분위기를 보면 이제는 여러모로 갈등을 떨쳐서 망설이지 않게 된 듯싶고, 믿고 맡겨도 괜찮을 거야.

그런고로 나와 마왕은 다른 곳으로 가봅시다.

신언교 교황의 거처로 돌격.

넵, 이러저러해서 찾아왔습니다.

신언교의 총본산, 성 아레이우스 교국인가 하는 나라에 있는 교황의 집무실이랍니다.

마왕을 데리고 전이를 써서 약속도 안 잡고 방문.

그 때문인지 집무실에 있던 문관 비슷한 사람들은 바짝 굳었고, 어디에선가 얼굴을 천으로 감춘 밀정 비슷한 사람들이 휙휙 나타나서 무기를 들며 경계하고 있다.

"멈추지 못할까!"

당장에 덮쳐들 것 같은 분위기의 밀정 집단을 교황의 일갈이 멈춰 세웠다.

"떼를 지은들 당해 낼 상대가 아니다. 물러나라."

오오. 위엄 좀 있으시군.

교황이랑 딱히 접촉할 기회도 없었지만 내 이미지에서는 생글생글 웃는 한편으로 음험한 책략이나 꾸미는 느낌이었는데 말이야.

이런 급박한 상황일 때는 인자한 노인의 가면을 벗어던질 수도 있구나.

"반갑습니다. 자, 아리엘 님. 오늘은 어떤 용건이 있어 오셨습니까?"

그렇게 생각했던 다음 순간에는 방금 전까지 등등하던 위엄은 안개처럼 흩어졌고 평온한 인상을 주는 인자한 노인의 표정으로 돌아왔다.

무셔라?!

휙휙 바뀌는 태도가 예사롭지 않군.

이 할아버님, 마왕과 다른 방향으로 거물이야.

전투력은 전무한 주제에 그럼에도 무시할 수 없는 존재감이 느껴진다.

뭐, 만만한 인물이 아니니까 이런 국면에서 접촉을 계획했던 거 아니겠어?

"아, 괜히 경계하지 않아도 돼. 일단은 평화적 교섭을 하러 왔을 뿐이니까. 여기에서 싸울 생각은 없어."

"그러시다면 정문으로 와주셨다면 좋았을 텐데 말입니다. 어떤 예고도 없이 갑자기 나타나면 저희 쪽 사람들도 깜짝 놀라서 심장에 안 좋은지라."

"쓸데없는 소리, 정문으로 와 봤자 문 앞에서 쫓겨날 게 뻔하잖아."

"후후. 맞는 말씀이군요. 교황이라는 신분은 편리한 반면 운신의 폭이 좁아지기도 합니다."

뭔가 마왕이랑 교황 사이에서 훈훈한 분위기가 감돌고 있다.

이 두 사람은 알고 지냈던 시간이 긴 만큼 서로가 서로의 사정을 잘 알고 있는 거겠지.

"이곳은 좀 뭣하군요. 장소를 옮깁시다."

교황이 경계를 풀지 않는 밀정들에게 손짓으로 신호를 보내 물러나게 했다.

싸삭, 모습을 감추는 장면이 마치 닌자 같구나.

멋져라~!

내 눈에는 모든 움직임이 훤히 보여버린다는 게 살짝 유감이네.

"자, 이리 오시지요."

교황의 안내를 받아 이동한 곳은 운치 있는 객실이었다.

그곳에서는 먼저 보내 놓았는지 시종들이 차와 과자를 준비하고 있었다.

분명히 밀정 중 한 사람이 지시를 내려 놓았을 거야.

적절한 때에 적절한 일을 딱 맞춰서 부하가 솔선해준다.

직원 교육이 정말로 잘된 직장이군요!

마왕 쪽 진영이야 마족은 아예 다 따로따로, 인형 거미들은 각자 개성이 엉뚱한 방향으로 뚫고 나갔고, 부하 복이라는 게 없는데 말이야!

뭐, 교황과 마왕은 본신의 저력이 확 차이 나니까 부하라는 핸디캡쯤은 붙여줘야 조금 덜 가엾잖아, 응응.

불쑥 머릿속에서 인형 거미의 장녀가 격렬하게 항의하는 환영이 보인 기분이 들지만 분명 착각일 거야.

"자, 그러면 말씀을 들어볼까요."

교황이 소파에 앉으면서 물었다.

오오, 이 소파, 사람을 게으름뱅이로 만드는 폭신함이야!

홋, 그러나 나의 실에는 못 미치는군!

"두 건 정도, 까다로운 문제를 맡아 처리해주면 좋겠어. 그래서 교섭차 온 거야."

뭔가 마왕이 힐끔 이쪽을 보더니 「안 돼, 이 녀석한테 맡기면」이라는 표정을 짓고 교섭을 시작했다.

실례잖아.

맞긴 맞지만! 맞기야 맞지만!

하다못해 표정에 드러내지 않는 소소한 배려는 해줘도 되지 않을까요?

"까다로운 문제, 말씀입니까?"

"응, 맞아. 우리 쪽에서는 미처 다 해결이 안 되는 문제거든."

"흠흠."

"넌 귀가 밝으니까 아마도 벌써 알 텐데, 얼마 전 마족령에서 살짝 말썽이 일어났었잖아. 이미 해결은 다 봤는데 상대측에 엘프가 섞여 있었어."

"오호."

"뭐, 걔들도 시로가 거의 다 박살 냈으니까 문제없거든? 하지만 이제부터 살짝 까다로운 사정이 있어서 말야. 엘프 전생자가 있다더라고."

어라?

마왕이 방금 아무렇지도 않게 전생자라는 단어를 썼지.

"그 말씀은, 으음. 까다롭겠군요."

그리고 교황도 극히 자연스럽게 대화를 이어 나간다.

저기요, 음?

교황은 이미 전생자가 존재한다는 사실을 파악해서 알고 있었다.

그리고 마왕은 교황이 그 사실에 다다랐을 것이라고 예상을 했다.

그리고 또 교황도 마왕이 다 예상을 하는 줄 예상해서 슬쩍 떠보는 말이라든가 의문을 가질 필요도 없이 자연스럽게 대화를 이어 나갔다. 맞아?

이 녀석들, 대단하네.

"뭐, 엘프 전생자가 있는 사실만도 까다로운데 말이야, 아무래도 그 전생자는 다른 전생자의 정보를 간단하게 얻을 수 있는 스킬을 갖고 있다나 봐."

"그렇군요. 포티머스 놈. 어쩐지 행동이 몹시 빠르다 싶었습니다."

"너야 당연히 포티머스의 수작에 대항 수단 한둘은 마련해 놓았겠지만, 그 전생자가 포티머스의 손아귀에 있는 한 부득이하게 전생자 관련 사안에서는 선수를 빼앗길 수밖에 없게 돼."

"요컨대 그 전생자를 어떻게든 해야 한다는 말씀입니까?"

교황의 눈동자에 일순간 험악한 빛이 서렸다.

"사실은 진짜 까다로운 게 여기부터거든? 그 엘프 전생자는 지금 마족령에 있어. 그리고 또 인족령으로 탈출을 시도하고 있고. 걔네가 도망칠 수 있도록 도와서 포티머스한테 합류시키고 싶어."

마왕의 제안에 교황은 의문스럽다는 표정을 지은 채 입을 다물었다.

시선을 내리고 상념에 잠긴 모습이다.

"거기에 무슨 의미가 있는지요?"

그러나 명확한 답을 도출하지 못한 듯 시선을 올려서 다시 물었다.

"그 엘프 전생자는 시로의 은인이거든. 가능하면 구출하고 싶어. 하지만 그 아이는 이미 포티머스한테 기생당했어. 현 상황에서는 손쓸 도리가 없으니까 포티머스한테 돌려보낼 수밖에 없는 거야."

마왕은 숨기지 않고 이유를 설명했다.

교황은 말을 들은 뒤 다시 사고를 시작했다.

으음, 솔직하게 이유를 다 말해도 괜찮은 걸까?

선생님을 구하고 싶다는 건 굉장히 개인적인 이유라서 교황에게는 요만큼도 상관이 없는 문제니까 말이야.

전해 들었던 교황의 사람 됨됨이를 감안하면 인족을 위해 선생님을 처단하는 것이 좋다는 결론을 내린다 해도 이상할 게 없는걸.

뭐랄까, 방금 전 험악했던 안광은 틀림없이 그쪽 방향을 고려했다는 증거잖아.

"보상은 엘프의 타도, 이렇게 받아들이면 되는 겁니까?"

"물론."

얼라리~?

엉? 엥?

지금 대화의 어디에서 그런 결론이 나왔던 거야?

그리고 마왕도 왜 평범하게 긍정하는데?

누가 가르쳐줘요, 헬프 미~!

"포티머스를 토벌할 수단은 강구가 된 겁니까?"

"그게 아니면 이런 교섭은 하지도 않아."

나를 놔두고 쭉쭉 진행되는 교섭.

"……좋습니다. 제국 쪽 신언교 교회를 통하여 방금 말씀하신 엘프들에게 손을 쓰지 말라고 일러 두겠습니다. 그 후에는 포티머스가 알아서 회수할 테지요."

"고마워."

"다만 엘프를 타도하시겠다는 말씀, 아무쪼록 어김이 없기를 바랍니다."

"물론이지. 지긋지긋한 악연에 슬슬 마침표를 찍는 것도 나쁘지 않아."

뭔가 나만 혼자서 따돌림 당하는 동안 교섭이 마무리되고 말았다.

"그리고 또 한 가지 까다로운 문제 말인데, 이쪽은 뭐, 겸사겸사 덤 같은 거야. 아주 어려운 일은 아니거든. 마족령과 인족령의 국경선에 있는 부족들 알지? 거기에도 전생자가 두 명인가 있다더라. 엘프를 보내주는 김에 그 두 사람이 있는 부족을 괴멸시킬 거야. 그

다음 전생자 둘은 놓아줄 테니까 너희 쪽에서 보호해주겠어?"

"어디가 간단하단 말씀입니까? 흠, 뭐, 알겠습니다. 그 부분도 제국의 교회에 연락하지요."

"고마워. 전생자들 두 명은 구한 다음에 마음대로 써도 상관없어. 마족과 싸울 전사로 교육하든 엘프를 끌어들일 미끼로 쓰든 네 자유야."

이보세요?

뭔가 엄청난 소리를 대뜸 늘어놓는구나, 마왕 씨.

그거 안 좋잖아, 안 좋다고…….

으음. 뭐, 정작 우리도 전생자들의 부족을 싹 없애버릴 테니까 이제 와서 온건하게 다뤄달라는 말을 하기에는 좀 민망한 느낌인가.

"흠. 그러면 두 인물의 신병을 보수 대신으로 받아 두겠습니다. 분명히 까다로운 사안이긴 합니다만, 저희 쪽에도 이익이 아주 없지는 않으니까요."

"그래, 알아서 처리해줘. 잘 부탁할게."

"예. 염려 마십시오."

"엘프를 칠 때는 나중에 또 협의를 해야 할 거야. 우리 쪽에서도 이래저래 준비를 해야 하니까 느긋하게 기다려줘."

"기대하고 있겠습니다."

아, 뭔가 끝난 분위기네.

응? 나는 아무것도 안 했다고?

실례군! 차랑 과자의 맛을 마음껏 만끽했다고!

교섭? 모르겠네요.

"그러면 너무 오랫동안 머물러 봤자 할 일도 없으니까 이만 돌아가볼게."

"예. 다음에는 좋은 소식을 들을 수 있기를 기대하겠습니다."

교황과 작별의 인사를 나눈 뒤 마왕에게 채근을 받아 전이를 발동. 마왕성으로 돌아왔다.

"어느샌가 엘프를 해치우기로 결정 났던데 어떻게 된 거야?"

"몰랏!"

신경 쓰여서 물어봤더니 불쑥 소리를 지른다.

으음? 엥?

"에잇, 진짜! 어쩌다가 이렇게 됐담?! 대체 왜 이렇게 됐담?!"

끄앗~! 신음하는 마왕.

으음? 엥~. 당신 말이야, 엄청나게 당연하다는 표정으로 긍정했었잖아.

대화의 흐름도 모른 채 포커페이스로 마냥 받아넘겼던 거야?

"걔는 옛날부터 저랬단 말야! 머리 회전이 너무 빨라서 내가 생각도 못한 부분까지 혼자 휙 결론을 내려버려! 혼자 막 넘겨짚지 말란 말이야, 바보!"

마왕이 확확 날뛴다.

아마 옛날에도 비슷한 일이 몇 번쯤 있었나 봐.

"뭐, 엘프를 쳐부수겠다고 약속한 건 딱히 억지로 떠맡은 건 아니니까. 가능만 하면 나 역시 쳐부수고 싶거든."

후유, 한 차례 숨을 쉬고 마음을 가라앉힌 마왕이 의자에 걸터앉았다.

"문제는 당당하게 큰소리를 치고 온 이상 실제로 엘프를 쳐부술 만한 수단을 강구해야 된다는 거네. 그런고로, 시로야? 맡길게."

"엥, 내가?!"

"그래, 네가! 이야기가 이렇게 흘러간 게 시로 때문이니까 책임지고 방법을 찾아낼 것! 알겠어?"

네, 네엡.

안 돼, 반론을 못 하겠어.

"으음. 아. 아앗, 그렇구나. 이제 좀 알겠네. 선생님을 구하고 싶단 말 때문에 엘프를 토벌한다는 이야기가 나왔던 거야."

"무슨 뜻이야?"

아무래도 마왕은 교황이 어쩌다가 엘프 타도의 결론에 도달했는가 깨달은 듯싶었다.

"선생님은 포티머스한테 기생당한 사태야."

응.

포티머스의 능력은 다른 사람의 몸을 강탈하는 것.

강탈당한 사람의 의식은 죽을 때까지 돌아오지 않고 포티머스가 그 몸을 자기 내키는 대로 사용한다.

하지만 아무나 다 내키는 대로 강탈할 수 있는 게 아니라 특정 조건을 만족한 상대에게만 효과 적용이 가능하다고 했다.

그리고 선생님은 조건을 이미 만족시켰다.

내가 선생님을 발견했을 때 느꼈던 충격은 이루 헤아릴 수가 없다.

그야 선생님의 혼에 찰싸닥 포티머스의 촉수가 달라붙어 있었거든.

마왕이 쓴 기생이라는 표현이 제법 잘 맞아떨어져서 심란하다.

진짜 좀 생리적 혐오감을 불러일으키는걸.

포티머스의 지저분한 능력이 영향을 줘서 보통은 안 보이는 촉수가 선생님의 혼에 달라붙어 있는 광경은 바라만 봐도 기분이 안 좋아진다.

신화를 이룬 뒤 혼이라는 대상을 살짝살짝 볼 수 있게 됐기에 비로소 안 사실이지만 말이야.

"그 상태를 해제하려면 포티머스를 죽일 수밖에 없어. 그리고 포티머스를 죽인다는 건 바꿔 말하면 엘프를 토벌한다는 말과 사실상 같은 뜻이야. 그러니까 그 녀석은 우리가 이미 준비를 하고 있다고 착각한 거네."

아, 아하~.

이제 알겠군~.

확실히 듣고 보니까 맞는 말이야.

나는 급한 대로 당장에 버틸 대책밖에 생각이 못 미쳤지만, 더 나중 훗날을 고려했을 땐 결국 선생님을 구할 방법은 포티머스를 처죽이는 것뿐이야.

교황은 선생님을 구하고 싶다는 말 한마디에서 거기까지 판단을 마쳤던 거네.

"애고고. 혹시 떨떠름한 반응이면 진짜 겁줘서 협박이라도 할 작정이었는데, 이래서는 도대체 누가 협박을 당하는 건지 알 수가 없네. 우리는 계약 이행을 위해 엘프를 쳐부술 수단을 마련해야 하는 처지가 됐잖아."

마왕이 의자 등받이에 체중을 기댄 채 지친 내색으로 푸념했다.

"아무튼 뭐, 계기야 어쨌든 간에 결의를 다질 때잖아. 응, 해치우자."

나는 풀 죽은 마왕을 힘껏 격려했다.

어차피 이 세계의 안위를 염려한다면 포티머스는 기필코 해치워야 한다.

그리고 선생님을 구하기 위해서라도 포티머스는 꼭 죽여야 하고…….

그렇다면 별문제 없는 거잖아.

어려운 목표라는 것은 잘 안다.

그래도 선생님을 구하고 또한 마왕의 숙적을 쳐부수는 일석이조의 수단이니까, 오히려 포티머스를 해치우지 않을 이유가 없다.

이제는 슬슬 그놈이 진지하게 짜증 나기도 하고, 응.

"포티머스. 박살을 내자."

선언은 중요하다.

마왕이 움찔 몸을 떨었다.

아차, 기세가 살짝 새어 나갔나 봐.

"당장은 아니지만."

"그, 그래."

나는 거미잖아.

사냥감을 해치울 때는 함정에 빠뜨린 다음 만전의 상태에서 이빨을 박아 넣는다.

그러면 먼저 정보 수집부터 하자.

……분체 강화를 서둘러야겠네.

여담 선생님은 무지하기에 단지 학생의
안부를 염려한다

"오카. 괜찮은가?"

"네."

"힘들거든 바로 말해라?"

살짝 숨이 차올랐던 때에 재빨리 알아차려준 동료가 걱정하며 물었습니다.

어른인 다른 동료들과 비하면 제 몸은 너무나 작고, 또한 너무나 약합니다.

전생자인 저는 정신 연령은 어른임을 자부합니다만, 그럼에도 긴 삶을 누리는 엘프가 보기에는 아직껏 어린아이에 불과한 것 같습니다.

벌써 며칠을 이렇게 걸어왔을까요?

저희는 마왕에게 붙잡혀 있는 전생자 네기시를 구하기 위해 마왕과 적대하는 마족 반란군에 가담했습니다.

그러나 반란군의 움직임을 사전에 포착했던 마왕의 계략 때문에 반란군은 반쯤 기습을 받는 형태가 되어 패배.

저희는 간신히 목숨만 건져 그곳을 탈출했고 이렇듯 도망 중입니다.

다행히 엘프와 친밀한 관계에 있는 마족 협력자분들께서 은밀하게 원조를 보내준 덕택에 식량 등 물자는 마련했습니다.

이동 중 안전도 보장해주셨고, 나아가서는 숙박할 만한 장소의 제공 등 시시때때로 여러 도움을 주셨습니다.

그 덕택에 도망 생활은 아주 혹독하지는 않았고 예상과 달리 꽤 편안했습니다.

그렇지만 제 발걸음은 자꾸 무거워집니다.

육체적인 피로보다도 정신적인 중압 때문에.

떠올리는 것은 사사지마에게 들었던 말.

"무슨 착각을 하고 있는지 모르겠습니다만, 저는 제 의지로 여기에 있는 겁니다. 그리고 선생님의 손을 잡아드릴 마음도 없습니다."

"저는 제 신념을 따라 싸웁니다. 누구의 지시를 받은 게 아니에요. 제 자신의 판단으로. 저는 제 행동에 어떤 부끄러움도 느끼지 않습니다."

"반대로 묻죠. 잔인한 짓이라고 선생님은 말씀하셨습니다. 그러면 그 잔인한 짓과 똑같은 행동을 하면서 피에 물든 손을 학생에게 내밀고 있는 선생님은 떳떳합니까?"

"역시 가슴을 펴고 대답하진 못하는군요. 그렇다면 저는 당신의 손을 잡아드릴 수 없습니다."

반란군을 일방적으로 유린했던 사사지마.

저는 사사지마에게 더 이상 잔인한 짓을 하지 말아달라고 애원했고, 함께 가자고 말했습니다.

그러나 돌아왔던 대답은 명확한 거절.

자기 의사로 싸우고 있다는 말까지 하며……

오히려 반문을 듣게 됐습니다.

피에 젖은 손을 학생에게 내밀고 떳떳할 수 있느냐고.

저는 그 질문에 곧장 대답할 수 없었습니다.

그뿐 아니라 지금껏 여전히 대답을 찾지 못하고 있습니다.

학생들을 구하기 위해 저는 무작정 행동을 감행했습니다.

항상 위험과 이웃하는 생활.

마물과 싸울 때가 있는가 하면 이번처럼 사람과 싸울 때도 있었습니다.

인족과 마족이라고 말은 하지만 제게는 똑같은 사람으로 보일 따름입니다.

그리고, 그런 사람들을, 저는 해친 경험도 있습니다.

얼마 전 반란 때에도 역시……

저는 학생을 위해, 그러니까, 이것은 어쩔 수 없다고 변명하며…….

"저는, 잘못된 행동을 한 걸까요?"

사사지마는 자기 의사로 싸우고 있다 말했습니다.

저 또한 자신의 의사로 이렇게 행동하고 있지만 사사지마처럼 자신감을 갖고 떳떳하노라 단언할 수는 없습니다.

"오카. 녀석이 한 말은 신경 쓰지 말거라."

동료가 격려의 말을 건네줍니다.

그러나 자꾸 고민에 빠지게 됩니다.

저는 진정으로 올바를까요.

"결국 마왕과 한패가 된 녀석의 발언이다. 혹은 그 또한 마왕에게 속아 넘어갔는지도 모르지. 알고 있을 테지? 이번 대의 마왕은 애써 휴전을 이룬 마족과 인족의 전쟁을 재개하려고 하는 작자다. 거기에 반대 의견을 제시하는 인물들은 혹독한 박해를 받았다더군. 그 반란군과의 전투를 봤잖나? 마왕은 자신에게 거역하는 자를 용납하지 않는다. 그런 극악무도한 마왕에게 복종하는 녀석의 말 따위 진지하게 상대할 필요는 없지."

"그래요, 그렇죠."

전해 들었던 마왕은 정말이지 무시무시한 사람입니다.

엘프의 원조를 받아 간신히 옛 전쟁의 피해를 복구하고 다시 일어서려고 했던 마족에게 또다시 싸울 것을 강요하고 있죠.

거역하는 자는 용납하지 않고 반대 의견을 내놓지 못하도록 공포로 속박한다고 들었습니다.

과거의 전쟁 때문에 쇠퇴했던 지금의 마족에게 인족과 싸울 힘은 남지 않았습니다.

인족과 전쟁을 벌인다면 기다리고 있는 것은 파멸뿐.

그러니까 최후의 희망을 걸고 마왕을 처단하고자 반란군이 조직됐습니다.

반란군에 가담했던 엘프는 저를 평소에 도와주던 동료뿐 아니라 저러한 마족의 현 상황을 걱정하여 반란군의 힘이 되어주고자 했던 겁니다.

올바른 쪽은 폭정을 펼치는 마왕을 몰아내고자 했던 반란군이었을 텐데…….

그런데도 어째서 사사지마는 마왕에게 가담했던 걸까요?

마왕에게 가담했으면서 어떻게 그토록 가슴을 펴고 반문할 수 있었을까요?

모르겠습니다.

저는, 모르겠습니다.

"그자는 전세 때부터 그런 인물이었나?"

"아뇨. 그렇지 않아요. 오히려 평온을 존중하는 얌전한 학생이었
어요."

사사지마는 얌전한 학생이라 교실 안에서 별로 눈에 띄는 존재가
아니었습니다.

사이가 좋은 오오시마 및 야마다와 함께 있을 때가 많았고, 곧잘
장난을 치는 오오시마에게 주의를 주고는 했죠.

성실하고 티 나지 않게 배려를 할 줄 아는 몹시도 착한 학생이었
습니다.

그런데 대체 어째서?

"그렇다면 정말로 마왕에게 속아 넘어갔는지도 모르겠군."

그럴지도 모르겠습니다.

제가 아는 사사지마라면 악행에 가담할 리가 없으니까요.

그래도 사사지마는 똑똑한 학생이었습니다.

그렇게 쉽게 속아 넘어갔을까요?

사사지마에게 들었던 말.

사사지마가 마왕에게 가담하고 있는 이유.

그것들을 떠올리면 저는 자꾸만 목에 박힌 잔가시처럼 제거할 수
없는 거북함이 느껴지기에 마음이 편치 않았습니다.

그렇게 괴로운 마음을 애써 다잡아 가며 이동을 계속한 끝에 저희

는 마족령과 인족령이 맞닿는 국경선에 도착했습니다.

"이곳에 난 샛길을 지나가면 안전하게 인족령까지 진입할 수 있다더군."

마족 협력자와 접촉하고 온 동료가 소식을 전해줬습니다.

그러자 다른 분들은 의아한 표정을 짓습니다.

그야 그럴 수밖에요, 이곳 국경선은 마족령에서 인족령으로 넘어가는 여정 중 최대의 난관입니다.

각 요소는 인족이 세운 요새가 가로막고 있고 샛길에도 인족의 부대가 전개되어 있으며, 마족령에서 넘어오는 사람들을 다짜고짜 죽여버린다고 합니다.

안전한 샛길이 있을 리 없습니다.

"듣자 하니까 그 샛길을 막고 있었던 인족 부대는 마왕이 보낸 정예에게 몰살을 당했다더군."

저희의 의문은 설명을 듣고 나서야 해소됐습니다.

그러나 그 이유는 너무나도 처참한 내용이었습니다.

"마왕은, 차근차근 인족과 전쟁을 벌이기 위해 활동하고 있다는 뜻인가."

모두들 술렁거립니다.

무리도 아닙니다.

바로 얼마 전 반란군과 전투를 벌인 참인데도 마왕은 벌써 인족을 약화시키고자 부대를 움직였으니까요.

"인족과 마족의 전쟁은 예상보다 더욱 빨리 일어날지도 모르겠군."

마족이 병력을 다 갖추려면 아직 많은 기간이 필요하리라고 예측했었습니다.

반란에 의한 피해도 있었고요.

그러나 마왕의 성급함을 감안하자면 너무 느긋하게 대비할 수는 없다고 봐야 하겠습니다.

"괴멸을 면하지 못한 인족의 부대는 안타깝지만, 우리 입장에서 보자면 광명이기도 하군. 이 기회를 놓치지 않고 서둘러 이동하도록 하지."

그렇게 저희는 국경선을 넘는 데 성공했습니다.

도중에 괴멸했다던 부대가 생활한 곳으로 짐작되는 장소를 지나갔습니다.

그곳에는 생생한 전투의 흔적이 남아 있었고, 막 만들어 놓은 무덤이 몹시도 많이 자리하고 있었습니다.

……누군가가 저곳에 무덤을 만들고자 찾아왔던 걸까요.

저희는 묵념을 한 뒤 그곳을 뒤로했습니다.

인족령에 도착한 다음부터는 오랜 시간이 걸리지 않았습니다.

엘프는 온 세계 곳곳에 사람들이 모르는 비밀 전이진을 보유하고 있습니다.

마중을 나온 포티머스 및 다른 분들과 합류함으로써 저희는 무사히 엘프의 마을까지 돌아올 수 있었습니다.

"무사히 잘 돌아와줬다."

마중 나온 포티머스의 표정은 평소처럼 얼음 같은 무표정이었지만 왠지 모르게 기분이 좋아 보였습니다.

저희가 무사히 복귀했다는 게 기뻤던 걸까요?

"오카."

"네?"

"이번 기회에 전생자 보호 활동은 일단 중단해라."

"어?"

일순간, 무슨 말을 들었나 잘 이해가 되지 않았습니다.

뇌가 차근차근 방금 들었던 말의 의미를 이해했을 때 저는 반사적으로 소리쳤습니다.

"하지만, 아직 전원을 보호하지는 못했어요!"

"그 나머지는 대부분 탈환의 가망이 없는 인물들이다."

그 말을 듣고 저는 태어날 때부터 갖고 있었던 스킬, 출석부에 눈길을 돌렸습니다.

학생들의 정보를 알 수 있는 출석부 스킬.

그러나 출석부에 표시되는 정보는 대단히 제한적입니다.

출신지 및 현시점의 건강 상태, 사망 추정 시기 및 이유뿐……

그리고 사망하면 출석부에서 이름이 사라집니다.

빈칸이 된 곳이 이미 넷.

저는 빈칸에서 눈을 돌린 뒤 다른 이름을 쭉 훑었습니다.

"출신지를 물색해서 찾아낸 전생자 후보들. 나머지 몇 사람은 왕후 귀족이다. 도저히 손쓸 위치가 못 되는군."

말을 듣고서 깨달았습니다.

나머지 보호하지 못한 학생들 중 나츠메, 야마다, 오오시마까지 세 명은 맞아떨어지는 후보가 왕후 귀족으로 확인됐습니다.

왕족 및 귀족을 보호하러 왔다는 말로 데려갈 수는 없습니다.

"나머지 절반도 전생자로 짐작되는 인물은 찾아냈지만, 정치적인 이유 때문에 손쓰기 어렵지. 그러나 인물 특정은 완료된 만큼 그들의 안위를 멀리서 지켜보기만 해도 족하잖나."

"그 말씀은, 네, 맞아요."

확실히 포티머스의 말대로 전원을 직접 보호할 필요는 없습니다.

지켜보기만 해도 괜찮아요.

"나머지 신원이 밝혀지지 않은 전생자들은 솔직히 어렵다고 말해 두겠다."

신원을 알아내지 못한 학생은 얼마 전 제가 지나왔었던 국경선 출신의 두 명과 엘로 대미궁이라는 던전 출신의 한 명.

양쪽 다 위험 지대여서 섣불리 손쓸 수 없는 영역입니다.

"그래도, 어떻게."

"안 된다."

어떻게든 조사를 계속하고 싶다는 제 의견을 포티머스는 힘 있는 말투로 거부했습니다.

"잘 들어라. 더 이상은 오카 너 자신을 위험한 처지에 내모는 짓을 허용할 수 없다. 금번의 탈출 때 절감하지 않았나? 까딱 잘못됐다면 이미 죽었을 테지. 학생을 구하려다가 오카 네가 죽어버리면 그게 웬 얼토당토않은 일이겠나. 게다가 다른 엘프가 죽는 것도 말이다."

포티머스의 말은 정론이었습니다.

이번 활동에서도 수많은 엘프가 목숨을 잃어버렸습니다.

이번에는 반란군에 가담하여 마왕을 몰아내자는 목적이 있었던 터라 마왕에게 붙잡힌 학생의 구출은 보조 목표에 불과했습니다.

그러나 학생을 찾기 위해서 위험 지대를 조사하자는 것은 완전히 제 억지입니다.

거기에 다른 엘프를 끌어들이는 짓은 확실히 잘못됐습니다.

"그러면 하다못해 저 혼자만이라도."

"안 된다고 말했을 텐데. 이것은 결정 사항이다. 아무리 투정 부려도 나는 결정을 번복하지 않을 것이다."

투정.

저의 심정은 정말 투정일까요?

"족장님. 오카의 활동을 허락해주시면 안 되겠습니까?"

"음?"

그때 보다 못했던 동료가 저를 거들고 나서줬습니다.

"오카는 노력했습니다. 그 노력을 여기에서 끝내기에는 너무 안타깝습니다. 저희도 오카에게 협력하겠습니다. 그러니 아무쪼록!"

"나도 하겠다!"

"나 역시."

"여러분."

잇따라 협력을 약속해주는 동료들 덕에 가슴이 뜨거워집니다.

그러나 그런 복받침은 포티머스가 거하게 한숨을 쉼으로써 멎고 말았습니다.

"……오카, 너를 곧 애너레이트 왕국에 있는 학원에 입학시키고자 생각하고 있다."

예상하지 못했던 저의 추후 예정을 듣고는 눈만 깜빡이고 말았습니다.

"그곳에는 각국의 왕족 및 귀족도 다니게 될 테지. 물론 전생자 역시."

그 말의 의미를 이해하고 깜짝 놀랐습니다.

"아직 발견하지 못한 전생자의 종적은 내가 찾아보겠다. 오카, 너는 위치가 이미 확인된 전생자와 가까운 곳에 가서 지켜봐주거라."

"네! 네에!"

"대답은 한 번만 하고."

포티머스의 배려를 저는 기쁘게 받아들였습니다.

쑥스러운 걸까요. 포티머스는 등을 돌리고 걸어가버렸습니다.

"잘됐구나."

"네."

"족장님도 조금만 더 알기 쉽게 말씀해주시면 좋았을 텐데."

"다 들린다."

아차차, 화들짝 놀라 직립 부동의 자세를 취한 동료를 보고는 쿡쿡 웃음이 새어 나왔습니다.

"저기요!"

"……뭐냐?"

제가 불러 세우자 포티머스는 귀찮다는 표정을 지은 채 고개를 돌렸습니다.

"그 학원에 입학할 때까지, 아뇨, 입학한 다음에도 다른 분들을 도와드릴 수 있을까요?"

제가 제안하자 포티머스는 한쪽 눈썹이 올라갔습니다.

"많은 분들께 많은 도움을 받았어요. 그러니까 이번에는 제가 다른 분들에게 보답하고 싶어요. 마족령에서 일어났던 싸움을 보고 역시 전쟁을 슬프다고 느꼈거든요. 저는 조금이라도 이 세계를 평화롭게 만들고 싶어요. 그러니까 다른 분들을 돕고 싶어요."

사사지마가 어째서 마왕에게 가담했는지는 모르겠습니다.

그러나 역시 사람과 사람이 싸우는 것은 싫습니다.

그런 갈등을 없애고자 노력하는 엘프의 활동에 저 또한 조금이라도 공헌하고 싶습니다.

학생들을 함께 찾아다녀줬던 은혜 갚기도 겸해서요.

"……검토해보마."

"잘 부탁드리겠습니다!"

포티머스의 허가가 떨어지기를 저는 기원했습니다.

사사지마.

네가 어째서 싸우는지 저는 역시 이유를 모르겠어요.

그러나 저도 자신의 활동을 자랑스럽게 여길 수 있게 노력하겠습니다.

언젠가 다시 만날 때가 온다면 그때는 가슴을 쭉 펴고 제가 올바르다고 말해주겠어요.

그러니까 부탁할게요.

더 이상 죄를 쌓지는 말아주세요.

다음에 만날 때는 전투가 벌어지지 않는 곳에서 만나고 싶으니까요.

그렇지만 혹시, 사사지마가 지금과 다를 바 없이 전장에서 제 앞을 가로막는다면 그때는……

8 끌어들이자

선생님 배웅 부대, 무사히 임무에 성공하였습니다!

와아, 어떻게 되긴 되는구나.

어째서인가 중간에 엘프를 해치우자는 방침으로 결정이 나버렸지만……

지금 당장에 싹 해치우자는 것은 아니고, 상대는 치사하고 야비한 포티머스니까 일단은 차근차근 정보 수집을 한 뒤 작전을 짜서 질척질척하게 상대해주겠어.

선생님을 구하기 위해, 그리고 마왕을 구하기 위해서라도……

엘프를 쳐부수는 것은 마왕에게 대단히 큰 도움이 된다.

엘프는 이 세계의 암세포 같은 족속이니까 말이야.

세계를 어떻게든 수습하자는 최종 목표를 갖고 있는 마왕의 입장에서는 언젠가는 꼭 맞부딪쳐야 하는 상대잖아.

흠흠.

엘프, 엘프라~.

솔직하게 이야기하면 나는 포티머스 짜증 나~ 생각은 해도 엘프를 싹 없애버리자는 생각까지는 하지 않았다.

바로 얼마 전까지는 당분간 빈둥빈둥 수행이나 하면 되겠지~ 이런 생각이었거든.

수행이랑 빈둥빈둥이랑 같이 쓸 말이 아니잖냐는 의문은 접수하지 않겠다.

이 세계의 장래가 어찌 되든, 뭐, 내가 이곳을 떠날 때까지 버텨주면 좋겠다~ 정도의 기분이었다.

그러나~.

마왕을 전력으로 돕겠다고 결심한 이상 이래서는 안 된단 말이야.

마왕의 목표는 이 세계를 구하는 것.

그런데 마왕 본인은 아마 도중에 거꾸러질 각오를 한 것 같거든.

마왕이 제아무리 강하다지만 그럼에도 가능한 범위에는 한계가 있어.

예를 들어서 엘프.

포티머스가 진짜 힘을 다 쏟아 낸다면 저번에 우리끼리 격추했던 UFO처럼 황당한 병기를 들고나올 가능성도 있는걸.

으음, 가능성이 아니야.

틀림없이 존재해.

게다가 분명히 UFO보다 훨씬 더 정신 나간 녀석이…….

어쨌든 포티머스는 그 UFO를 두고 설계한 게 부끄럽다는 말까지 꺼냈었잖아.

그 UFO보다 완성도 높은 병기를 설계해서 만들지 않았을 리가 없어.

그리고 이게 맞다면 마왕에게 승산은 없다.

아무리 마왕이 개인으로 최강급 힘을 보유했어도 대륙을 확 날려버리고도 남을 폭탄이 탑재된 UFO라든가 저것보다 더욱 우수한 병기를 감당할 수 있냐 묻는다면 무리잖아.

엘프를 근절하지 못하는 한 이 세계를 구할 방도가 없는 상황인데, 그게 불가능하다.

이 시점에서 마왕의 목적은 달성 불가능한 망한 퀘스트가 됐다.

그러니까 마왕은 가능한 한 최선을 다한 뒤 후대의 세대가 미래를
이어받아주기를 기원하려는 거야.

……정작 훗날의 세대가 없는 줄도 모른 채.

애고고.

거참, 이 세계는 뭐가 이리도 잔인하고 지저분할까!

그래도 이미 호랑이 등에 올라탄 셈이잖아.

후유. 좋아. 어디 한번 해보자고.

도중에 거꾸러진다?

그딴 미래는, 내가 절대로 용납하지 않아.

목숨에는 목숨으로 은혜를 갚는다.

내 눈에 흙이 들어가기 전까지는 마왕이 죽는 꼴은 못 본다.

뭐, 나는 눈을 감은 채 돌아다니지만!

진짜 이렇게 된 이상 철저하게 해치워주겠어.

목표는 해피엔드라고.

마왕이 웃으면서 「시로야, 고마워! 정말 좋아, 사랑해!」라고 말할
정도로 멋진 대단원을 준비해주마!

"아니, 고맙다는 말까지는 할 수 있지만, 그다음 말은 안 할 거거든?"

"엥?"

"어째서 불만스럽다는 표정을 짓는 거야? 나는 아닌데, 시로는 그
쪽 취향이라도 있어?"

"저언혀."

"그러면 그런 대사가 나온 이유가 도대체 뭐래."

흠, 마왕이랑 추후의 이야기를 나누는 도중 잡담이었습니다.

"그나저나, 방금 전 이야기 속에 흘려들을 수 없는 내용이 있었는데?"

"뭔데, 뭔데? 마왕한테 보내는 나의 흘러넘치는 사랑 말이야?"

"그러니까 왜 자꾸 그쪽 방면으로 말을 끌고 가는데? 응?"

농담. 농담이라니까.

"훗날의 세대가 없다는 말, 무슨 뜻이야?"

아, 저게 궁금했구나.

저걸 설명하려면 내가 아니라 더 적임자가 있지.

아니, 이제부터 이것저것 막 해치울 의지가 가득한 입장인 만큼 당사자와 한 번은 진지하게 대화를 나눌 필요가 있어.

"그런고로 규리규리를 불러줘."

"그 호칭은 본인 앞에서는 쓰지 말자?"

"걱정 안 해도 본인이 있으면 제대로 말을 못 하니까 노 프로블럼 이라네!"

"이런 곳에 노 프로블럼이라는 말은 안 쓰거든?"

마왕은 한숨을 쉬며 앉아 있었던 의자에서 일어났다.

얼마 전 교황과 회담을 가졌을 때 앉았던 소파에서 발상을 얻어 내 실을 재료로 개량한 덕에, 한번 앉으면 일어나기 싫은 편안함을 실현해서 사람을 게으름뱅이로 만드는 의자가 여기에 있다.

약간, 마왕이 몸을 다 일으킬 때까지 시간이 걸렸는데 분명 착각은 아니야.

아무렴, 아무렴.

이 편안함에서 떨어지고 싶지 않겠지, 응응.

마왕 니트화가 진행 중이다!

"뭔가 나한테 엄청나게 실례되는 생각을 하는 것 같아."

"그, 그렇지, 않아요~."

마왕은 나를 가자미눈으로 쓱 쳐다보면서 어깨를 으쓱이고는 걸음을 뗐다.

나도 뒤를 따라간다.

이동한 곳은 마왕성의 지하였다.

무척 긴 계단을 한참~ 내려간 곳에 나타난 것은 아무것도 없는 작은 방.

언뜻 아무것도 없는 듯 보이지만 벽면에서 희미하게 마술의 기척이 느껴졌다.

그 벽면에 마왕이 손을 가져다 댔다.

그러자 벽면이 마치 환상이었던 것처럼 사라지더니 본래의 작은 방과 비슷한 넓이의 공간이 출현했다.

……이거, 단순하게 벽 건너편에 다른 방이 있었던 게 아니구나.

새롭게 출현한 방은 이공간이었다.

그곳을 일시적으로 현실 공간에 접속시킨 것에 불과하다.

그러니까 방금 전 벽면을 파괴해도 이 방에 들어올 수는 없겠어.

방 중앙에는 대좌(臺座) 비슷한 물건이 있고 거기에 누군가가 걸터앉아 있었다.

그 누군가를 한마디로 표현하자면 검은 리자드맨이다.

아니, 더욱 정확하게 말하면 용인(龍人)이 바른 표현일까?

사람이랑은 다른 용의 머리 부분.

그러나 체형은 인간과 같은데 어째서인지 살짝 근사한 정장을 입었고 실크해트를 머리에 썼다.

"반가워, 형제."

그 용인이 마왕에게 말을 건넸다.

억지로 사람의 말을 하는 것처럼 알아듣기 힘든 목소리였다.

목소리만 듣고는 저 용인이 남자인지 여자인지 성별마저도 판단이 되지 않는다.

애당초 암수의 구별이 있는 건지 불분명하고…….

"누가 언제 네 형제가 됐대? 네 형제는 그 고아원의 아이들밖에 없는데."

"섭섭한, 소리, 말게나. 유전자상으로는, 일단, 형제잖나?"

"그렇다 쳐도 부모가 인지한 게 아니니까."

"하핫! 맞는, 말이군."

나는 마왕과 용인의 대화를 묵묵히 듣기만 했다.

대화 내용에 신경 쓰이는 부분이 잔뜩 있었지만 굳이 캐묻는 짓은 촌스럽다고 생각한다.

마왕의 내력이라든가 그런 부분은 금기의 내용을 봐서 상상은 할 수 있어도, 자세하게 캐묻는 짓은 사생활 침해가 될 테니까.

누구든 질문받고 싶지 않은 비밀이 한두 개는 있잖아.

나도 D의 대역이었다는 사실은 다른 사람한테 말하고 싶지 않은걸.

그러니까 마왕이 자기 입으로 먼저 말할 때까지는 마왕의 과거를

꼬치꼬치 캐묻지 않을 작정이다.

"그래서? 무슨, 용무인가? 단지, 잡담을, 나누겠다면, 대환영이지만?"

"그럴 리 없잖아. 용무도 없이 너를 뭣하러 불러내겠냐고."

"그랬을, 테지. 하지만, 저번에도, 말했는데, 이곳에는, 마왕검이, 없다네?"

마왕검?

응? 아, 뭔가 금기의 정보 내용에 그런 게 살짝 나왔던 것 같기도 하고?

나도 금기의 내용을 전부 훑어봤던 건 아니었고 신화로 스킬을 잃은 지금은 더 이상 내용을 재확인할 수가 없단 말이야.

아무래도 이 용인은 마왕검인지 뭔지를 수호하는 역할을 맡았었나 봐.

공간 마술, 게다가 스킬로는 아마도 재현이 불가능한 기술을 써서 숨겨 둔 방에 놓여 있었을 마왕검.

금기에 정보가 있었다는 것은 시스템 관련의 중요 아이템이겠군.

어쩌면 D가 절반쯤 재미 삼아 휙 놓아둔 아이템일지도 모른다.

그나저나 그게 이제는 없다고?

그러면 뭔가 위험한 거 아니야?

"마왕검은 이제 됐어. 오늘 여기에 온 이유는 규리에를 만나고 싶어서야."

"마스터를, 말인가? 급한, 일인가?"

"급한 용건은 아니지만, 꼭 물어봐야 하는 게 있어서 말야."

"알겠다. 잠깐, 기다려라."

그렇게 말한 뒤 용인은 눈을 감았다.

규리규리와 통신이라도 하는 걸까?

"시로야, 이 녀석은 암룡 레이세. 가장 오래된 용 가운데 한 녀석이야."

오호라.

어둠 속성의 용이었구나.

그리고 가장 오래된 용이라면 남쪽 황야에 있던 풍룡 휴번이라든가 마의 산맥에 있던 빙룡 니아랑 동격이라는 말이네.

그런 용이 지키고 있었던 마왕검.

역시 뭔가 중요한 아이템 같아.

"마왕검이 뭐야?"

마왕의 귓가에 입을 가져다 대고 소곤소곤 마왕검에 대해서 물어봤다.

"마왕검은, 음, 마왕 전용의 무기를 말해. 거짓말인가 진짜인가 모르겠는데 딱 한 번은 신조차 죽일 수 있는 일격을 구사할 수 있다던가 뭐라던가."

초위험 물건이잖냐~!

거짓말인가 진짜인가 모르겠다고 마왕은 말했지만 금기에 명칭이 등장하는 것도 그렇고 만든 사람은 틀림없이 D야.

그 D가 만든 물건이라면 진짜로 신을 죽일 수 있는 아이템이어도 납득할 수 있었다.

그런 초위험 물건이 바깥에 유출됐다고?

장난이 아니잖아?!

"걱정할 필요는 없어. 마왕검의 거의 한 번만 쓰고 버리는 무기라니까. 한 번 사용하면 다음에 쓸 수 있는 게 수백 년이나 까딱하면 천 년은 지나야 된대. 그리고 레이세의 말로는 이미 사용된 다음이라더라."

후유. 그렇다면 마왕검이 나를 목표로 사용될 걱정은 없단 뜻이구나.

그나저나 이미 사용됐다? 흠?

신을 죽이는 무기. 차원을 넘어 관리자 D를 저격했던 교실의 대폭발. 마왕밖에 못 쓴다.

여러 가지 단편이 합쳐지는 것 같은데.

D, 그 녀석, 자기가 만든 아이템에 공격당했던 거야…….

거기에 휘말렸던 전생자들은 정말 뭐랄까, 애통하시겠다는 말밖에 달리 해줄 말이 없구나.

내 경우는 전생을 했던 덕택에 비로소 지금의 내가 있는 셈이니까 굳이 한탄할 필요가 없지만…….

앗, 마왕이랑 잠깐 대화를 주고받는 동안 공간에 이변이 발생했다.

누군가가 전이로 나타나는 조짐.

뭐, 누구냐고 말을 안 해도 당연히 규리규리밖에 없겠지.

"할 말이 있다기에 왔다."

그렇게 나타났던 규리규리는 입을 열자마자 본론으로 들어갔다.

"응. 시로한테 들었는데 말이야, 훗날의 세대가 더는 없다던데 어떻게 된 거야?"

그리고 규리규리와 마찬가지로 마왕도 곧장 본론으로 치고 들어갔다.

마왕의 물음을 들은 규리규리는 씁쓸한 표정을 짓고 잠시 동안 내 쪽을 노려봤다.

그렇게 노려보지 마~.

거 뭐야, 저번에 나한테 했던 말은 마의 산맥 너머에 있는 틈새의 땅에 대해서 되도록이면 마왕한테 얘기하지 말아달라는 부탁뿐이었거든~.

그 부분은 말을 안 했으니까 약속을 깨트린 게 아니고, 애당초 규리규리도 되도록 얘기하지 말라고 말했을 뿐이고, 절대 이야기하면 안 된다는 당부는 따로 없었거든~.

규리규리가 진짜 숨기고 싶어 했던 건 훗날의 세대가 없다는 사실이었겠지만 나는 그런 소리는 따로 못 들었거든~.

거든~ 거든~ 거든~.

규리규리는 한 차례 한숨을 쉬더니 포기한 듯 입을 열었다.

"이 세계에 사는 인간들은 이 세계 한곳에서 전생을 반복하고 있다. 이것은 본래 있어서는 안 되는 현상이며 시스템에 의하여 자연으로부터 어긋나게 된 현상이지. 그리고 자연스럽지 않다면 곧 비틀림이 생겨나고, 언젠가는 균열이 발생하기 시작한다. 이 세계에 사는 인간들의 혼은 되풀이되는 전생의 부담으로 인해 서서히 마모되고 있지. 스킬 따위의 쓸데없는 부속물을 혼에 부착한 것이 원인이다. 혼의 마모가 진행되면 나중에 기다리는 것은 혼의 붕괴. 혼이 붕괴하면 전생이 아예 불가능해지지. 그리고 그 조짐은 이미 나타나고 있다."

옷은 빨래를 많이 하면 해지고 떨어져서 점점 못 입게 된다.

염색하고 탈색하고를 반복한다면 옷의 수명은 더욱 줄어든다.

그런 경우와 마찬가지로 전생을 되풀이한 인간의 혼도 서서히 마모되어 간다.

스킬이란 힘은 옷의 염색과 마찬가지로 늘리면 늘릴수록 직후는 좋은 느낌이 들겠지만, 늘렸던 힘을 제거하기를 되풀이하면 수명을 단축하는 요인이 된다.

인간의 혼은 전생을 되풀이할 때마다 생전의 스킬을 박탈당한다.

그런 처사를 자꾸 당하는 인간의 혼이 언젠가 망가져버리는 것은 당연하다.

그리고 붕괴의 조짐은 이미 나타나고 있었다.

규리규리가 마왕에게 숨기고 싶어 했었던 틈새의 땅, 그곳은 그렇게 한계까지 치달은 혼을 지닌 사람들을 보호하는 장소.

마물을 배제하고, 싸움으로부터 떼어다 놓고, 가능한 한 스킬을 습득할 일이 없는 환경을 조성함으로써 혼의 연명을 시도하기 위한 모형 정원.

규리규리의 이야기를 들은 마왕에게서 무거운 분위기가 감돈다.

"어째서, 내게 말을 안 했어?"

"말하면, 뭐가 달라지나?"

무거운 분위기 그대로 입을 다무는 두 사람.

"솔직히 대답해줘. 내가 쭉 마왕으로 활동한다면 MA 에너지의 회수는 완료될 수 있어?"

"불가능하다."

즉답하는 규리규리.

고개 숙인 채 어깨를 부들거리는 마왕.

도중에 거꾸러질 각오를 갖고 마왕이 됐다.

익숙지 않은 악역을 연기하고, 마족에게 원망을 받고, 그럼에도 완수해야 하기에 결코 물러나지 않겠다는 각오를 갖고…….

그럼에도 부족하다고 규리규리는 단언했다.

마치 마왕의 각오를 비웃는 듯한 대답이 이 세계의 막막함을 대변해준다.

그래, 이미 여러 의미에서 이 세계는 막막한 지경에 있다.

정공법으로는 이미 손쓸 도리가 없는 지경까지 다다랐을 만큼.

그럼 정공법이 아닌 방법으로 수습하면 되는 거잖아.

"시스템을 파괴하면 돼."

내 말에 규리규리도 마왕도 의아해하는 표정을 지었다.

말없이 이제껏 이야기를 듣고 있었던 레이세만큼은 용 얼굴이라서 표정을 잘 못 알아보겠지만.

"무슨 뜻이지?"

대표로 규리규리가 내게 물었다.

이 세계는 시스템에 의해 지탱되고 있었다.

그런데 시스템을 부수면 된다고 말했으니, 이 녀석 뭔 소리냐는 눈으로 보는 것도 어쩔 수 없겠지.

그래도 말야, 곰곰이 생각해보자고?

그 시스템을 만들어 낸 녀석이 하필 D잖아?

성격 최악의 자칭 사신인 D잖아?

D가, 썩어 빠졌고 사악한 녀석이 만들어 낸 시스템.

그딴 거 정공법을 써서 공략하려고 들면 안 된다고.

반드시 꼼수가 있어.

D의 성격을 감안하면 너무 치사해서 보통은 상상할 수 없는 곳에 꼼수를 숨겨 놓았을 거야.

나는 마왕을 구하겠다고 결심했다.

그러니까 어떻게 하면 이 세계를 구할 수 있는가 방법을 고민했다.

고민하고 또 고민하다가 마침내 다다랐던 방법이 시스템의 파괴.

침을 삼키고 긴장을 숨긴 채 입을 열었다.

아무러면 이렇게 엄청 중요한 설명을 말주변이 없단 이유로 생략할 수는 없잖아.

이번 발표에 마왕의 명운이 걸려 있으니까.

"시스템이란 이 세계를 지탱하는 초거대 마술이야. 망가져 가는 별의 재생을 진행하고, 인간의 윤회전생이라는 법칙을 비틀고 구부리고, 스킬이라는 초상의 힘을 부여했어."

시스템은 정말이지 무시무시한 마술이다.

그 기능의 본질은 이렇듯 망가져 가는 별의 재생에 있다.

그런데 그 밖에도 다수의 기능을 보유했다.

까놓고 말해 세계의 재생이 목적이라면 이런 복잡한 기능은 필요하지 않다.

시스템은 인간을 이 세계 안쪽에서만 전생시켜서 속박한다.

스킬이라는 혼의 확장팩을 연마하게 만들고 그것을 전생시킬 대 회수해서 MA 에너지에 보태다가 세계를 재생시키고 있다.

비유하자면 인간을 연료로 쓰는 장치.

그것이 시스템의 정체.

그런데 방금 전에도 말했듯이 오직 세계의 재생만이 목적이라면 딱히 번거로운 기능을 붙일 필요가 없거든.

"그토록 복잡한 기능을 보유하는 시스템을 가동시키려면 얼마나 많은 에너지가 필요할지 짐작이 돼?"

내 물음에 정확하게 대답할 수 있는 유일한 사람은 마술을 실제로 행사 가능한 신인 규리규리뿐일 거야.

그렇지만 내가 말하려는 바는 마왕에게도 전달됐다.

"그 몫의 에너지를 재생에 돌려서 쓰면 충분하다는 거야?"

시스템은 전생이라는 세상의 이치를 비틀 뿐 아니라 능력치라는 마술에 의한 강화를 베풀어주고, 거기에 스킬이라는 혼의 에너지가 증폭되는 기법을 탑재했다.

그런 터무니없는 마술, 가동시키려면 거기에 걸맞은 무시무시한 양의 에너지를 필요로 하는 게 당연하다.

그러한 시스템의 쓸데없는 부분을 해체해서 에너지를 확보하고, 별의 재생을 관장하는 부분만 남긴 뒤 그쪽에 전부 다 들이부으면 된다.

시스템 덕에 연명하는 처지에서 냅다 시스템을 쳐부수는 것.

보통은 그런 방법을 선택할 리가 없다.

그래도 제작자가 하필 D잖아.

이렇게 허를 찌르는, 아무나 다 저지르지 못할 꼼수를 준비했어도 이상할 게 없었다.

하지만 마왕의 추측은 절반만 정답이고 절반은 틀렸다.

"그러나 지금 상태라면 아직껏 모자라군."

맞아. 시스템의 에너지 잔량을 계산하고 현재 별의 재생 진행 상황을 감안하면 유감스럽게도 별을 완전히 재생할 만한 에너지는 못된다.

에너지를 회수하는 시스템의 구조를 파괴해버리면 별의 재생을 위한 에너지도 생성이 안 되니까 더 이상의 재생은 중단된다.

즉 이 꼼수는 별을 완전하게 재생할 만한 에너지를 확보해야 비로소 사용할 수 있다.

"모자라는 양은 보충할 수밖에 없어."

그리고 이 세계에는 혼의 힘을 써서 에너지를 생성하는 스킬이라는 수단이 있다.

스킬 단련을 유도해서 에너지를 축적시키고 나중에 회수한다.

즉 죽게 만든다.

"그렇구나. 결국 내가 할 일은 변함없다는 말이네."

마왕이 하려고 했던 건, 마족과 인족 사이에 전쟁을 일으키고 서로 싸우게 만듦으로써 스킬 성장을 촉진시킨 뒤 전사자에게서 에너지를 회수하는 것.

즉 당면 목적인 에너지 보충과 일치한다.

그렇게 해서 마왕은 에너지 부족 상태에 있는 시스템을 정상 운행으로 돌려놓을 작정이었다.

그런데 내가 에너지를 다른 곳에 쓰자고 제안한 거고…….

"잠깐. 이론상은 분명 가능할 터이나 대뜸 시스템을 파괴하는 행위는 D가 용납할 리 없잖나."

그리고 여기에서 규리규리가 반론.

뭐, 시스템의 관리자로서 관리 및 유지를 맡아왔던 규리규리의 입장에서는 비록 이론상 가능해도 받아들이기 힘든 부분이 있겠지.

애당초 상사에 해당하는 D가 독단에 따른 파괴 행위에 화를 내리라는 믿음도 갖고 있을 테고…….

그러나 단언할 수 있다.

"문제없어."

그럼, 상대가 D잖아?

그게 더 구경하기에 재미있다는 생각만 들면 시스템이 파괴되든 어떻게 되든 전혀 개의치 않는다니까.

오히려 D는 규리규리가 위험한 다리를 건너기를 기다리고 있던 게 아닐까 하는 생각마저 든다.

왜냐하면 그래야 더 드라마틱해서 재밌잖아.

시스템을 파괴하는 파격적인 방법은 신의 위치에 있는 규리규리밖에 실행할 수 없다.

그리고 그 방법을 D가 의도적으로 남겨 놓았다면 내 추측도 아주 틀리지는 않았을 거야.

"그러나."

"문제없어. 분명히 괜찮아."

뭐, 어느 쪽이든 D는 메이드 언니한테 혹사당하고 있을 테니까 이쪽에 개입할 짬이 안 나거든.

호랑이가 없는 동안에 마음대로 해치우면 되는 거라고.

나중에 화내든 말든 몰라, 몰라.

뭐, 십중팔구는 화내지 않을 테지만…….

그런고로 힘주어 문제없다고 단언.

"그렇다 해도."

"따지고 보면 관리자면서 게으름 부린 규리에디스트디에스 때문이야."

내 말에 규리규리의 표정이 일그러졌다.

못된 녀석이구나~ 나.

규리규리가 잘 처신했다면 이런 상황까지 오지 않았다는 건 분명히 사실.

그런 걸 굳이 지적해서 입을 다물리는 귀축의 소행!

게다가 기껏 한 제안은 관리자의 의무를 저버리게 만든달까, 시스템을 파괴하라는 채근이니까 이게 또 못됐다.

"도와달라는 말까지는 안 하겠어. 그러니까 방해는 하지 마."

그렇다. 규리규리한테 방해당하는 게 제일 난감하다.

지금 이 세계에서 나를 해치울 수 있는 사람은 마왕, 포티머스, 그리고 규리규리까지 세 명.

개중에서도 확실하게 나보다 위쪽 경지라고 단언할 수 있는 녀석은 규리규리뿐.

그런 규리규리가 방해꾼이 되면 계획은 좌절이다.

"큭큭큭. 마스터, 마스터의, 패배, 아니오?"

이때 이제껏 말이 없었던 레이세가 끼어들었다.

"맞군."

규리규리는 레이세의 말에 긴 한숨을 내뱉었다.

뭔가 엄청나게 피곤한 회사원처럼 애수가 감도는 모습이야.

"좋다. 너희를 방해하지는 않으마. 아니, 이러한 상황까지 온 것은 나의 게으름이 원인이지. 직접 내 힘을 휘두를 수는 없지만 가능한 한 협력하겠다."

규리규리는 허탈하게 웃으며 말을 꺼냈다.

오? 오오오~.

방해만 안 해도 족하다는 생각이었는데 설마 돕겠습니다 선언까지.

타박이 생각보다 많이 통했나?

뭐, 결과 올 라이트!

"와, 진짜? 진짜로? 그럼 말이야, 인간화 가능한 용(龍)이라든가 용(竜)을 데려와서 군단 만들자."

뭔가 마왕이 느닷없이 굉장한 요구를 들이밀었다.

이, 이 녀석! 규리규리뿐 아니라 부하들까지 혹사시킬 의욕이 한가득이야!

이리도 사악한 발상이 있나!

써먹을 수 있는 녀석은 철저하게 마구 써먹고 일을 시켜서 자기는 니트를 할 작정이네.

압도적 니트!

"제9군단이 좋겠네. 지금 군단장은 지위를 박탈해서 거기에 규리에를 밀어 넣어줄게."

"좋다. 다소의 명령은 들어주마."

억지 요구가 통과됐어.

괜찮은 거야? 세계의 관리자가 한쪽 세력에 가담해도?

뭐, 그만큼 규리규리는 마왕한테 부채감을 느끼고 있단 말이겠네.

"레이세. 너도 와라."

규리규리가 레이세를 지명했다.

"오호?"

"어차피 이곳에는 이미 마왕검이 없다. 네가 지킬 필요도 없지."

"흠. 시간이, 멈춘, 이 공간은, 지내기에, 제법, 편안했습니다만, 마스터가, 명령하신다면, 따르지요."

와아, 아무래도 이 방은 평소에 시간이 멈춰 있는 곳인가 봐.

그래서 아무것도 없는 장소인데도 레이세가 살아갈 수 있었던 거네.

이렇게 호출을 받지 않는 한 정지 상태일 테니까 식량도 필요 없고……

그나저나 아무렇지도 않게 시간 정지라는 터무니없는 마술을 설치해 놓지 말라고, D나리.

레이세의 모습이 변화한다.

인간화의 술법을 썼나 보다.

인간화를 마친 레이세는 검은 피부의 중성적인 용모를 지니게 됐다.

정장에 실크해트 차림이니까 남성으로 보이지만 남장한 미인으로도 보였다.

인간화를 해도 성별은 불명이냐~.

"그러면 다시 자기소개를 하지. 암룡 레이세다. 다른 고룡들과 비하면 정지된 시간 속에서 살아왔기에 젊음이 가득하지. 마음껏 의지해주게."

히죽 웃음을 띠어 보이며 자기소개를 하는 레이세.

용은 참 캐릭터성 뚜렷한 녀석이 많구나?

내가 만났던 녀석들이 우연히 캐릭터성 뚜렷한 녀석들이었나?

그나저나 인간화를 하면 평범하게 말할 수 있네.

"그러면 나는 각지에 있는 인간화가 가능한 용을 데려오겠다. 해당 지역의 관리를 맡아야 하는 관계로 전부를 다 차출할 수는 없지만, 제법 많은 숫자를 채울 수는 있을 것이다. 아리엘, 내가 돌아올 때까지 하다못해 수용은 가능한 상태로 준비해 놔라."

"오케이."

앗, 마왕은 직접 처리할 생각이 없다는 걸 왠지 모르게 눈치채버렸어.

실제 일거리를 맡을 사람은 발트겠구나.

발트, 굳세게 살자.

"마스터. 따라가지. 오랜만에 바깥 세계를 구경하고 싶군."

"그렇군. 너에게는 정지된 시간 속에서 홀로 세계와 유리되어야 하는 어려운 역할을 떠맡겼다. 이제부터는 주어진 역할에서 허용되는 범위라면 원하는 대로 활동해라."

"기쁜 말씀이군."

레이세는 진짜로 기뻐 보였다.

시간이 멈춘 작은 방에서 줄곧 나 홀로.

그런 역할을 수행해왔던 레이세의 심정이 나는 차마 이해되지 않았다.

어쨌든 그런 역할은 되도록 맡고 싶지 않다.

그래도 할 수밖에 없었다.

그게 레이세에게 주어진 역할이었으니까.

이 세계는 여러 사람들이 희생한 덕에 유지될 수 있었다.

마왕과 규리규리 역시 희생자이다.

그딴 세계의 존재 방식은 내가 쳐부숴주겠어.

"좋았어! 어디 한번, 세계를 구원해봅시다!"

마왕이 짐짓 기운차게 선언한다.

이제껏 광명이 보이지 않던 상황에서 길이 나타났기 때문인지 마왕도 규리규리도 표정은 평소보다 더 밝았다.

거짓말은 하지 않았다.

시스템을 대가로 하면 이 세계의 에너지가 가득 차오른다.

하지만 시스템을 파괴한다는 것은 곧 세계에 존재하는 스킬 및 능력치를 제거함과 같다.

혼에 뿌리를 박은 능력치며 스킬을 강제로 회수하겠다는 말과 다르지 않았다.

따라서 스킬을 많이 보유했고 능력치가 높은 녀석은 회수 때 혼에 상당한 부담을 받게 될 것이다.

거짓말은 하지 않았다.

시스템을 파괴하면 세계는 구원받을 수 있다.

단 재생의 대가로 세계에 사는 수많은 사람들이 죽는다.

단지 뻔한 결과를 말하지 않았을 뿐.

나는 마왕과 선생님을 구하기 위해서라면 이 세계 사람들을 희생하는 계획일지라도 주저 않고 감행할 테다.

단지 그뿐이었다.

암룡 레이세

status 【능력치】

HP
11411 / 11411

MP
11408 / 11408

SP
11399 / 11399

11398 / 11398

평균 공격 능력 : 11394
평균 방어 능력 : 11386
평균 마법 능력 : 11401
평균 저항 능력 : 11397
평균 속도 능력 : 11242

skill 【기술】

「암룡 LV 10」「천린 LV 10」「HP 자동 회복 LV 8」「마력 감지 LV 10」「마력 정밀 조작 LV 10」「MP 고속 회복 LV 10」「MP 소비 대완화 LV 10」「마신법 LV 3」「대마력격 LV 2」「SP 고속 회복 LV 10」「SP 소비 대완화 LV 10」「파괴 대강화 LV 2」「타격 대강화 LV 4」「참격 강화 LV 4」「관통 강화 LV 5」「충격 대강화 LV 3」「암흑 강화 LV 10」「투신법 LV 3」「대기력격 LV 2」「외도 공격 LV 10」「암흑 공격 LV 10」「부식 공격 LV 4」「체술의 천재」「공간 기동 LV 10」「권속 지배 LV 2」「집중 LV 10」「사고 초가속 LV 7」「미래시 LV 7」「병렬 의사 LV 7」「고속 연산 LV 10」「명중 LV 10」「회피 LV 10」「확률 대보정 LV 10」「은밀 LV 10」「은폐 LV 10」「무음 LV 10」「무취 LV 10」「무열 LV 10」「제왕」「탐지 LV 4」「그림자 마법 LV 10」「어둠 마법 LV 10」「암흑 마법 LV 10」「심연 마법 LV 1」「외도 마법 LV 10」「대마왕 LV 2」「파괴 내성 LV 2」「타격 내성 LV 3」「참격 내성 LV 2」「관통 내성 LV 2」「충격 내성 LV 1」「암흑 무효」「상태 이상 내성 LV 9」「공포 무효」「외도 무효」「부식 내성 LV 4」「고통 무효」「통각 내성 LV 6」「밤눈 LV 10」「오감 대강화 LV 10」「지각 영역 확장 LV 10」「천명 LV 10」「천마 LV 10」「천동 LV 10」「부천 LV 10」「강의 LV 10」「성체 LV 10」「천도 LV 10」「천수 LV 10」「위타천 LV 10」

마왕검을 수호하는 용종. 용종 가운데 특히 강력한 힘을 지닌 최고참 중 하나. 용종치고는 드물게 인간화를 하지 않고도 인간에 가까운 모습을 지니고 있다. 그 때문에 체술과 마법 등 용종답지 않은 전법을 구사하여 싸운다. 마왕검과 함께 오래도록 절반쯤 봉인된 처지와 다름없이 외계에 격리되어 있었던 터라 다른 고룡에 비해 레벨 및 능력치는 다소 모자란 편이다. 그러나 신을 상대한다 하여도 통용될 만한 스킬을 몇몇 보유하고 있기에 총합적인 전투 능력은 결코 다른 고룡에게 뒤떨어지지 않는다. 위험도는 인간의 능력으로는 감당이 되지 않는 신화급.

종장 그렇게 사신이 된다

규리규리라는 강력한 협력자를 얻었다.

앞길은 보인다.

마족과 인족의 전쟁을 예정대로 일으켜서 MA 에너지를 대량으로 확보.

그 에너지와 시스템을 해체한 에너지를 더해서 별을 재생시킨다.

하지만 먼저 엘프라는 방해꾼을 제거할 필요가 있다.

이건 선생님을 구하자는 목적에 연결되는 과정이니까 반드시 달성해야 해.

즉 내가 추진해야 하는 사안은 시스템을 쳐부술 준비, 그리고 엘프를 처죽일 준비.

엘프를 처죽일 준비는 분체를 쓴 정보 수집을 일단 진행 중이다.

그래, 드디어 분체가 다소 쓸 만해져서 엘프의 정보 수집에 내보내도 문제없을 만큼 성능이 갖춰졌다.

구체적으로는 은밀 능력이 향상됐고 혹시 발각당해도 도망칠 수 있을 민첩함을 갖추었도다!

……미묘하다고?

그래도 맨 처음처럼 보고 들은 정보를 본체에 전달하는 게 전부였던 시절과 비교하면 제법 진전했잖아?

이런 건 조금씩이라도 전진하는 게 좋은 거야.

서두를 필요는 없어.

이렇게 한 걸음씩 전진하면서 가능한 일의 범위를 늘려 나가면 돼.

그리고 또 앞으로도 분체의 양산은 계속 진행해서 엘프뿐 아니라 전 세계의 정보를 모아들일 계획이야.

역시 정보를 꽉 잡고 있다는 건 크니까.

정보를 제압하는 자가 세계를 제압한다!

그리고 그와 동시에 병행해서 내 본체의 전투력도 꼭 강화해야겠지.

엘프를 박살 내겠다는 목표를 세운 이상은 결국 포티머스와 정면 충돌하게 된다.

이제껏 상대했던 녀석들은 포티머스의 분체.

게다가 가능한 한 눈에 띄지 않도록 전력 발휘를 꺼렸다.

진지하게 대결 구도가 조성된다면 포티머스도 전력의 온존이라는 말은 안 하고 이제껏 사용을 꺼렸던 진짜 병기를 투입할 것이다.

UFO마저 능가할 가능성이 있는 병기. 아마도 용과 대적할 수 있는, 즉 규리규리와 맞붙게 될 사태를 상정해서 만든 병기를…….

실제로 병기를 꺼내 들었을 때 규리규리를 당해 낼 수 있는가 없는가를 미리 가늠할 수는 없다.

그래도 명색이 신을 상대하겠다고 내놓을 병기가 어중간한 물건일 리 없잖아.

나는 평범한 신(웃음)이니까 그런 병기를 지금 상태에서 상대하자면 불안을 다 떨칠 수 없겠다.

이길 수 있다는 확신을 가질 만큼 강력한 힘을 보유해야 한다.

실패는 용납되지 않아.

만전을 기해야지.

게다가 상대해야 할 적은 분명히 포티머스 한 놈이 아니야.

왜냐하면 내가 강구한 수단은 이 세계에 사는 수많은 사람들을 죽게 만들 테니까.

그런 사태를 규리규리는 분명 용납하지 않는다.

단지 수많은 죽음뿐이라면 허용할 가능성이 없지는 않아.

그러니까 마왕이 대규모 전쟁을 일으켜서 마족과 인족을 서로 죽이게 만들고자 해도 묵인하고 있다.

그런데 시스템을 부순 결과로 죽은 사람들의 혼까지 깨져 나간다면?

시스템을 부수고 사람들에게서 혼에 뿌리박힌 스킬과 능력치를 회수하는 처사는 혼에 상당한 부담을 강요한다.

이 세계 사람들의 약해진 혼은 그런 조치를 당한다면, 죽는다.

혼까지 깨져 나가서…….

혼이 깨져 나간다는 것은 완전한 죽음을 의미한다.

그렇게 되면 시스템이 있든 없든 간에 더 이상은 전생마저 불가능하다.

이런 사실을 알면 규리규리는 나를 적대할 거야.

실행을 막기 위해서 앞길을 가로막든가.

아니면 수많은 죽음을 직접 목격한 뒤 미쳐 날뛰며 덮쳐들든가.

어느 쪽일지는 모르겠는데 어느 쪽이든 맞부딪치게 될 것은 확실하다.

그러니까 규리규리에게도 이길 수 있는 힘을 가져야 하는 거지.

실행한 다음이라면 전이로 꽁무니를 뺄 수도 있겠지만 실행하기 전에 앞길을 가로막고 나선다면 어쩔 수 없이 돌파해야 되는걸.

내게도 물러설 수 없는 이유가 있단 말이야.

이렇게 살펴보면 제법 험난한 목표구나.

그래도 해내겠다고 결심한 이상 전력으로 몰두할 뿐.

그나저나 말이야, 그게 전부는 또 아니거든.

이미 이 시점에서 배가 가득 차올랐다는 느낌인데, 하나 더 갖춰야 하는 조건이 있어.

맞아, 시스템을 쳐부수기 위한 준비랍니다.

시스템을 마구 쳐부수기만 하면 당연히 안 되니까.

별의 재생을 관장하는 부분만 남기고, 거기에 에너지가 주입되도록 조절하면서 진행해야 되잖아.

그러려면 시스템의 전모를 파악한 뒤 언젠가 도래할 날을 대비하여 미리 준비를 마쳐 놔야겠지.

시스템이라는 초거대 정밀 마술에 개입하자는 계획이니까 난이도는 미루어 짐작하고도 남지 않겠어?

까딱하면 규리규리에게 이기는 것보다 이쪽이 더 힘들지도 몰라.

그렇다 해도 평범하게 착수했을 때의 이야기.

D가 만약에 꼼수로 미리 시스템에다가 해체 기반을 만들어 놓았다면 나는 거기에 맞춰 따라만 하면 된다.

내가 신(웃음)이어도 D의 손길이 닿은 초거대 마술 시스템을 하나하나 해독해서 전부 자기 손으로 개량 작업을 마치기는 무리잖아.

따라서 D의 장난기에 기대를 걸고 꼼수용 장치가 있기를 기원하자.

뭐, 어떻게 되든 시스템 해독 작업은 필요할 거야.

그 때문에 더더욱 나는 지금 이 장소를 찾아왔다.

기하학 문양을 그린 거대한 마술진이 바닥에 펼쳐져 있었다.

더욱이 벽면 및 천장에도 펼쳐져 있는 마술진은 엷게 발광하며 환상적인 광경을 연출해 냈다.

그리고 그 중심에서 한 명의 여성을 목격할 수 있었다.

공중에 떠오른 그 여성에게 마치 마술진이 자유를 빼앗는 쇠사슬처럼 휘감겨 있었다.

공중에 떠올랐다? 아니, 매달린 사람처럼 보인다.

여기에서 이미 애처로운 모습인데도 더욱이 여성의 하반신은 흡사 공간에 녹아버린 듯 사라졌다.

몹시도 잔혹한 광경이었다.

『숙련도가 일정 수치에 도달했습니다.』

『경험치가 일정 수치에 도달했습니다.』

『숙련도가 일정 수치에 도달했습니다.』

공간 안쪽에 울려 퍼지는 목소리.

여성의 입은 움직이지 않는다.

애당초 목소리는 거듭거듭 겹쳐서 자꾸자꾸 반향하고 있었다.

마치 불협화음의 합창처럼.

거듭거듭, 거듭거듭.

그럼에도 매달려 있는 여성의 목소리가 분명했다.

저 목소리가 이 세계의 사람들이 지금도 스킬 연마에 매진하고 있음을 증명해준다.

저 목소리야말로 내가 일찍이 하늘의 목소리(일단은)라고 불렀고, 신언교가 신의 목소리라며 숭앙하고, 시스템의 통지를 대변하는 수단.

목소리뿐이 아니다.

이곳에서 저 여성은 줄곧 홀로 시스템을 가동해왔다.

시스템이라는 초거대 마술의 핵으로서…….

이곳은 시스템의 중추.

보통은 출입할 수 없는 장소지만 뭐, 내가 전이로 쏙 들어왔지.

그렇다 해도 절대로 못 들어오는 장소는 또 아니거든.

암룡 레이세가 머물렀던 작은 방처럼 이공간에 위치하는 게 아니니까.

이 장소는 틀림없이 현실의 공간에 존재한다.

여러모로 섬세한 부분도 다루고 있는 시스템은 이공간에서 제어하는 게 불가능하다.

통화권 바깥에서 전화를 못 거는 경우랑 같아.

이곳은 엘로 대미궁의 최하층, 가장 깊숙한 곳.

그렇다, 내가 태어났던 엘로 대미궁이다.

지룡 아라바가 입구를 봉쇄했었고 마더가 거처로 삼았던 엘로 대미궁의 최하층.

그 녀석들이 지키고 있었던 곳이 바로 이 장소였다.

마왕이 보유하고 있는 최고 전력인 마더를 배치해서라도 지키고 싶었던 대상.

그렇지만 안에 진입하기는 보통은 불가능하다.

견고한 문이 모든 침입자를 거절하기에…….

시스템의 중추를 지키기 위한 문답게 그 방어력은 아무리 능력치의 보조를 받더라도 돌파할 수 없을 만큼 단단했다.

그리고 해제할 수 없는 자물쇠로 잠가 놓았기 때문에 문은 결코 열리지 않는다.

마더에게 수비를 명한 마왕마저도 이 안쪽에는 들어오지 못했을 거야.

"……"

그래서 더더욱 나는 마왕을 이곳으로 데려왔다.

그렇기는 한데 실수했나 봐.

나도 이곳에 온 것은 처음이지만 설마 이런 상태일 줄이야.

마왕에게 이런 광경을 보여주는 건 조금 잔인하잖아.

마왕은 말없이 매달려 있는 여성의 곁으로 걸어갔다.

그리고 바로 앞쪽에서 멈춰 섰다.

손을 뻗으면 닿을 만큼 가까운 거리에…….

여성의 목소리가 시끄럽게 울려 퍼지는 와중에 마왕은 묵묵히 여성을 바라봤다.

"어머니."

가만히 중얼거렸던 말은 울려 퍼지는 여성의 목소리에 파묻혀서 거의 들리지 않았다.

그럼에도 내 귀에는 마왕의 목쉰 한마디가 들렸다.

여성과 마왕은 혈연관계가 아니다.

그럴 리 없었다.

그러나 저렇게 부를 만큼 깊은 사정이, 관계가 과거에 있었을 테지.

나는 마왕의 과거를 알지 못한다.

하지만 마왕은 시스템이 가동되기 전부터 살아왔다는 것, 또한 금기로 알 수 있는 정보와 이제껏 마왕 본인의 언동에서 추측하는 것에 불과하다.

내가 추측한 바가 맞다면 마왕은 여기 매달려 있는 여성을 예전부터 알고 있었다.

그렇지만 아무래도 더욱더, 내가 예상했던 것보다 훨씬 더 마왕과 여성은 깊은 관계였나 봐.

그게 아니라면 피가 이어지지 않은 상대를 어머니라고 부를 리 없잖아.

마왕은 말없이 여성을 쭉 바라봤다.

손을 뻗지도 않고, 가만히 바라볼 뿐.

나도 아무 말 않고 지켜봐줬다.

먼 옛날의 이야기.

세계는 제법 발전했었다.

가득한 기계가 사람들의 생활을 풍요롭게 가꿀 만큼은…….

그러나 사람들은 과오를 저질렀다.

범접해서는 안 되는 금단의 에너지, MA에너지에 손을 뻗치고 말았다.

어느 여성이 극구 위험성을 주장하며 자제를 촉구한들 사람들은 귀를 기울이지 않았다.

MA에너지를 사용하면 지금보다 훨씬 더 풍요로운 생활을 누릴 수 있었기에…….

그렇게 손에 쥐게 된 것은 파멸로 치닫는 편도 티켓.

사람들이 스스로의 과오를 깨닫고 뉘우쳤을 때는 이미 전부가 늦어버렸다.

다가드는 종말의 때.

비탄에 잠긴 사람들은 하나의 광명을 찾아냈다.

한 명의 여성을 희생하여 세계를 구원한다는 방법.

그 여성이란 다른 누구도 아닌 MA에너지의 위험을 역설했던 당사자였다.

그럼에도 그녀는 손바닥을 뒤집고 구원을 바라는 사람들의 목소리에 부응했다.

그렇게 그녀는 세계를 지탱하는 희생양이 되었다.

사람들은 그녀를 여신이라 부르며 신앙했다.

그녀의 이름은 사리엘.

지금 시스템의 중추에 매달려 있는 저 사람이다.

마왕이 여신 사리엘을 향해 손을 뻗으려다가 단념하고 도로 내려뜨린다.

"사리엘 님. 어쩌다가 이렇게 됐어요. 아프시죠? 힘들죠?"

마왕이, 그 마왕이, 울고 있었다.

어째서일까.

나는 마음 어딘가에서 마왕은 절대로 울지 않는다고 굳게 믿었다.

마왕은 강하니까 눈물 따위는 안 내보인다고…….

실제로 어지간한 상황이 아닌 한 마왕은 울지 않았을 거야.

그 어지간한 상황이 지금 여기에 벌어졌을 뿐.

"그래도 사리엘 님은 그만두지 않으실 거죠? 그럼요. 사리엘 님이 잖아요."

저 논리는 잘 이해가 안 되는데 분명 마왕의 마음속에서는 확고한 확신이겠지.

"기다려주세요. 제가, 제가 반드시 여기에서 꺼내드릴게요. 꼭, 꼭이요."

어쩌면 나는 착각을 했었나 봐.

줄곧, 마왕은 세계를 위해 싸우고 있다 생각했었다.

그렇지만 그게 아니었던 거야.

마왕은 단 한 사람을 구하기 위해 고독한 싸움을 줄곧 계속했던 거네.

세계는 덤에 불과하고…….

나와 마찬가지다.

하지만 품은 의지의 세기는 나 따위와 비교도 되지 않는다.

마왕의 분위기를 보면 명백하게 알 수 있었다.

저런 마왕과 여신 사리엘의 관계가 살짝 부럽게 느껴졌다.

마왕이 몸을 돌려서 이쪽으로 되돌아왔다.

얼굴에는 이미 눈물이 없었다.

"이제 괜찮아?"

"응. 결의를 새롭게 다질 수 있었어."

마왕의 표정은 본인이 말한 대로 힘 있게 앞을 향하는 사람다웠다.

"시로야. 여기에 데려와줘서 고마워."

후련한 표정으로 감사의 뜻을 전하는 마왕.

여신 사리엘의 모습을 보고 눈물을 흘림으로써 여러모로 쌓여 있었던 응어리를 토해 냈는지도 모르겠다.

처음 잠깐은 실수였다고 살짝 후회했지만, 결과적으로 마왕의 번민이 날아갔다면 여기로 데려왔던 게 잘된 일이다.

"응, 잘됐어."

잘된 일이다.

마왕뿐 아니라 나에게도…….

나는 목숨을 구함받은 보은으로 목숨을 걸고 마왕을 구하겠다 맹세했다.

그래도 아직껏 살짝 각오가 부족했었던 거야.

여신 사리엘을 위해서 줄곧 혼자서 고독한 싸움을 계속해왔던 마왕.

권속은 있어도 동료는 없다.

그럼에도 마왕은 이제까지 멈춰 서지도 않은 채 내내 싸웠다.

대체 얼마나 큰 각오였을까.

대체 얼마나 괴로웠을까.

마왕은 오직 여신 사리엘을 위해서 지금껏 여전히 싸우고 있다.

내가 똑같이 할 수 있을까?

아직은 아니다.

나는 아직껏 전혀, 목숨을 걸고 매진하지 않았다.

아직은 더 많이, 더욱더 많이 여력이 있다.

여신 사리엘을 대하는 마왕의 태도를 보고 나는 배웠다.

게다가 뭐랄까, 딱히 의무감과는 별개로 마음속 깊은 곳에서 마왕에게 힘이 되어주고 싶다는 충동이 자꾸만 든다.

응, 마왕의 저런 모습을 목격한 이상 돕고 싶다는 마음이 들잖아.

이렇게 열심히 노력하는 녀석인걸.

도중에 거꾸러질 각오까지 하고서 오직 달려오기만 했잖아.

마족에게 원망을 받고, 구하고 싶은 대상인 여신 사리엘은 이런 처지에 있고, 그럼에도 겸사겸사 세계를 구하자고 열심히 노력했잖아?

그렇다면 보람을 좀 느껴봐야지.

저토록 노력했다면 말야, 해피엔드를 맞이해도 되지 않겠어?

누가 뭔 불만을 늘어놓든 간에 난 마왕이 마지막에 웃는 엔딩이 아니면 인정을 안 할 테다.

그러니까 그때를 위해서라면 대량 학살이든 뭐든 저질러줄 테야.

세계를 구하든 말든 그딴 건 뒷전이다.

나는 내가 구하고 싶은 대상을 구한다.

세계를 위해서라는 거창하고 근사한 소리는 않겠어.

대다수가 나를 악이라고 욕해도 전혀 개의치 않겠어.

알 바가 아니란 말야.

이런 생각을 갖는 시점에서 역시 나도 사신의 계보가 맞다는 자각이 든다.

D는 본인의 취미, 오직 재미가 아니면 관심을 두지 않는다.

그 결과 하나의 세계가 멸망하더라도 재미있다면 충분히 만족하는 녀석이지.

나 역시 그렇게까지 잔인하진 않아도 결국 비슷하구나.

목적을 위해서라면 수단은 따지지 않아.

뭐, 어때.

제대로 한번 해보자고.

정의로운 척 따위 안 할 테니까. 악역답게 악랄하게, 목적을 위해서라면 수단을 가리지 않겠어.

신(웃음)은 졸업하자.

그렇게 나는 사신이 된다.

사람도 엘프도 공포의 구렁텅이로 밀어 떨어뜨리는 세계 최악의 사신이……

해피 뉴 이어~! 바바 오키나입니다.

신년이다! 10권이다! 두 자릿수 돌입이다! 얏호~!

본편과 확 달라져서 흥분 상태로 전해드립니다.

그야 그럴 수밖에요, 드디어 이 시리즈도 두 자릿수에 돌입했습니다.

소설로 세 자릿수는 진짜 전설적인 명작 시리즈나 갈 테니까 두 자릿수에 도달했다면 이제는 좀 자랑스러워해도 괜찮지 않을까요?

그런고로 살짝 콧대 좀 높여도 될까요?

텐구로 변신해도 괜찮은 거죠?

텐구로다! 텐구의 소행이로다!

하지만 유감스럽게도 이 작품에는 텐구가 등장하지 않습니다. 오니는 나오는데……

이번에 오니 군이라든가 흡혈귀 주종이라든가 본편에서 한바탕 날뛰었지만요!

다만 세 등장인물은 진지하게 날뛰었을 뿐 딱히 기분을 냈던 게 아닙니다.

특히 메라조피스는 빌어먹게도 진지하게 날뛰었잖아요.

꼭 일단락을 짓는 10권이라는 이유 때문은 아닙니다만 전체적으로 진지한 분위기에서 이야기가 진행됩니다.

군데군데 웃음 터지는 장면이 있는 까닭은, 흠흠, 그거죠, 웃음의 신이 내려오셨던 겁니다.

등장인물은 모두 진지하게 임했는데 갑자기 웃음의 신이 내려오셨던 탓에 어쩔 수 없었던 거죠.

다시 말해서 전부 신(작가) 탓이다!

음. 대강 맞는 말이군!

여기부터는 감사 인사를 전하겠습니다.

이번에도 멋진 일러스트를 그려주신 키류 츠카사 선생님.

실은 캐릭터 설정 등등은 키류 선생님의 일러스트에서 오히려 영향을 받는 경우가 가끔 발생하기도 합니다. (브로우가 절묘하게 촌스럽다는 게 사실은 키류 선생님의 의견이었죠.)

그만큼 키류 선생님의 영향력은 굉장하다는 말씀을 드립니다. 감사합니다.

만화판을 담당해주고 계시는 카카시 아사히로 선생님.

동시 발매된 만화판 6권에서는 서적판 10권에서도 등장한 이런 사람이나 저런 사람도 얼굴을 비춥니다.

아무쪼록 꼭 확인해주세요.

그리고 애니메이션 제작에 관련되어 계시는 여러분.

유감스럽게도 애니메이션 쪽은 아직껏 신규 정보를 전해드릴 수 없지만 차근차근 진행 중입니다.

애니메이션 본편이 완성될 때까지 즐겁게 기다려주세요.

담당 편집자 W여사를 비롯하여 이 책이 세상에 나올 때까지 협력해주셨던 모든 분들께.

이 책을 구입해주신 모든 분들께.
진심으로 감사드립니다.

거미입니다만, 문제라도? 10

1판 1쇄 발행 2019년 4월 20일
1판 2쇄 발행 2021년 5월 28일

지은이_ Okina Baba
일러스트_ Tsukasa Kiryu
옮긴이_ 김성래

발행인_ 신현호
편집부장_ 윤영천
편집진행_ 김기준 · 김승신 · 원현선 · 권세라
편집디자인_ 양우연
관리 · 영업_ 김민원 · 조인희

펴낸곳_ (주)디앤씨미디어
등록_ 2002년 4월 25일 제20-260호
주소_ 서울시 구로구 디지털로 26길 111 JnK디지털타워 503호
전화_ 02-333-2513(대표)
팩시밀리_ 02-333-2514
이메일_ lnovelpiya@naver.com
ㄴ노벨 공식 카페_ http://cafe.naver.com/lnovel11

KUMO DESUGA, NANIKA? Vol.10
ⓒOkina Baba, Tsukasa Kiryu 2019
First published in Japan in 2019 by KADOKAWA CORPORATION, Tokyo.
Korean translation rights arranged with KADOKAWA CORPORATION, Tokyo.

ISBN 979-11-278-5008-1 04830
ISBN 979-11-278-2430-3 (세트)

값 9,800원

케이크 왕자의 명추리

나나츠키 타카후미 지음 | 박정원 옮김

꿈도 사랑도 달콤하지 않다. 디저트야말로 정의다!

케이크 귀신이라 불릴 만큼 케이크를 좋아하는 여고생 미우.
실연의 슬픔을 달래고자 들른 지유가오카의 케이크 가게에서
파티시에를 목표로 수업 중인 같은 학교 왕자님 하야토를 만난다.
혹시 이건 새로운 사랑의 예감?
천만에, 현실은 케이크처럼 달콤하지 않다!
하야토는 소문처럼 차갑기 그지없지만, 꿈을 향한 열정이 있고
사랑 문제와 각종 트러블도 디저트에 관한 지식으로 명쾌하게 해결하는데…….
달콤한 케이크와 디저트로 뭉친 두 사람의 특별한 이야기!

모험가가 되고 싶다며
도시로 떠났던 딸이 S랭크가 되었다 1~2권

모지 카키야 지음 | toi8 일러스트 | 김성래 옮김

고향 시골에서 은퇴 모험가 생활을 보내던 벨그리프는
숲에서 주운 소녀를 안젤린이라 이름 붙여서 친딸처럼 키웠다.
벨그리프를 동경하여 도시로 떠나 모험가가 된 안젤린은
길드에서 최고위 《S랭크》까지 올라 분주한 나날을 보낸다.
어느덧 5년이 지나 안젤린은 힙겹게 장기 휴가를 내서
정말 좋아하는 아빠 벨그리프를 만나러 가려 하지만
느닷없이 마물 토벌에 동원된다거나 도적단과 맞닥뜨리며
좀처럼 귀로에 오를 수가 없었다.

"도대체 나는 언제쯤이면 아빠랑 만날 수 있는 거야……!"

따뜻한 이야기와 모험이 가득한 하트풀 판타지!!